O Clube do
PESADELO

Bianca da Silva
& Denise Flaibam

O Clube do PESADELO

Rocco

Copyright texto © 2025 *by* Bianca da Silva e Denise Flaibam
Todos os direitos reservados.

Direitos desta edição negociados pela Agência Moneta.

Imagens de abertura de capítulo e separadores: Freepik

Direitos desta edição reservados à
EDITORA ROCCO LTDA.
Rua Evaristo da Veiga, 65 – 11º andar
Passeio Corporate – Torre 1
20031-040 – Rio de Janeiro – RJ
Tel.: (21) 3525-2000 – Fax: (21) 3525-2001
rocco@rocco.com.br|www.rocco.com.br

Printed in Brazil/Impresso no Brasil

Preparação de originais
ANNA CLARA GONÇALVES

CIP-BRASIL. CATALOGAÇÃO NA PUBLICAÇÃO
SINDICATO NACIONAL DOS EDITORES DE LIVROS, RJ

S578c

    Silva, Bianca da
       O clube do pesadelo / Bianca da Silva, Denise Flaibam. - 1. ed. - Rio de Janeiro : Rocco, 2025.

       ISBN 978-65-5532-555-3
       ISBN 978-65-5595-360-2 (recurso eletrônico)

       1. Ficção brasileira. I. Flaibam, Denise. II. Título.

                                    CDD: B869.3
25-97261.0   CDU: 82-3(81)

Meri Gleice Rodrigues de Souza - Bibliotecária - CRB-7/6439

Em memória de Jorge,
membro honorário do Clube do Pesadelo.

E para Eduarda, que atravessaria um mundo de pesadelos pela gente (reclamando um pouquinho, é claro).

"Eu teria conseguido se não fossem
essas crianças enxeridas!"
Scooby-Doo, cadê você?

"Elas tinham acabado de alugar *O Clube dos Cinco*
e concluído que virar adulto parecia a pior coisa do mundo."
O exorcismo da minha melhor amiga, Grady Hendrix

NO DIA 6 DE OUTUBRO DO ANO DE 1999, POR CAUSA DA MORTE DA TIA-AVÓ, Dominique teve que se mudar para Enseada dos Anjos. Não *por causa disso*, mas porque sua avó herdou a casa da irmã, e viver sem pagar aluguel pareceu motivo o bastante para levar as duas até aquele fim de mundo em Santa Catarina.

Dominique não teve muito o que fazer além de concordar, fechar as malas e garantir que seu Discman estivesse dentro da mochila. Agora ela faz o mesmo, tropeçando nos móveis espalhados pelo lugar, acompanhada pelo grito da avó, que a manda pegar dinheiro de sua bolsa para comprar algum salgadinho na cantina da escola.

A Escola de Educação Básica Marquês dos Anjos é bem grande para uma cidade pequena como aquela, e Dominique se perde uma infinidade de vezes no decorrer da manhã. Não encontra o banheiro, sobe o mesmo lance de escada pelo menos duas vezes e passa o intervalo todo andando em círculos, para só achar a cantina quando o sinal estridente começa a tocar. Ela tenta perguntar aos outros onde encontrar os lugares que procura, mas ninguém parece muito a fim de falar com a novata.

A situação é tão intensa que seu anel do humor — um círculo de metal com uma pedra oval presa por hastes curvadas, que já estavam começando a escurecer pelo uso — passou a manhã toda em um misto de marrom e preto, por medo e estresse.

A escola é grande e barulhenta, porque tem turmas desde a pré-escola até o terceirão. Por isso, vira e mexe, Dominique escuta os gritos de uma criança. O som reverbera pelo pátio interno, vazio, como se estivessem gritando em uma câmara de eco. A pontada de uma dor de cabeça no fim da manhã é o resultado de conviver com isso por tantas horas.

Ela está prestes a ir embora para reclamar com a avó sobre todo aquele pandemônio quando a professora de matemática a chama até a mesa e entrega um bilhete. É um aviso de que fora convocada para a aula de reforço toda segunda e quarta-feira depois das aulas.

— É melhor participar se quiser ter uma chance nos vestibulares. — É tudo o que diz.

Dominique pensa em responder que nem tem pretensão de tentar uma faculdade naquele ano, mas a professora não dá brecha.

Durante o almoço, a garota consegue ir até a padaria em frente à escola para comprar um pastel de queijo, a única coisa que o lugar vende que se adequa à sua dieta vegetariana. Está terminando de comer quando o sinal anuncia o começo das aulas da tarde — e, com isso, o início das aulas de reforço também.

Dominique termina de engolir o pastel às pressas e, com o bilhete em mãos, volta à secretaria só para ser mandada de novo para a peregrinação por todo o terreno da escola em busca da sala 3B. Embora fique no primeiro andar, Dominique só descobre isso depois de subir até o último e procurar de sala em sala.

Com todos os alunos em suas respectivas classes, só dá para ouvir o som dos passos apressados da garota pelo piso encerado. Ela desliza até o fim do corredor e para em frente à porta entreaberta. Pensa em bater, mas gargalhadas e uma conversa acalorada vindas lá de dentro anunciam que talvez não tenha nenhum responsável no recinto.

Dominique entra, e ninguém presta atenção nela.

A sala é bem espaçosa, mas já viu dias melhores. A pintura azul-esverdeada das paredes está descascando, uma das janelas parece emperrada — ou foi fechada em uma posição muito esquisita e deixada assim para sempre — e está sem o painel de vidro. Sobre a lousa, tem um ventilador que com certeza precisa ser trocado por outro que de fato funcione e não fique só ali, pendurado de maneira capenga.

A carteira do professor está vazia, e a lousa, limpa. As gargalhadas vêm de duas meninas loiras compenetradas pintando as unhas uma da outra. Atrás delas, um garoto branco de cabelo escuro e comprido inclina a cadeira para trás, os coturnos desgastados ocupando todo o tampo da mesa. Dois alunos ocupam as mesas do fundo, conversando em voz baixa. E outras duas garotas nem percebem a aproximação de Dominique e continuam discutindo.

Ela está curiosa sobre o desentendimento, mas as observa com cuidado. Escolhe se sentar atrás do garoto cabeludo com os coturnos puídos, que parece estar se divertindo bastante com o bate-boca das duas. Com um olhar rápido, Dominique já consegue ver que a regra do uniforme parece não existir para ele: a calça que está usando é jeans, com rasgos nos joelhos, e a camiseta de algodão azul-escuro não tem o brasão da escola, mas sim o desenho enorme da boca linguaruda dos Rolling Stones.

Das garotas exaltadas, uma delas é bem alta e pálida, toda sardenta. Suas sobrancelhas são claras, e os cílios, mais ainda; tudo isso se justifica no cabelo ruivo ondulado. Ela está usando o uniforme completo, a camiseta tão branca e macia que dá a entender que a mãe dela usa o amaciante mais caro do supermercado. A calça de moletom parece nova, assim como o par de tênis Olympikus branco que ela está usando — Dominique os reconhece de cara porque é doida por um desses, mas sua avó não tem orçamento nem para ela sonhar em ter um. A única coisa que se destaca na aparência impecável da ruiva é a meia dúzia de presilhas de borboleta transparentes que puxam seu cabelo para trás e formam um arco no topo da cabeça.

A outra garota é mais baixa, com um rosto redondo adorável e olhos grandes e expressivos. Tem pele negra, lábios grossos e nariz largo. O cabelo crespo escapa do coque firme, cachinhos saltando para todos os lados. A camiseta do uniforme parece um pouco mais desgastada. Ela não está de calça; em vez disso, está usando a bermuda de tactel do uniforme, e os tênis All Star pretos são bem parecidos com os de Dominique.

— Vai continuar com essa baboseira?

Dominique faz uma careta pela escolha de palavras. A discussão parece a meio caminho andado, então ela não sabe a que "baboseira" a menina de cabelo crespo se refere.

— Eu não queria prejudicar ninguém, Angélica.

Dominique se empertiga. Tudo bem, ela descobriu um nome!

— Claro que não. A princesa de Enseada dos Anjos nunca quer prejudicar ninguém! De que te importa, no fim das contas? Não é como se o seu futuro não estivesse protegido pelo papai.

A ruiva faz uma careta, e a outra continua:

— O lance era meu. Se você tivesse me passado a bola na hora que eu pedi, nós teríamos ganhado o jogo!

— Ah, agora a culpa é minha?

— Claro que é! Mas e daí, né? Perder esse jogo não vai atrapalhar a sua vida. Você sabia que o time ia conseguir uma vaga no campeonato de Floripa se vencesse e, ainda assim, preferiu fazer tudo sozinha.

A ruiva parece um pouco afetada pelo comentário. Dominique sente vontade de pegar um balde de pipoca imaginário para continuar acompanhando o bate-boca, mas a discussão é interrompida:

— Aí, garotas!

Cadeiras rangem no chão, e a sala fica em silêncio quando todo mundo se vira na direção da voz arrastada. Um dos garotos sentados no fundo está sorrindo.

Ele tem pele branca e cabelo loiro-escuro. Alguns cachos se destacam no corte engomadinho que Dominique esperaria encontrar na capa de uma edição da *TodaTeen*. Mas o que ela sabe que jamais encontraria em uma matéria sobre mauricinhos é a combinação daquela aparência com aqueles olhos vermelhos e a postura relaxada. Dominique esconde o riso quando percebe que o sorriso bobo dele tem alguma coisa a ver com um baseado. Ela sabe muito bem identificar um cara chapado.

— O que foi? — rebate a tal de Angélica.

— Parem de discutir pelo jogo perdido. Já era. O campeonato acabou, e a minha cabeça vai explodir.

Ao mesmo tempo, Angélica e a ruiva estouram de volta:

— Vai catar coquinho na esquina, Fábio.

— Cala a boca, cara.

Em vez de ficar bravo, ele cai na risada, o som tão arrastado que entrega o nível de delírio. Na carteira à frente, Dominique nota que seu colega rebelde também está rindo, mas de maneira discreta.

Ela cutuca o ombro dele e se inclina quando o garoto parece prestar atenção:

— Aí, Van Halen. — Ela não tem um nome, mas o visual cria um apelido perfeito para o desconhecido. Pela careta, ele não parece gostar muito. Vai ver prefere o Ozzy? — O que aconteceu?

— Eu te conheço?

— Não. — Ela dá de ombros. — Cheguei hoje.

— E já veio parar no Fundo do Poço? — Um sorriso bem-humorado toma a expressão dele.

— Hã... Se eu disser que sim, você me explica o que é isso também?

— É esse reforço de merda. Se te jogam no Fundo do Poço, boa sorte pra sair dele. Tô aqui faz quatro anos. — O garoto desvia o olhar enquanto Dominique faz as contas e chega à conclusão de que ele é repetente. — Aquelas duas discutem quase todo dia. Coisa do time de basquete.

— Tem um time de basquete aqui?

O cabeludo gira o corpo na cadeira, o olhar abismado em sua direção.

— Eu tenho cara de enciclopédia local, por acaso?

Dominique abre a boca para retrucar, mas a porta é escancarada. A secretária rabugenta entra na sala, manda todo mundo manter a boca fechada pela próxima hora e fazer as lições de casa — para fingir que eles se importam com o próprio futuro. Ela se vai em seguida, nem um pouco disposta a ficar para garantir que eles calem a boca. O que não acontece.

Assim que a porta se fecha atrás dela, as garotas das unhas coloridas voltam a rir, o tal Fábio e seu amigo voltam a conversar, e Dominique espera que a discussão volte para o tópico em que parou.

Mas não. A ruiva se senta na primeira cadeira, bem de frente para a mesa vazia do professor, de costas para o resto das pessoas.

Angélica vai até o fundo da sala, os braços cruzados sobre o peito enquanto lança um olhar fulminante na direção da colega que está com as borboletas na cabeça. O tipo de olhar que faria inveja ao Super-Homem.

Bom. *Bem-vinda ao fundo do poço, Dominique.*

— Ei, Johnny! — chama Fábio.

O cabeludo se vira para o fundo da sala, e Dominique sorri, porque descobriu outro nome. "Here's Johnny" e tal.

— Vai apostar em quem esse ano?

— Não sei. Vocês já decidiram?

— Pensei no vice-prefeito — Fábio apoia o queixo sobre o punho fechado, os olhos estreitados em uma expressão pensativa. — Com todo respeito ao amigo do seu pai, Mabê!

Lá na frente, a ruiva ergue o dedo do meio para ele e ganha uma gargalhada vagarosa em resposta.

— Acho que o diretor da escola tem chance.

— Bem que podia ser a Nanda — comenta o garoto ao lado de Fábio, que tem olhos redondos e bochechas cheias. Sua voz soa tão grave quanto a do colega.

— Quem é Nanda? — Dominique olha em volta, como se fosse achar a pessoa de quem falam.

Olhares surpresos encontram os dela, cheios de curiosidade, como se não tivessem notado sua existência até agora.

Fábio responde:

— A professora de biologia. Se a maldição levasse ela, a gente não teria aquela aula chata pelo resto do ano.

— Maldição? — Ela se vira para o garoto à sua frente. — Tem alguma coisa a ver com o Fundo do Poço?

Risadas incrédulas tomam a sala.

— Tem uma maldição em Enseada dos Anjos — diz Johnny, tentando e falhando em imitar a voz do Cid Moreira.

— Hum.

Dominique não fica muito impressionada. Talvez seja uma espécie de trote com a novata? Fazer ela de otária ao acreditar em uma lorota para pregarem uma peça depois?

— É sério! — Fábio fica de pé para fazer valer a postura dramática. — Todo ano, uma pessoa entra em coma no fim de outubro. E morre no fim de novembro. — Então, ele ajeita os ombros e abre aquele sorriso bobalhão. — Quer apostar em alguém?

— Eu acabei de chegar — retruca Dominique, porque ainda não decidiu se é uma boa ideia comentar sobre essa maluquice.

— É insensível. — A ruiva, Mabê, gira na cadeira para encarar todos eles. Dominique repara nos olhos castanhos dela, que parecem um pouco com doce de leite sob a luz artificial da sala. — Tem gente morrendo, Fábio.

— É. Mas pelo menos eu ganho uma grana.

Mabê revira os olhos.

— Todo mundo morre uma hora ou outra. Por que eu não posso ajudar na economia local até chegar a minha vez?

A resposta de Fábio arranca uma gargalhada de seu amigo. Dominique encara Johnny e encontra um sorriso divertido no rosto dele.

É sério, então? Apostar em cima de uma maldição?

Em que buraco sua avó a levou para morar?

Passa das 17h30 quando Dominique luta para fechar o portão de ferro de entrada. Bate na altura de sua cintura, assim como o muro ao redor da casa, e parece um tanto inútil, ainda mais com as dobradiças enferrujadas. Mesmo assim, ela faz o possível para não o quebrar com o empurrão.

Também tem um sofá no meio do caminho, e a garota apoia as mãos na cintura, confusa, até a avó sair pela porta da frente.

— Eu estava te esperando! Me ajuda aqui.

— Tudo isso pra não pagar pela entrega?

— É claro. Por que eu gastaria dinheiro com eles quando tenho uma neta forte dessas em casa?

Dominique responde com uma careta, deixa a mochila sobre a grama alta e mal-aparada e agradece ao universo por ter convencido a avó a comprar um sofá de apenas dois lugares para a sala. Então, pelo menos, ele é leve. Elas nunca recebiam visitas de qualquer forma e, se recebessem algum dia, a poltrona cumpriria perfeitamente a função de um terceiro lugar.

O bairro onde moram se chama Velha Roca e é composto por uma sequência de ruas sem saída e casas de grades coloridas, a maioria feita de madeira e com muros baixos, como a delas. Também parece ser um lugar cheio de famílias jovens, porque a rua está sempre repleta de crianças. Algumas aproveitam o tempo depois da escola para correr atrás de uma bola de futebol murcha, enquanto outras gritam e apostam corrida de bicicleta.

A residência de sua falecida tia-avó tem um andar só. Da porta — que range como em um filme de terror — até o portão, corre a trilha de caquinhos de cerâmica por onde Dominique e a avó se esforçam para levar o móvel novo até a entrada.

A garota tropeça no piso solto da varanda, e a avó reclama do assoalho de madeira rangendo sob seus pés.

Talvez sua tia-avó tivesse deixado a herança como um castigo. O brinde da casa própria é a maldição da reforma. Talvez essa seja a maldição de Enseada dos Anjos: casas velhas demais, com problemas demais!

Dominique geme ao soltar o sofá sobre o tapete. A sala é espaçosa, mas elas só têm o sofá, a poltrona, o rack de madeira escura, a televisão de 20 polegadas e um videocassete que a avó também herdou da falecida. Ela não duvida que, em alguns dias, a avó vá ter enchido o lugar com vasos de plantas e flores. Mas, no momento, quase dá para fazer eco.

— Como foi na escola?

Vovó Anabela, com seu metro e meio de altura, olhos pequenos e escuros e bochechas rechonchudas, abraça a cintura de Dominique. O cabelo grisalho está preso em uma trança, e o vestido azul e os sapatos confortáveis parecem novos. Tudo para impressionar os vizinhos, claro.

— Estranho — confessa Dominique. — Me colocaram numa turma de reforço do nada...

— Você tem um histórico bem ruim em matemática, e tem que pensar no vestibular... — A avó belisca seu braço, e Dominique faz questão de ignorá-la.

— Primeiro: matemática é superestimada. Segundo: eu ainda não sei o que quero estudar, a senhora sabe disso. Com toda essa bagunça da mudança, eu acho que um cursinho é a melhor escolha. E terceiro: a galera lá ficou falando de uma tal maldição.

— Que tipo de maldição?

— Sei lá, fofoca. Falaram que as pessoas entram em coma nessa época do ano e morrem um mês depois.

A expressão suave da avó estremece. É apenas um instante de estranheza, mas é o suficiente para Dominique perceber.

— A senhora sabe alguma coisa sobre isso?

— Eu só sei que a sua tia-avó morreu em novembro do ano passado — diz, então dá de ombros e faz o sinal da cruz só para garantir. — Ela ficou em coma por um tempo. Eu não descobri o motivo.

— Como ela morreu?

— Dominique! É falta de educação perguntar.

A menina faz uma careta, arrependida.

— Já passou. Isso que importa.

A avó dá dois tapinhas amigáveis em sua bochecha, e então se afasta.

— Em que buraco a senhora nos enfiou, hein?

— Buraco? É uma cidade bem grande!

— Tem uns vinte mil habitantes.

— Cinquenta mil. Eu cheguei na prefeitura.

— Quando a senhora teve tempo de fazer isso?

— Enquanto eu esperava a nota fiscal do sofá ficar pronta. É tudo bem perto, ali no centro. — Anabela sorri. — Enseada dos Anjos vai ser um bom lugar para você, amorzinho. Como foi para a sua mãe.

Dominique sorri de volta, ainda que a menção à mãe a relembre o buraco fundo em seu estômago; o lar de todos os seus ressentimentos.

O resto da noite é dedicado a desempacotar o que trouxeram na Brasília amarela capenga. Ela leva um tempo para mexer na caixa de fotografias e tenta não fazer careta para as fotos de família de anos anteriores. A mãe aparece em umas poucas, da época em que Dominique era criança, depois some. Como em um passe de mágica.

Não tem nada do pai entre os seus pertences, porque nunca chegou a conhecê-lo. Tudo o que a mãe dividiu foi que o conheceu no restaurante de comida chinesa da família dele. Dominique nem pensou em tentar encontrá-lo. São Paulo é bem grande, e aquela é a única informação que tem sobre ele.

Mas explicava os traços no rosto dela, a genética do desconhecido misturada à da mãe, que deu origem ao nariz arrebitado e ao problema de visão. Tirando isso, Dominique não tem mais nada em comum com a mulher que desapareceu de sua vida, então talvez todo o resto tenha a ver com o pai que nunca conheceu e dificilmente virá a conhecer.

Ela separa as fotos com os avós. Sorri para o avô, que sempre foi muito baixinho e rechonchudo e adorava apertar suas bochechas, com a desculpa de estar deixando-as ainda mais redondas. Dominique esconde as fotos em que a mãe aparece.

Enseada dos Anjos é uma chance de recomeçar, certo? Ela não precisa se lembrar de quem esqueceu de sua existência.

É FIM DE TARDE. MABÊ OLHA EM VOLTA PARA TER CERTEZA DE QUE NÃO TEM nenhum carro cruzando a esquina e salta o muro baixo. Seus tênis farfalham sobre a grama alta, e ela faz uma careta. A chance de ter algum inseto nojento nesse mato todo é bem alta, então se apressa.

Sabe que vai encontrá-lo na propriedade abandonada dos Nogueira porque ele gosta de ir para lá. É isolado do barulho da cidade, recluso o suficiente para ficar com seus próprios pensamentos.

Dá a volta na varanda empoeirada e segue pela lateral do muro até a parte de trás, onde encontra Fábio sentado em um sofá de couro rasgado largado ali, próximo à piscina vazia, abandonada, pichada pelos garotos que gostam de andar de skate lá dentro.

O cenário é solitário, exceto pelos dois.

— Que nojo, Fábio — resmunga Mabê ao se aproximar. — Vai saber o que deitou nisso!

— Eu, várias vezes. Alguns gatos. Os mendigos lá da praça talvez tenham achado esse lugar e aproveitado um pouco. É bem confortável, apesar da sujeira.

— Deve ter um monte de fungo, choveu à beça nos últimos meses. E pulgas. — Ela não se senta, só cruza os braços e para em frente ao amigo. — Achei que você ia lá na lanchonete com os meninos.

— Eu ia.

Fábio revira os olhos e pega um isqueiro no bolso da calça de moletom. O baseado está apoiado no braço do sofá, e ele não demora para pegar e acender.

Mabê aperta os dedos sobre os braços. Quer mandá-lo parar. Quer dizer todas as coisas que ouve os pais falando o tempo todo, sobre como faz mal, como vai acabar com a vida dele, como está causando mais mal do que bem. Mas não foi para isso que veio. Não é por isso que está sempre de olho nele. É para evitar o colapso; um baseado aqui, uma garrafa de cerveja ali, tudo bem. Ela sabe por que Fábio procura essas coisas. Entende, ainda que doa. É a maneira que ele encontrou de adormecer a dor e o luto, e Mabê não tem o direito de arrancar isso dele.

Mas tem o direito e o dever de protegê-lo de si mesmo. Por isso, ela é sua sombra. Por isso, está ali quando poderia estar em casa, tomando um banho quentinho. Ele precisa de ajuda e de cuidado, e Mabê é a única que entende isso.

Quando Fábio sopra a fumaça, ele sorri e se reclina sobre o encosto desgastado do sofá. Mabê coloca a língua para fora e ganha uma gargalhada dele.

Com cuidado, ela se senta no braço do sofá. Fábio continua fumando, e Mabê continua pensando, e os dois ficam naquele silêncio confortável pelos minutos que se seguem. Quando a bituca do baseado está quase chegando aos dedos dele, Fábio a joga no chão de terra e a apaga com a ponta do tênis.

— E você tá bem? — pergunta ela.

Fábio dá de ombros, e Mabê respira fundo.

— Você teve aquele pesadelo de novo.

— Dá pra chamar de pesadelo se aconteceu de verdade?

Mabê não tem uma resposta e não quer falar mais sobre o assunto, porque Fábio vai parar de responder e viajar até um lugar dentro da própria mente que ela jamais consegue acessar — nem em sonhos. Então, muda de assunto:

— É novo? — Mabê aponta para o sapato dele. Nunca o viu com aquele par da Reebok antes, mas já viu em comerciais.

Fábio sorri com amargura.

— Meu pai trouxe de Floripa.

Ele se recosta de novo. O cabelo está desarrumado, e um cacho cai sobre sua testa. Os círculos vermelhos ao redor dos olhos fazem par com o cansaço nas feições dele.

Mabê quer arrancar isso dele; toda a dor que as pessoas não conseguem ver, que Fábio esconde tão bem.

Mas o máximo que pode fazer é estar ali.

Esse é o acordo, desde o acidente. Mabê o acompanha e age como a consciência do amigo para garantir que ele nunca vá longe demais. Fábio tem o próprio jeito de lidar com o sofrimento, e é por meio da dormência. Se ficar chapado por tempo suficiente, o luto não vai perturbá-lo.

— É bonito. — Ela bate a ponta do próprio tênis contra o dele.

— Alguma novidade sobre a festa da igreja?

Mabê solta um muxoxo.

— Nem queira saber.

— Quem parece estar surtando mais? Sua mãe ou seu pai?

— Os dois — resmunga ela. Mabê fica tentada a se jogar no sofá só para imitar a postura relaxada de Fábio, mas não. Não tem coragem de encostar um centímetro a mais do seu corpo naquilo. — Eles organizaram tudo. Tem uma folha de sulfite, com os nossos horários, pregada na geladeira. Eu e a Joyce precisamos participar do bingo às cinco em ponto, e às seis tem uma foto em família na frente da igreja. Ah, sete e meia é o discurso do meu pai, não perca!

— Pelo menos eles te incluíram na agenda. — Fábio abre um sorriso que não se reflete em seus olhos. — Meu pai sugeriu que era melhor eu ficar em casa no dia da festa.

— E a sua mãe?

— Estava ocupada assistindo à novela.

Mabê revira os olhos e bagunça o cabelo do amigo, desfazendo o que resta do penteado. Ele fica muito mais bonito com os cachos soltos; mais saudável. Parece menos o retrato do filho do diretor do hospital e mais o seu melhor amigo.

— A gente pode ir pra festa juntos — sugere.

É um artifício para ficar de olho nele? Claro. Mas Mabê tem duas horas de liberdade antes de ter que se juntar aos pais e não quer encarar todas aquelas pessoas sozinha.

— Mas é melhor eu não ir — zomba ele.

A voz de Fábio começa a ficar arrastada, o olhar, difuso, e por isso Mabê ri.

Ela entra pela porta dos fundos porque sabe que está cheirando a maconha. Escuta uma comoção na sala e faz uma careta. Chegou tarde demais para evitar as "tias" do "clube beneficente" que a mãe comanda. A primeira-dama da cidade é uma mulher muito boa em se ocupar com inutilidades. Nenhum clube beneficente costuma durar mais do que um semestre. O da vez envolve decorar xícaras e pires para vender no aniversário da cidade.

Mabê aproveita as gargalhadas altas na sala para correr até a cozinha. Precisa de alguma coisa para disfarçar o odor. Qualquer coisa. O spray aromatizante que a mãe usa para tirar o cheiro de queimado das carnes assadas que faz aos domingos: ótimo. Dá para o gasto.

Ela franze o nariz ao sentir o perfume artificial de morango e limão que toma todo o ambiente, mas sorri porque o odor de fumaça some.

O ressoar dos saltos da mãe no piso a avisam da aproximação. Mabê se mantém atrás da mesa da cozinha, com um copo de água em mãos, quando Isadora passa pela porta.

Mabê é a imagem espelhada da mãe. Isadora tem a pele branca e uma infinidade de sardas, que sempre disfarça com muita maquiagem. Os olhos são verdes, e o cabelo ruivo pesado está preso em um coque elegante. Mesmo em casa, ela insiste em usar terninhos formais, como se fosse uma protagonista da novela das oito. A meia-calça, a saia-lápis cor de creme e a camisa de botões são o uniforme da primeira-dama.

As mangas estão arregaçadas, deixando à mostra as pulseiras douradas e o relógio de ouro, que fazem os braços da mãe parecerem mais finos e longos. Do jeitinho que ela gosta.

— Chegou tarde. — A constatação vem quase como uma acusação.

— Eu fiquei com o Fabinho até agora.

Um arquear de sobrancelhas da mãe é tudo o que recebe de volta. Fábio é um assunto delicado, porque as duas famílias são muito próximas, mas ele é um risco a ser calculado com muito cuidado pelos adultos. E Mabê odeia isso.

— Ele está bem, mãe. Era um trabalho de geografia que a gente deixou pra fazer em cima da hora.

— De novo, Maria Betânia? Já não bastam as suas notas horrorosas em física e a escola insistir em colocar você naquela aula de reforço ridícula.

Isadora não está falando com Mabê, só está indignada com os fatos. Sempre fica assim quando o assunto é a escola, desde que o pai se recusou a colocar as filhas no colégio particular da cidade vizinha. Afinal de contas, eles precisam "mostrar que se importam com a educação da cidade".

Mabê prende a respiração quando a mãe passa por ela. Espera ela pegar água no filtro de inox, que instalaram no começo do ano, depois da reforma da cozinha. Assiste-a jogar alguns cubos de gelo no copo e suspira aliviada assim que a mãe se afasta em direção à porta.

— Vai tomar um banho e desce pra jantar com as minhas convidadas, está bem?

— Eu prometi pra Joyce que ia ver TV com ela.

— Maria...

— É você mesma quem diz que irmãs precisam ficar unidas — resmunga Mabê. — Se quiser que eu magoe a sua filha mais nova, o tesouro deste lar, é só me dizer agora...

Isadora revira os olhos e aponta para o corredor.

— Chispa, então.

Com um beijo estalado na bochecha da mãe, Mabê corre para longe das risadas e da conversa alta das convidadas. Sobe a escada até seu quarto, que está tão organizado que só pode significar uma visita da faxineira. O lençol foi trocado, as roupas jogadas na cadeira da escrivaninha sumiram, as almofadas sobre a poltrona inflável transparente estão organizadas, e o tapete roxo e felpudo no meio do quarto foi aspirado. O único lugar em que a faxineira nunca mexe é debaixo da cama — por um acordo amigável entre elas. Suas caixas continuam ali, intactas.

O banho é relaxante, e ela está com o roupão e a toalha na cabeça quando bate na porta da irmã.

Joyce está toda esparramada em cima do lençol colorido. A televisão na cômoda, do outro lado do quarto, exibe o finzinho do clipe de "Sempre assim", do Jota Quest. Joyce arqueia uma sobrancelha para a mais velha, e Mabê responde com uma expressão igual.

— Escapou da convenção das bruxas lá embaixo?

— Graças à minha lábia.

Joyce faz uma careta. Ela é cinco anos mais nova que Mabê e, nos últimos anos, começou a deixar de ver a irmã como a pessoa mais incrível da terra e passou a colocá-la no mesmo patamar dos pais. Ou seja: era um mico serem vistas juntas. Ainda assim, elas se encontram todos os dias, seis horas da noite, no quarto de Joyce, para assistir ao *Disk MTV*. Religiosamente.

Mabê seca o cabelo ali mesmo, com os resmungos da irmã por estar atrapalhando os clipes musicais. Ela sorri para a caçula e se joga no colchão macio dela, gargalhando enquanto Joyce grita "por quase esmagá-la com o seu bundão".

Pensa em ligar para ver se Fábio chegou bem em casa, mas ele mora no fim do quarteirão, e Mabê confia no melhor amigo. Fábio garantiu que estava indo para casa, e ela acredita nele.

— *Shhh*.

Joyce abana as mãos para fazer Mabê parar de rir e de se mexer assim que Sabrina volta a aparecer na TV, anunciando o clipe de "Sometimes", da Britney, como o sétimo lugar da parada.

Mabê se aconchega na cama, escorando as costas na cabeceira enquanto observa a irmã pular no colchão para acompanhar os movimentos dos dançarinos em uma tentativa de decorar a coreografia antes das amigas.

Ela começa a caminhar pelo sonho sem perceber, como acontece todas as vezes. Sabe que adormeceu no quarto da irmã, entre uma música e outra, o braço enroscado numa almofada em formato de coração. Sabe, também, que aquele sonho não é seu.

Tem uma multidão ao seu redor. Mabê está encostada na grade, com um palco bem grande à frente. Uma banda se apresenta, mas um caleidoscópio de cores e luzes e sons não a deixa entender qual. O barulho que vem da multidão atrás dela é uma onda de vivas e adoração.

Mabê olha para trás e se arrepende.

A multidão não tem rosto; é uma horda de manequins. Os gritos saem deles, mas não há bocas para emiti-los. As mãos têm os dedos colados, os braços artificiais se erguendo ao som estridente e melódico de uma guitarra.

Este não é o primeiro sonho estranho em que caminha e dificilmente será o último. Por isso, ela se esquiva para escapar da multidão, mas é engolida por ela e, então, cuspida ao lado do palco, tropeçando na grama seca para ficar de pé. Olha para si mesma e estranha a roupa; costuma aparecer nos sonhos usando pijama. Mas, ali, está vestindo peças que não usa há duas semanas: a saia preta de couro que comprou em um brechó da cidade e a camiseta da banda de metal Estrela da Morte, que ela mesma fez.

É tudo específico demais, por isso o estranhamento a move até o palco. Seu cabelo está solto sobre os ombros, em ondas despenteadas, trabalhosas de se fazer. Até mesmo os brincos! Quando toca as próprias orelhas, sente as estrelas penduradas em duas argolas.

Como caralhos seu visual daquele dia proibido tinha ido parar no sonho de outra pessoa?

A escadaria de madeira a leva até o topo do palco. Caixas de som gigantescas tomam as laterais do tablado. Fumaça esconde o rosto do baterista e do baixista, e a pessoa cantando acaba de se jogar na direção da multidão de manequins enquanto o solo de guitarra começa.

Então Mabê vê Jonathan ali no palco.

Uma bandana preta na testa, o cabelo escuro e desgrenhado caindo sobre os ombros, a pele branca coberta por uma camada de suor. Ele está usando jaqueta de couro, calça jeans rasgada e a camiseta de sua banda, a Anticristo. A guitarra, presa pela correia esfarrapada, ressoa os acordes que os dedos cheios de anéis formam.

Por que ela está no sonho dele?

O solo continua, o som de metal pesado reverberando pela multidão cada vez mais enlouquecida. Mabê se lembra do festival e de assistir a uma cena parecida com a que vê agora.

Duas semanas antes, ela estava lá, na horda de pessoas exaltadas, gritando também. E, assim como aconteceu duas semanas atrás, Jonathan ergue o rosto, e seus olhos escuros encontram os dela.

Mabê hesita.

Ela invadiu o sonho dele e se sente estranha por isso.

Tudo bem, Jonathan não faz ideia. Mas continua olhando para ela, continua tocando a guitarra e entregando tudo de si naquela apresentação, continua vibrando sob as cores do palco e as luzes e a fumaça. Sabe que não devia estar assistindo àquilo, mas não sabe como ir embora. Não sob o olhar dele. Não quando Jonathan franze a testa de leve, os lábios entreabertos, como se quisesse dizer alguma coisa. Como se quisesse dizer alguma coisa *para ela*.

Por um instante, ele quase parece lúcido. Aquela névoa estranha que costuma tomar o olhar dos sonhadores não nubla a expressão dele. Quase parece desperto. Ciente de sua presença ali. Ciente de que ela é real.

Mabê se sente desconfortável. Isso nunca aconteceu antes. Pode não saber muita coisa sobre caminhar pelos sonhos alheios, mas sabe que ninguém fica consciente de sua presença. Ninguém se lembra de vê-la nos sonhos. A possibilidade faz crescer um arrepio sob sua pele. Mabê olha em volta, girando em um círculo lento, só para ter certeza de que está sozinha. De que aquele olhar é direcionado a *ela*, de que ele a está observando daquela forma tão lúcida. Não encontra mais ninguém.

Mabê balança a cabeça e, quando para de girar, está de frente para Jonathan de novo. Ele sorri e pisca um olho, e ali está: a névoa dos sonhadores. Voltou com tudo, e nubla não apenas ele, mas todo o palco. Mabê tropeça para trás com a intensidade dos sons — o estouro de um acorde, o retumbar da bateria, o sorriso do garoto esquisito —, e então, sem perceber, se senta na cama, completamente desperta.

Dominique sai bem cedo de casa, atravessa a rua enquanto ajeita as duas tranças sobre os ombros e sorri ao ver o portão da casa em frente à sua se abrindo. Johnny — como ela prefere chamá-lo — aparece com a calça rasgada, a camiseta preta da banda Alice in Chains e uma cara de poucos amigos. Não que isso faça diferença.

Se ele percebe a sua presença, não faz muito esforço para demonstrar. Continua andando pela calçada esburacada, os fios do Discman pendurados sobre a camiseta. Dominique aperta o passo e cutuca o ombro dele só para ganhar uma careta indignada de volta. Ele está usando os fones e, perto assim, dá para ouvir a bateria pesada de uma música.

— Oi!

Johnny ergue as sobrancelhas e volta a encarar o caminho. A garota bufa para si mesma. Ela precisa fazer amigos, e logo. Já faz uma semana desde a mudança, e as poucas palavras que trocou com os colegas na sala foram "Me empresta o apontador?" e "Pra quando é mesmo o trabalho de biologia?".

No Fundo do Poço, é ainda pior. Todo mundo ali está vivendo a própria realidade deprimida por ter sido relegado ao reforço, e, até o momento, nenhum adulto responsável se ofereceu para ajudá-los com a matéria.

Pior, ela nem sabe se todos ali precisam de ajuda com a mesma matéria.

Porque Johnny foi o único com quem trocou algumas palavras amigáveis, e também porque é esquisito o suficiente para fazer

Dominique se sentir confortável em sua presença, ela o cutuca de novo. Ele solta um suspiro.

— O que foi agora?

— O que você vai fazer no fim de semana?

— É sério que é sobre isso que você quer conversar? — Johnny faz outra careta.

— Eu só sei o seu nome, o fato de que você é meu vizinho e que pegou recuperação em várias matérias, de acordo com o último sermão da secretária. Você gosta de rock, o que é bem óbvio. — Ela aponta para ele como um todo. — E acho que tem um ou dois amigos? Eu te vi na cantina com uns caras magrelos, que também não respeitam muito o código do uniforme.

Isso não é verdade. Dominique também já ouviu uns mauricinhos provocando Johnny, chamando o garoto de filhote do capiroto e perguntando sobre a sua mãe de uma maneira que deixava bem claro que não se importavam com a resposta, só com a reação que conseguiriam arrancar dele, o que consistia em empurrões e palavrões, ou um dedo do meio, se ele estivesse mais calmo.

Mas Dominique não se importa, porque sabe o que é ser a esquisita da turma. Também sabe o que é ter uma mãe ausente que não liga para ela.

— Ninguém liga pro uniforme, novata. — Johnny revira os olhos. — E o máximo que vão fazer é me mandar embora, o que seria uma bênção.

— Tudo bem, então você é um rebelde sem causa. Viu? Descobri mais uma coisa sobre você!

Dá para ver em seu olhar que ele está irritado.

— Eu também sou esquisita. Acho que nós, esquisitos, deveríamos nos unir. — Dominique ergue os dedos quando começa a listar: — O dedão do meu pé direito é torto por causa de um acidente com o meu Velotrol; eu usei aparelho até os quinze anos e ainda assim ranjo os dentes quando durmo; e, *ah!*, decorei algumas cenas de *Pantanal* porque minha avó é apaixonada pela novela e tem umas fitas gravadas dos episódios favoritos dela. Mas você não está sorrindo e acenando porque se identificou com a minha esquisitice, então talvez a sua esquisitice seja diferente da minha. De qualquer jeito: você não anda com os mauricinhos e escuta metal, então é, sim, um esquisito.

À frente deles, alunos entram pelos portões abertos da escola. Johnny aponta para lá.

— Por que não tenta fazer amizade com mais alguém?

— Isso significa que somos amigos?

— A Angélica, por exemplo.

Sentada na mureta de entrada, com o cabelo crespo solto sobre os ombros, ela está conversando com uma garota que Dominique não reconhece. Um tremelique em seus nervos a faz pensar que Angélica fica ainda mais bonita com o cabelo desse jeito, os cachinhos volumosos e brilhantes sob o céu ensolarado.

— Vai na festa da igreja hoje à noite. A Angélica com certeza vai estar lá.

— Você vai?

— Tenho que ir, minha tia ajuda na barraca da paróquia... — Ele para, arrependido por responder.

Dominique sorri da maneira mais animada possível.

— Tudo bem, eu te encontro lá, então.

— Não foi isso que eu...

Mas ela é esperta demais para esperar pela réplica. Por isso, atravessa a rua correndo, entre o espaço de dois carros, e acena por cima do ombro para o garoto esquisito que vai encontrar na festa.

Dominique prende parte do cabelo em um rabo de cavalo alto. O frufru rosa-choque, revestido de tecido macio, se destaca entre os fios castanhos. Ela desiste de domar as ondas cheias de frizz e as deixa soltas sobre os ombros, tão longas que chegam até o meio das costas.

Olha para si mesma no espelho do banheiro e bufa, sem saber que cor de maquiagem usar. Faz um contorno rosa-escuro nos olhos redondos e aproveita o que resta do brilho labial de morango para esconder os lábios rachados.

Também não sabe o que vestir para uma festa da igreja, então escolhe um dos vestidos de alcinha (um dos raros presentes da mãe, enviado da Disney, onde a mulher nunca fez questão de levá--la) e o coloca por cima da camiseta branca. Nos pés, seus tênis brancos parecem completar um visual de recém-chegada que sabe ficar bonitinha para comemorações da comunidade.

Anabela aceita ir junto porque quer conhecer a paróquia da cidade, quem sabe até participar do grupo de beatas — pelas fofocas, claro. Elas precisam pegar o carro para chegar até a praça da igreja matriz e descobrem que toda Enseada dos Anjos gosta muito de festas religiosas, porque encontram uma imensidão de pessoas ao chegarem.

Teria sido mais fácil ir andando, considerando onde tiveram que estacionar o carro.

Dominique também se surpreende com o parque de diversões montado na área descampada atrás da igreja. Ela vê uma roda-gigante que, na verdade, é uma roda média, carrinhos bate-bate e um carrossel que provavelmente só recebe crianças de até três anos, pelo tamanho dos cavalos.

Barracas vendendo quitutes e pastéis e caldo de cana se enfileiram junto às de doações. Algumas vendem artesanato, de bordados a peças de crochê, e outras parecem bastante com o que se espera de uma festa junina — só que em outubro.

Dominique saltita pelo corredor de gente e sorri ao encontrar um rosto conhecido em meio às barracas. Sua avó, muito interessada na venda das cartelas de bingo, acena quando a neta se afasta.

Com um sorriso, a garota para ao lado da barraca que vende peças de crochê. Lá dentro, duas mulheres se revezam recebendo fichas para trocar pelas artes, e um Johnny frustrado ergue o olhar entediado na direção dela.

— Por quê? — A pergunta exasperada dele ganha uma risada da garota.

— Eu falei que vinha, ué.

— A Angélica deve estar por aí, em algum lugar.

A perspectiva de vê-la enche Dominique de uma sensação enérgica. Até seu anel do humor muda de cor, oscilando entre amarelo e verde. A garota chacoalha os dedos para tentar dissipar o nervosismo que o objeto insiste em apontar.

— Vai procurar por ela, fazer outro amigo, sei lá.

— Para sua informação, Johnny, eu já fiz outro amigo. — Dominique se recosta na bancada da barraca, o queixo apoiado em uma das mãos. — Minha avó acha que tem um rato morando no fogão à lenha, no quintal atrás de casa. É bem velho, e a gente nunca vai usar, porque a chaminé caiu tem muitos anos, então não tem por que desabrigar o coitado. Eu ouvi uns barulhos estranhos durante a madrugada e tenho certeza de que temos um túnel até os armários da sala. Pensei em chamar ele de Cleiton. O que você acha?

Johnny parece perdido demais para responder.

Por sorte, uma das mulheres se aproxima, a mão carinhosa sobre o ombro dele. O rosto dela é como papel envelhecido, enrugado nos cantos. Alguns fios brancos se destacam no cabelo escuro, que é longo e liso e está preso para trás em um coque firme.

— Quem é essa, Jonathan?

— Uma colega...

— Amiga — diz Dominique, erguendo a voz, com um sorriso.

— Ele me apresentou a escola. Eu acabei de me mudar pra cá com a minha avó, fiquei perdidinha naqueles corredores. O Johnny foi muito solícito.

Isso gera um sorriso orgulhoso na mulher, o que faz Dominique se perguntar se por acaso é a mãe dele. Os dois não se parecem muito, com exceção do cabelo escuro e dos olhos castanhos.

— Ah, que vestido lindo! — elogia a mulher. — O Johnny também adora ela!

Dominique olha para baixo, para a estampa de Alice no País das Maravilhas que toma toda a peça. Ergue o olhar confuso para Johnny, que aperta os dedos sobre a ponte do nariz.

— Alice *in Chains*, tia. Eu já te expliquei.

A tia não parece muito disposta a entender a diferença, dispensando o comentário dele com um sorriso bem-humorado.

— Me conta, Dominique. O que está achando da cidade? Já visitou o centro?

— Minha avó foi lá. Com a mudança, eu ainda não tive tempo de passear por aí.

— Você vai adorar! O cinema abre todo fim de semana, e as estreias só levam uma semana a mais do que a capital para chegar aqui. Já ouviu falar da sorveteria do Mateus? Tem o melhor sorvete de hortelã que você vai experimentar na vida! É o favorito do Johnny.

— Acabei de descobrir mais uma esquisitice sobre você! — Dominique sorri, orgulhosa.

Johnny revira os olhos, mas a tia não parece notar. Ela apenas sorri para a garota e se vira para o sobrinho.

— Por que não vai dar uma volta com a sua amiga? Não precisa ficar aqui escondido a noite toda.

— Tia...

— Isso, por que você não vem dar uma volta com a sua amiga? — repete Dominique, animada.

— Vai, anda. Vamos até vender mais sem você aqui! — diz a mulher, com um carinho divertido.

Dominique parece ser a única que nota a forma como Johnny trava a mandíbula com a brincadeira.

— Tá bom. Já que você insiste.

Ele passa por baixo da bancada e se junta a Dominique, enfiando as mãos nos bolsos da calça jeans. Johnny começa a andar para longe da barraca da tia, e a garota se apressa para acompanhar os passos dele.

— Tudo bem? — Ela franze as sobrancelhas para o garoto, preocupada.

Ele ainda está com a cara meio fechada.

— Tá.

— Porque parece que você ficou chateado com o comentário da sua tia. Sabe, sem querer me meter nem nada. Só... tá tudo bem se você ficou chateado.

Johnny não a encara, mas revira os olhos mais uma vez.

— Ela não faz por mal. Só... não dá bola para o que as pessoas dizem.

— O que as pessoas dizem?

Johnny se vira para ela, encarando-a com curiosidade.

— Você nunca prestou atenção nas fofocas da escola?

Dominique sente as bochechas corarem e desvia o olhar, já que não quer admitir. Nem que escutou, sim, todas as fofocas, nem que está curiosa sobre o contexto delas.

— Ninguém fala muito comigo por lá.

— Beleza, então você não sabe quem é a minha mãe?

— Deveria?

— Você não curte metal, né, novata? — A provocação a deixa ainda mais envergonhada.

— Ei, eu conheço umas bandas! Eu assisto MTV.

Ela se recusa a admitir que a música mais revolucionária que já ouviu na vida é dos Mamonas Assassinas. Johnny ri, de forma genuína, e para no meio do caminho, fazendo com que Dominique também precise parar.

— Minha mãe é a vocalista da Estrela da Morte.

— Ah.

Ela finge entender o que isso significa. Será que a mãe dele é fã de *Guerra nas estrelas*?

— E todo mundo na cidade acha que ela vendeu a alma pro diabo ou coisa do tipo pra ficar rica.

— Ah — repete. Está começando a encaixar as peças no quebra-cabeça que é esse garoto. — Todo mundo?

Johnny dá de ombros.

— Alguns acham que, na verdade, ela fez um pacto e *eu* sou o filho do capeta.

— Isso não é verdade. — Dominique se sente ofendida por ele.

— Não, ela é só uma mãe de merda.

A garota assente devagar, porque tem muita experiência nessa área.

— Sei como é. Minha mãe sumiu no mundo quando eu era pequena. Não veio nem pro enterro do meu avô.

Johnny dá um aceno de cabeça, como quem diz "Tô ligado".

— Se eu vi a minha mãe umas cinco vezes na vida foi muito — continua ele. — Ela me entregou pra minha tia quando eu nasci, apareceu vez ou outra pra me dar a ilusão de que seria uma figura presente, e aí foi viver a vida dela como se eu nunca tivesse acontecido.

— Elas que saem perdendo, né? — Dominique força um sorriso, e o garoto apenas concorda com a cabeça.

Mas, no fundo, tem a impressão de que nenhum dos dois acredita nisso de verdade.

A fila da barraca de refrigerantes está enorme, mas Joyce bate o pé porque quer uma Fanta Laranja gelada, e Mabê precisa se lembrar de que, apesar de tudo, gosta de ter uma irmã. Ela ainda tem cerca de quarenta minutos até as fotos em frente à igreja, o que deve ser tempo suficiente.

Uma brisa fresca sopra pelo corredor de pessoas e balança as folhas das mudas de árvore que a prefeitura plantou pela calçada. Mabê cruza os braços, os olhos correndo pela multidão, por todos os sonhadores que já conheceu sem que soubessem.

Sorri para dona Eleonor, que tem uma loja de linhas de costura no Centro e que costuma sonhar com um universo inteiro costurado com elas. Castelos e mansões e ruas inteiras feitas de crochê e bordado.

Acena para o vice-prefeito, magro e ossudo, que passa em uma conversa animada com a sua secretária, e se lembra de que seus sonhos mostram a prefeitura — que ele comanda, é claro — como o centro do mundo.

Alguns rostos desconhecidos passam por ela, mas Mabê também se lembra deles. Sonhos com borboletas gigantes e uma infinidade de filhos cuidando de uma casa com andares infinitos. Sonhos com casamentos e divórcios, viagens impossíveis e outros universos. Enseada dos Anjos é uma cidade de sonhadores muito criativos, o que sempre a coloca para pensar nos próprios sonhos.

Mabê não se lembra de tê-los. Quando adormece, ela anda. E é assim desde sempre. Nunca teve pesadelos, também, mas já visitou vários. Desde que se entende por gente, caminha pelos sonhos, mas nunca teve um.

Para Mabê, sempre foi tão comum quanto respirar. Só foi se dar conta de que era algo estranho e que nem todos podiam fazer quando contou para Fábio. Na época, eles tentaram desvendar o mistério. O como, o porquê, o quando. Mas nada era consistente o bastante.

Nenhum antepassado tinha deixado um diário que revelasse os segredos dos caminhantes (como os dois passaram a chamar Mabê, quando tudo ainda era empolgante), Joyce não tinha a mesma habilidade, e ela nunca teve coragem de perguntar aos pais.

O máximo que descobriram foi que, se pensasse o suficiente em uma pessoa antes de dormir, Mabê conseguia alcançar os sonhos dela. Quando criança, achava legal. Hoje em dia, considera fazer isso com intenção ainda mais invasivo do que aparecer em um sonho aleatório.

Sendo assim, apenas aceitou que essa habilidade é tão comum para ela quanto um desvio de septo ou miopia. Faz parte de quem é.

Passos apressados a tiram do torpor e Mabê se vira, franzindo as sobrancelhas.

Jonathan está parado atrás dela. O mesmo visual de sempre — o mesmo cabelo comprido e desgrenhado com a franja mal cortada, o mesmo olhar castanho desafiador. A novidade é um meio-sorriso sem vergonha na sua cara. Como quem diz: "Te peguei!"

Mabê dá as costas a ele e aperta as mãos nos ombros da irmã. Se Joyce percebe o seu nervosismo, não demonstra. Parece muito compenetrada em esperar pelo refrigerante.

— Eu vi você — murmura ele próximo ao seu ouvido, e Mabê percebe o sorriso em sua voz antes de girar nos calcanhares, em pânico.

— O quê?

— Calma. Eu não vou te dedurar.

E para quem ele deduraria? Para o padre? *Tem uma garota esquisita andando pelos meus sonhos, acho que você precisa fazer uma intervenção. Traga água benta.*

Ela já pensou nisso, é claro. Quando você anda por sonhos, pensa em tudo. Se falasse com alguém além de Fábio, a pessoa acreditaria? Tentaria ajudar?

Anos atrás, quando Mabê e o amigo perguntaram para a bibliotecária se ela tinha algum livro sobre a temática, ela botou *Insônia*, de Stephen King, em suas mãos. E desejou uma boa leitura.

— Mabê?

Ela fica atordoada sob o olhar curioso do garoto.

— Eu não vim aqui te chantagear, se é isso que você pensou. — Jonathan franze as sobrancelhas. — Só queria perguntar o que você achou.

— O que eu achei?

— Do festival. Há duas semanas? Queria ter falado com você antes, mas não tive tempo.

Por tempo, pensa Mabê, *ele quis dizer oportunidade*. Porque ela está sempre cercada dos amigos na escola e desconfia de que Jonathan prefere comer o próprio braço a chegar perto desse pessoal voluntariamente.

— Do festival... — Ela quase suspira de alívio ao dizer isso, mas apruma a postura entre um pensamento e outro. — Que festival?

Jonathan parece aturdido.

— O Metal Head, perto da saída da BR. Eu vi você lá.

Tem um pingo de provocação na voz dele, mas também tem confusão. Jonathan sorri em expectativa.

Mabê sabe que a banda dele, Anticristo, teve uma chance de ouro ao abrir o festival. Por menor e mais nichado que o festival fosse, bandas que começam na garagem dos pais, em uma cidade minúscula como aquela, não costumam ter muitas oportunidades. Até porque um dos garotos que toca com ele — Mabê não sabe seu nome, mas sabe que ele tingiu o cabelo de vermelho no começo do ano — está estudando para fazer medicina. Se passar no vestibular, não vai continuar em Enseada dos Anjos.

A maioria das pessoas vai embora.

Então entende o entusiasmo de Jonathan. Entende a expectativa no olhar dele. Jonathan quer saber o que ela achou, porque a princesa da cidade estava vivendo seu dia proibido e viu a banda dele tocar.

Mabê engole em seco. Ao seu redor, quase sente como se dezenas de observadores estivessem se preparando para anotar tudo que estão ouvindo. Ninguém parece prestar atenção neles, mas, do jeito que as fofocas correm por ali, tem certeza de que pelo menos algumas pessoas estão bem atentas.

— Você endoidou, Jonathan. Música alta prejudica o raciocínio, sabia?

A expressão dele fica ainda mais confusa.

— Eu não fui nisso aí — afirma ela, por fim.

Jonathan crispa os lábios e cruza os braços, indignado.

— Por que você tá mentindo?

— Não é mentira. — Mabê dá de ombros, indiferente. — Nem preciso te provar nada. Não fui nesse festival, nem iria se tivesse a chance. Eu gosto de música de verdade.

As sobrancelhas dele fazem um arco de surpresa, mas é o olhar que mais a pega. Jonathan não esconde a mágoa.

Mabê se sente mal também. Ela gosta das músicas. Tem caixas escondidas embaixo da cama com todos os CDs de metal e punk que conseguiu comprar longe do olhar afiado da mãe. Sua ida ao festival foi o maior ato de rebeldia de toda uma vida, e Mabê nunca se sentiu tão viva quanto naquela madrugada, com a saia de couro "indecente", a camiseta que ela mesma fez e o som vibrante das caixas de som.

Se tivesse um pingo de coragem, faria um elogio. A apresentação da banda dele foi ótima. Johnny foi ótimo. Mabê não fazia ideia de que a banda tinha músicas originais e foi com surpresa e adoração que assistiu ao show.

Se tivesse um pingo de ousadia, estaria pedindo um CD do ensaio deles.

Mas ela não é corajosa nem ousada. Sua rebeldia durou uma noite e se dissipou com o pânico ao chegar em casa, apavorada com a ideia de os pais descobrirem onde estivera. Fábio acobertou o seu sumiço, e só por isso Mabê escapou da investigação.

Ela sabe que não vai ser enviada a um hospício por gostar de bandas de metal, mas também sabe o que falam de Jonathan, as fofocas que rolam sobre a mãe dele, sobre pactos e demônios e ocultismo. Sabe que ele só tem dois amigos na escola e que eles costumam ficar em um canto do pátio perto do qual ninguém passa. Ela é filha do prefeito, da primeira-dama mais proativa da comunidade, parte da família perfeita de Enseada dos Anjos. Não tem lugar na sua rotina para ser uma pária.

Seus olhos encontram os de Jonathan em meio a todos esses pensamentos, e Mabê aperta os lábios.

Ele sabe que era ela. O sonho dele foi igual ao festival — fora os manequins bizarros. Johnny a viu na plateia. E a expressão séria dele é um desafio, um que Mabê não vai aceitar. Por isso, ela mantém o queixo erguido, abraçando o silêncio entre eles para desafiá--lo a chamá-la de mentirosa.

Uma pessoa esbarra em Jonathan e quebra todo o momento.

Mabê estreita os olhos para a garota. É a novata da escola... Dominique?

Ela é alta e magra como um eucalipto. Os olhos são escuros e redondos, cobertos por óculos de lentes grossas, e os lábios são finos e rosados. Tem algumas sardas sobre a pele bronzeada, o cabelo é castanho e está meio preso no alto da cabeça, com ondas bagunçadas caindo até a cintura.

— E aí, gente! O que eu perdi?

Jonathan está entre uma careta e um olhar indignado quando Mabê se vira para a irmã, só para perceber que Joyce não está mais ali.

Ela olha em volta, exasperada. A multidão parece mais volumosa, e aquele momento em que reconheceu os sonhadores se torna um borrão. Mabê não vê nenhum rosto conhecido. Sua irmã não está em lugar algum.

— Mabê? — Jonathan toca seu ombro e ganha um pulo de susto dela. — O que foi?

— A Joyce estava bem aqui um minuto atrás.

— Quem é Joyce? — Dominique se empertiga.

— A irmã dela.

O olhar do garoto começa a correr pela multidão, e Mabê faz o mesmo, o corpo todo tremelicando de nervosismo.

— Calma, a gente te ajuda a achar ela. — Dominique sorri, e Mabê vê um pequeno espaço entre seus dentes da frente. — Como é a sua irmã?

— Baixinha, ruiva, está usando uma camiseta rosa dos Power Rangers.

— Maneiro. — A garota assente e começa a andar.

Atravessar a onda de pessoas é uma tortura. Para onde quer que olhe, Mabê avista garotas de camiseta cor-de-rosa, e nenhuma delas é a sua irmã. E se a maldição pegou a sua vítima do ano e resolveu que seria a filha mais nova do prefeito da cidade?

Ela está a meio pensamento de subir as escadas da igreja e usar o microfone do padre para gritar por Joyce quando Jonathan cutuca seu ombro e aponta para uma das barracas.

Angélica está ali, de mãos dadas com o irmãozinho. Com a pele negra, covinhas no sorriso e um cabelo crespo volumoso, ele parece uma miniatura dela. Pela outra mão, a garota segura Joyce, que acena na direção da irmã mais velha.

Mabê vai até a pirralha com passos furiosos e se divide entre a vontade de gritar com ela e de chorar.

Enseada dos Anjos é uma cidade pequena, mas todo ano uma pessoa entra em coma e morre um mês depois. A mera ideia de sua irmã ter sumido por ter perdido a consciência varre qualquer razão de Mabê.

— Ela viu o Juninho e quis dizer oi. Disse que a fila do refrigerante estava durando um milhão de anos e me pediu pra comprar uma Fanta na barraca de pastel — explica Angélica, séria. — Eu já ia levar ela de volta.

— Valeu.

Fica um clima estranho entre elas, e Mabê sabe que é um pouco culpada por ele. Não totalmente, pois elas só perderam aquele jogo por causa do ego de Angélica, já que ela não arremessou a bola para Mabê no momento certo, forçando um arremesso arriscado.

Mas, no fim das contas, o diretor não precisa se importar com algumas garotas perdendo no basquete quando a escola tem o time de futebol para representá-los nos Jogos da Primavera. Depois dessa derrota, então, não vai ter espaço para qualquer referência nos arquivos do terceirão de 1999.

Mabê sabe, no entanto, que participar do campeonato de Florianópolis seria uma chance de ouro para Angélica. Se elas tivessem ganhado o jogo, teriam saído no jornal da cidade. Teriam recebido patrocínio da prefeitura para viajar e competir com outra escola naquele fim de ano. Se tivessem vencido o campeonato...

Bom, Mabê não sabe muito mais o que aconteceria. Ela não se importou o suficiente para pesquisar. Enseada dos Anjos nunca teve grandes atletas, e Angélica já deixou bem claro, pelo seu comprometimento com o time e com os treinos, que quer ser a primeira. Mas uma simples derrota atrapalhou isso.

Talvez deva desculpas à colega, mas agora é o seu ego que decide atrapalhar.

— Acho que é um ótimo momento para apresentações oficiais! — Todo mundo se vira na direção de Dominique. — Eu sei que você se chama Angélica e que você se chama Mabê, mas é Mabê mesmo?

— Maria Betânia. — Ela faz uma careta. — Mas, por favor, só Mabê.

— Você é a novata, né? Que colocaram no Fundo do Poço? — Angélica ergue as sobrancelhas ao olhar a recém-chegada de cima a baixo.

— Dominique — resmunga ela. — Essa história de Fundo do Poço é meio caidinha, né? Ninguém pensou em um nome melhor?

Mabê não acredita em milagres, mas quase agradece aos céus quando vê Fábio caminhando em sua direção, bastante compenetrado em tirar um pedaço do algodão-doce em suas mãos sem destroçá-lo por inteiro. Ele se separou dela meia hora antes, por causa da barraca de doces.

Mabê acena e grita por ele, e sorri quando Fábio a avista.

— Eu te procurei em todo canto. — Fábio está com os olhos vermelhos quando se aproxima, mas a voz não vem carregada. O que significa que ele está bem, na medida do possível. — Sabia que o seu pai vai anunciar um leilão mais tarde? Tá na agenda?

— Eu fui avisada disso também.

Ela agarra o pulso dele com a mão livre e se certifica de estar segurando Joyce com muita firmeza quando começa a se afastar.

— Papo legal, galera, mas a gente tem que ir.

Eles não têm que ir. Mas Jonathan ainda está olhando para Mabê como alguém que sabe o que ela fez no verão passado, e o clima com Angélica ainda está permeado por aquela rixa de antes, e Dominique não para de falar.

Eles estão a alguns passos de distância quando acontece um blecaute.

A música para, as luzes penduradas na rua se apagam. A roda-gigante é uma silhueta fantasmagórica em meio à penumbra, e gritos começam a ecoar de lá. De todos os cantos, na verdade. Mabê puxa Joyce para junto do seu corpo e agarra a camiseta de Fábio com força. Escuta o chiado do megafone, e então a voz do padre ressoa, pedindo calma. Eles já vão investigar o que aconteceu. Não houve nenhum estouro de transformador, como costuma acontecer nessas situações. Nenhum som que indicasse o problema. E, tão de repente quanto ficou escuro, há luz.

Mabê pisca, aturdida, quando tudo se acende. A roda-gigante volta a funcionar — e mais gritos vêm dela —, e os brinquedos e as barracas e as luzes penduradas também. Tudo fica estável.

Mabê olha em volta e algumas pessoas estão com a mesma expressão que ela. De estranheza, de confusão. A garota encara Fábio, que abre um sorriso bem-humorado, porque claro que nada abala o humor dele.

Perto da barraca, Jonathan e as garotas encontram o olhar de Mabê, e ela quase quer se aproximar para perguntar se também estão sentindo isso, essa bizarrice coletiva.

— Coisa do fim do ano, né? — comentam duas senhoras perto deles.

— Bem que avisaram.

— Os anos 2000 chegando, eu já esperava que coisas estranhas começassem a acontecer.

Mabê quer rebater o comentário, dizer que coisas estranhas já aconteciam ali sem que elas soubessem, como a existência de uma garota que consegue caminhar entre sonhos. Mas sorri quando elas acenam e passam por eles, engolindo em seco para esconder o nervosismo. Cutuca Fábio para ele continuar andando e se afasta antes que o grupo do Fundo do Poço se reúna novamente.

Ela faz com que Joyce apresse o passo, puxando-a pelo cotovelo.

— Credo, vai tirar o pai da forca, Mabê? — pergunta Fábio com bom humor, mas precisa apertar ainda mais o passo para acompanhá-la.

— Temos que tirar fotos na frente da igreja, e a brincadeirinha da Joyce atrasou a gente.

— Não foi brincadeira! — A menina faz uma careta para a irmã.

— Eu só fui dar um oi...

— E podia ter me avisado. Ou me esperado, pelo menos — interrompe Mabê, e não nota a careta indignada da irmã porque avista os pais.

Joyce revira os olhos e se solta do aperto da irmã, trocando a Fanta de mão e saindo na frente em direção aos dois, com toda a pose de pré-adolescente que não aceita estar errada.

— Que que o Johnny fez pra te deixar assim mal-humorada? — sussurra Fábio com curiosidade genuína.

Quando recebe um olhar irritado de Mabê, finge fechar o zíper da boca e ergue as mãos em sinal de desculpas. Ela respira fundo e coloca um sorriso no rosto ao se aproximar dos pais. Um sorriso que espelha o que a mãe está exibindo com seu "aceno presidencial". Parados na escadaria da igreja, eles são a imagem impecável da família perfeita.

— E aqui estão as nossas garotas! — Isadora corta o que estava dizendo para o repórter da *Gazeta* e estende os braços para Joyce e Mabê.

As garotas se aproximam, como aprenderam desde cedo a fazer. Joyce oferece o refrigerante para o pai, que sorri e usa o polegar para limpar o canto da boca da garota — que não estava sujo. Só para aparentar ser um pai preocupado, atencioso. Ele faz isso sempre que a família sai pelas portas de casa.

— Ótimo, então que tal uma foto para a coluna social? — sugere o repórter, todo animado, e o casal troca um olhar surpreso que parece dizer: "Olha só! Nem tínhamos pensado nisso!"

— Acho uma ótima ideia.

O pai sorri, colocando-se atrás da filha mais nova, com as mãos sobre os seus ombros. A mãe puxa Mabê para perto. Um dos seus braços envolve a cintura da filha, o outro vai ao encontro do marido. É um movimento tão calculado que quase parece ensaiado — porque é. Mabê está próxima o suficiente para escutar o que a mãe diz por trás do sorriso:

— Não quero você andando por aí com aquele delinquente do Jonathan.

Mabê é pega desprevenida pelo tom afiado por trás da expressão suave da mãe. Está se virando para responder quando sente um beliscão na cintura.

— Sorria.

Ela segue a instrução e se apruma, sorrindo.

— E comece a usar as bases que eu comprei. Seu rosto está todo pintado.

O comentário é quase um tapa na cara, e deixa Mabê muito consciente de sua aparência. A mãe tem uma opinião forte a respeito das sardas do próprio rosto, ombros e braços, e faz questão de que a filha também tenha. Porque, é claro, as piores falhas que uma pessoa pode ter são as visíveis aos olhos alheios.

— E agora que tal uma com o dr. Tadeu? — pergunta o repórter assim que o fotógrafo abaixa a câmera.

Mabê nem espera a resposta. Ela se afasta, com Joyce no encalço, enquanto o dr. Tadeu e a esposa se aproximam. Fábio nem sequer olha para os próprios pais, apenas passa o braço sobre os ombros da amiga e a puxa para perto, de maneira reconfortante e ao mesmo tempo descontraída; é o tipo de gesto que ela espera dele em momentos assim. Porque Fábio, melhor do que ninguém, entende o que esses sorrisos escondem.

Os dois se afastam, e Mabê acena para Joyce acompanhá-los, o que faz sem perguntar aos pais se pode, apenas escapando. A garota abraça a cintura do amigo e apoia a cabeça no ombro dele. Com os barulhos da festa ao redor, nenhum dos dois diz nada. Mabê se pergunta se Fábio escutou o que a mãe disse para ela, e por isso está tentando lhe garantir que está ali para apoiá-la.

O trato entre eles sempre foi uma via de mão dupla: Mabê cuida dele, e ele cuida de Mabê.

CAPÍTULO 4

A MALDIÇÃO DE 1999

DOMINIQUE DESPERTA COM UM BARULHO ESTRANHO E, COM O SUSTO, esquece o que estava sonhando. Ela suspira e se vira na cama, puxando a coberta até as orelhas. Está tão cansada que parece que acabou de se deitar.

Mas então o barulho estridente soa mais uma vez e Dominique consegue identificá-lo: não é o despertador, é a porcaria do telefone que fica na mesinha ao lado da porta de seu quarto. Outro toque. Ela não aguenta mais essas ligações de madrugada. Ainda assim, a avó sempre se levanta para atender, com medo de que seja alguma notícia da filha. Menos hoje.

Hoje, parece que Anabela está dormindo feito uma pedra. Resmungando, Dominique tateia a mesa de cabeceira até encontrar os óculos. Os números vermelhos se destacam na escuridão do quarto, e o relógio marca 5h55. Faltam cinco minutos para outro som estridente anunciar seu sofrimento diário.

Com mais ódio no corpo do que achava possível conjurar antes das seis da manhã, Dominique se levanta e abre a porta do quarto. Seus braços se arrepiam com o ar gélido que atravessa as paredes cor de pêssego. O telefone continua tocando, quebrando o silêncio. Quando o alcança e atende, escuta apenas estática. Como a TV em *Poltergeist*.

— Alô?

Talvez seja mesmo a mãe. As ligações são raras, mas sempre acontecem em horários inconvenientes e com barulhos estranhos de fundo, já que costumam ser internacionais.

— Mãe?

Ela não tem resposta.

Espera mais um tempo e então devolve o aparelho ao gancho.

Dominique dá dois passos em direção ao quarto quando o telefone volta a tocar. Ela estende a mão, sente a vibração do aparelho sob seus dedos, mas espera. Toca de novo e de novo, e é estranho que a avó não tenha acordado para atender.

Dominique vai até o quarto dela com pressa, escancara a porta sem cerimônia. Anabela resmunga na cama:

— Por que essa algazarra toda?

Assim que a avó afunda as meias no carpete, o telefone para de tocar. Abruptamente, no meio do som. Dominique estreita os olhos e volta para o corredor, só para ser recebida pelo barulho de novo.

Ela arranca o telefone do gancho, pronta para mandar alguém para um lugar bem desagradável, mas a ligação cai. E então começa a tocar, *fora do gancho*. Nas suas mãos. O som ensurdecedor atravessa o corredor em um eco horrível. Está mais alto agora, mais esganiçado. Parece muito um grito cuja nota sobe e sobe, até se tornar inaudível.

Dominique fecha os olhos e bate o telefone com força. Está tremendo, sem entender o motivo. Como a descarga de adrenalina depois de um pesadelo intenso.

— Bate mais um pouco! — grita Anabela do quarto. — Não quebrou ainda, né!

— Foi mal, vó.

Dominique pula de susto quando o rádio-relógio começa a apitar e a voz do radialista comenta alguma coisa sobre o trânsito na grande Florianópolis. Com a sensação estranha de quem não entendeu nada do que tinha acabado de acontecer, Dominique se arrasta até a cozinha, determinada a colocar a água do café para ferver. Quem sabe a cafeína ajude a afastar aquela nuvem de confusão.

Está a meio caminho de perguntar onde a avó enfiou o pó de café quando a vê parada na janela da sala. Tal qual uma assombração, Anabela consegue ser bem silenciosa quando quer. Dominique dá uma olhada no que ela está espiando e logo nota, pelo vidro molhado de chuva, uma ambulância parada na casa da frente.

A casa de Johnny.

— O que será que aconteceu? — Dominique mantém a voz baixa sem entender o motivo.

— Não sei. Eu ouvi uma comoção e vim dar uma olhada.

— Escuta, falando em estranhezas: o telefone também faz um barulho esquisito quando a senhora atende?

— Às vezes. Deve estar com problema. É uma velharia.

As duas continuam em silêncio até que os paramédicos saem da casa, empurrando uma maca. Dominique não consegue ver direito quem está deitado nela, e, por um instante, sua mente vagueia até o que parece ser a figura de Johnny.

O que é surreal demais. Eles se despediram na festa. Ela o viu entrando pelo portão de casa, acenou na direção do garoto. Não tem como alguma coisa ruim ter acontecido em tão pouco tempo, tem?

Logo atrás dos paramédicos, vem uma mulher, a mesma que viu com Johnny na noite anterior. Ela está terminando de vestir um casaco quando se vira para abraçar outra pessoa. Dá um beijo no rosto de Johnny e então some dentro da ambulância, deixando o garoto para trás.

Mesmo de longe, ele parece um pouco pálido demais. Fica com os braços cruzados enquanto observa as portas da ambulância se fecharem e o automóvel se afastar.

— O que a senhora acha que aconteceu? — Dominique se vira para encarar a avó, mas, no fundo, acha que sabe.

A maldição aconteceu.

A avó não responde, apenas estala a língua e puxa o roupão contra o próprio corpo com mais força, se afastando da janela. Dominique fica ali mais alguns minutos. Observa a chuva fraca cair. Johnny não parece se importar com aquilo nem com o frio da manhã. Ele continua parado, olhando para a rua vazia.

Por fim, Johnny se move. Seu olhar encontra Dominique na janela, porque ela não está tentando se esconder. Eles se encaram por outro longo minuto, e tem alguma coisa na expressão fechada do colega. Uma melancolia que o garoto parece tentar esconder, mas falha. Dominique ergue a mão, mas Johnny não vê seu aceno. Ele dá as costas e fecha o portão com força atrás de si.

Quando sai para a escola, com um guarda-chuva de bolinhas vermelhas e o capuz do moletom puxado sobre a cabeça, Dominique não vê Johnny em lugar nenhum. Pensa em esperá-lo na porta do colégio, mas imagina que, com ou sem maldição, ir às aulas não vai estar no topo de sua lista de prioridades do dia.

((🎃))

Às 9h30, quando o sinal bate para o intervalo, pelo menos seis pessoas já procuraram Dominique para perguntar se ela era vizinha de Johnny, se tinham levado mesmo o tio dele, se era coisa da maldição. Até a professora de química, que nunca pareceu escutar suas perguntas sobre a matéria, de repente desenvolveu uma audição supersônica para ouvir as fofocas rolando no fundão.

A garota pensou em várias respostas. A maioria não faria muito bem para a sua imagem de recém-chegada gentil. Pensou em explicar que nem sabia que Johnny tinha um tio. Também não sabia se ele era a nova vítima da maldição; vai ver caiu enquanto tomava banho ou teve um ataque cardíaco. Essas coisas vivem acontecendo, não é?

Merda, até uma semana atrás, ela nem sabia que existia uma maldição. Isso parece coisa do Acampamento Crystal Lake. Dominique esperaria encontrar esse papo em *A revolta dos gnomos*, não na sua escola.

Se for bem sincera consigo mesma, nem ao menos tem certeza se entendeu o que é essa maldição.

Alguém profanou um túmulo? Leu um livro proibido? Alguém fez alguma coisa que não devia no verão passado e, por isso, todo mundo está sendo punido?

— Oi. Você é a Domi, né?

Ela se vira com uma maçã na boca, entre um pensamento e outro sobre essa porcaria de maldição, e dá de cara com um garoto loiro, de bochechas vermelhas, com um par de óculos quadrados escorregando pelo nariz.

Dominique morde a fruta e termina de mastigar antes de responder.

— Acho que sim?

Até agora, ninguém a chamou daquele jeito, pelo menos. Mas ela até que gosta de ter um apelido.

— Você pode confirmar que o Roberto Oliveira foi levado pela ambulância hoje de manhã?

Assim que termina de falar, uma garota muito parecida com ele se junta à conversa, com um caderno aberto em mãos. Eles a encaram como se esperassem uma grande revelação.

— E aí, foi? — A garota desconhecida pisca repetidamente.

— Eu... Quem é Roberto, cara? Eu sou nova aqui. Não sei o nome de ninguém. — É tudo que consegue responder.

A menina revira os olhos e depois faz uma careta.

— Vem, vamos ver se a Carla consegue ligar pra mãe dela no hospital.

— Tinha muita gente apostando nele? — questiona o garoto enquanto se afastam, atento às páginas do caderno que a colega segura.

Dominique não escuta a resposta, mas não consegue parar de pensar naquele primeiro dia. Nas apostas e em como tudo pareceu tão bobo e inofensivo. E em como, agora, tudo parece mesquinho e insensível, como Mabê comentou.

A conversa não morre tão cedo. Até a atendente da padaria, onde Dominique vai almoçar antes da aula de reforço, pergunta sobre o incidente, o que faz com que o humor da garota vá pelo ralo.

Quando chega à aula de reforço, não é novidade encontrar a carteira do professor vazia. Na lousa, um recado instrui os alunos a fazerem silêncio. A atividade do dia está nas folhas mimeografadas sobre a mesa. Dominique faz uma careta para a quantidade de problemas matemáticos a serem resolvidos e pensa em como eles parecem meio sem sentido ao se lembrar dos acontecimentos daquela manhã.

Ela olha em volta. Vê uma folha de química na mão de uma das garotas dos esmaltes coloridos, e o que parece ser uma de física com o nome Angélica escrito nela. É uma aula de reforço para todas as matérias do mundo, pelo jeito.

Dominique escolhe uma das carteiras mais ao fundo e se senta. O cheiro de álcool que sobe da folha é forte, e ela franze o nariz. Não quer pensar em equações do segundo grau neste momento.

Uma rápida observação mostra que, obviamente, Johnny não está por ali. Ela já esperava por isso. Mas Mabê está sentada duas carteiras à sua frente. E Fábio, logo atrás dela. Angélica, que chegou pouco depois, ocupa a carteira ao lado de Dominique, que engole em seco, olhando-a de soslaio.

Angélica está bem concentrada em apontar o lápis e não parece notar o instante prolongado em que os olhos da outra ficam presos no cacho rebelde e adorável que cai sobre sua testa.

Dominique está reunindo coragem para falar com a garota quando escuta as pernas da cadeira à sua frente se arrastarem no chão. Ao se virar, dá de cara com um dos "amigos" estranhos de Johnny, que apareceu na aula de reforço no começo da semana. Seu cabelo é comprido, mas não tem o charme do colega. Luís, ela acha? Ele a olha com o que só pode ser descrito como uma mistura de chapado e sonolento.

— Foi o tio do Johnny mesmo?

Dominique sente vontade de gritar, mas se convence a não fazer isso. Eles são amigos. O garoto deve querer saber a verdade para poder ajudar Johnny.

— A ambulância já estava lá quando eu acordei. — Ela tenta falar baixinho, para não chamar a atenção dos demais, mas parece que todos estão atentos à conversa.

— Merda — resmunga Luís, girando o corpo na cadeira para encarar o amigo de Fábio. — Eu coloquei trinta reais na Nanda.

— Quê? — Dominique não consegue esconder o choque.

O garoto volta a encará-la, confuso.

— Minha aposta. Eu achei que a maldição ia pegar a Nanda este ano, mas parece que não. A não ser que tenha acontecido outra coisa com ele e a maldição esteja atrasada. O que você acha?

— Que caralho de maldição é essa? — O tom de voz de Dominique aumenta de acordo com a indignação que cresce nela. — E por que vocês são tão obcecados por ela?

— Porque são uns babacas insensíveis — replica Angélica. Quando Dominique a encara, a expressão fechada da garota está fuzilando Luís. — O Johnny é seu amigo desde a terceira série, seu otário. Ele até tentou te defender do cabeça de vento do Roger ano passado, levou a maior surra com você. E agora você está aí, agindo como se o pior dia da vida dele fosse uma grande inconveniência financeira pra sua.

Tem tanta dor na voz de Angélica quando ela termina de falar que o coração de Dominique se aperta. É quase como se a angústia escorresse de suas palavras. Como se fosse pessoal, mais do que uma bronca pela insensibilidade de um idiota.

Luís tem a decência de ficar envergonhado, mas não de calar a boca.

— O que eu quis dizer...

Angélica não deixa que o garoto termine.

— É que você é o pior amigo do mundo e vai deixar a garota nova em paz.

Luís faz uma careta para Angélica, mas não segue discutindo. Só se levanta e vai para o outro lado da sala.

— Obrigada — sussurra Dominique. — As pessoas estão me deixando louca com essas perguntas o dia todo. Não sei nem como descobriram que somos vizinhos.

Angélica faz uma careta e puxa a carteira para perto da de Dominique. O rangido das pernas enferrujadas do móvel sobre o chão de madeira faz seu coração pular uma batida. Principalmente quando o cheiro de chiclete da garota flutua até ela.

— Aqui, todo mundo sabe da vida de todo mundo. Às vezes até antes de as coisas acontecerem. É melhor você ficar de olho no que falam e sobre quem falam.

Dominique sorri, grata por aquele primeiro gesto de boa vontade. E também pelo fato de que, próxima assim, consegue ver que os olhos de Angélica têm alguns pontinhos verdes entremeando o tom castanho-escuro.

— Posso te perguntar uma coisa? — Angélica assente com a cabeça. — Sem querer soar babaca nem nada do tipo, mas que maldição é essa? Todo mundo fala como se fosse tão... normal. Quase uma tradição, tipo quentão na festa junina e peru na ceia de Natal.

Angélica dá uma risadinha com a comparação.

— É uma idiotice. Não existe maldição.

— Então ninguém entra em coma? — Ela acaba soando mais confusa do que gostaria, e Angélica leva um minuto para responder.

— Na real, entram. Mas não por causa de uma maldição.

— Por quê, então?

Angélica dá de ombros, com relutância.

— Ninguém sabe. Tudo que sabem é que já tem um tempo que acontece. Todo mês de outubro, alguém entra em coma e morre em novembro. Uma pessoa, todo ano.

Dominique encara a garota, sem saber o que pensar. Não se sente inclinada a acreditar na ideia de uma maldição, mas também não pode ser coincidência, né? E mais ainda: parece ser algo corriqueiro e banal, como seus colegas sugerem com as apostas.

— Já pensaram em alienígenas?

Uma das sobrancelhas de Angélica faz um arco bonitinho, mas sua expressão é de incredulidade.

— Você não acredita em uma maldição e quer falar de ETs?

— Ué, teve um em Varginha.

— Olha, novata...

— Domi. Pode me chamar de Domi.

Ela sorri com o apelido que ganhou daquele estranho. Parece uma boa ideia apresentá-lo para pessoas que não quer que continuem sendo estranhas.

— Domi. — Angélica parece testar a palavra. — As pessoas arranjam todo tipo de desculpa para explicar coisas que ainda não têm explicação. Uma hora, a verdade aparece, e aí todo mundo vai ficar com cara de bobo por ter achado que tinha a ver com uma força sobrenatural.

— E no que você acredita?

Angélica hesita. Seus olhos passam pelos colegas, quase como se esperasse que algum deles a encarasse. Quando se inclina na direção de Dominique, para que o comentário fique só entre elas, o cheiro de chiclete fica mais forte.

— Meu pai achava que a água da cidade estava contaminada. Que estava envenenando as pessoas.

E a água contaminada atacava as pessoas só entre outubro e novembro?, Dominique pensa em perguntar. Mas parece um pouco insensível, e já houve insensibilidade demais por um dia.

As duas param de falar depois disso, mas continuam próximas. Angélica compenetrada nas suas atividades de física, batucando o lápis no tampo de madeira laqueada da carteira; e Dominique odiando a existência de equações.

Teria sido um dia comum e chuvoso, não fosse pelas novas apostas que começam a circular. A maioria delas, Dominique descobre, assombrada, é sobre quanto tempo de vida o tio de Johnny ainda tem.

CAPÍTULO 5

UM PESADELO NA LOJA DE FERRAMENTAS

A CHUVA CONTINUA PELO RESTO DA SEGUNDA-FEIRA, MAS TERÇA FAZ SOL, E quarta-feira já é um dia fresco, sem sinal de nuvens.

Mabê acena para o carro da mãe. Isadora insistiu em levá-la para almoçar em casa antes da aula de reforço, mesmo com a filha garantindo que podia almoçar na escola. A garota entendeu o motivo ao chegar lá e ver alguns amigos da família na mesa da sala de jantar. Já que a mãe mentiu sobre a razão de levá-la de volta à escola naquela tarde ("Ela é voluntária na biblioteca!"), Mabê entrou no jogo com um sorriso.

Não entende por que a mãe segue fazendo isso, as fofocas correm rápido pela cidade. Todo mundo sabe que ela faz aulas de reforço. Mas Isadora continua agindo como se ninguém soubesse, como se uma mentira contada mil vezes se tornasse verdade.

Mabê ajeita a mochila sobre o ombro e atravessa o pátio externo sem muita pressa.

E é por causa do caminho alternativo que vê Jonathan sentado sob a sombra de uma árvore, compenetrado em algo que escreve em um caderninho surrado. O lápis treme sobre a página, e Mabê acompanha, interessada, a expressão concentrada do colega.

Ela poderia ir embora, claro. Mas, por mais conturbadas que sejam suas interações, o garoto está vivendo uma situação delicada. E Mabê sente muito por isso.

Jonathan continua escrevendo até os passos dela ressoarem pela grama aparada. Ele ergue os olhos castanhos com curiosidade, e então fecha a cara e o caderno com rapidez.

— Foi mal. — Mabê hesita, os dedos apertados sobre a alça da mochila. — Eu só queria perguntar... Bom, é meio óbvio que todo mundo já sabe o que aconteceu, mas queria saber se você está... bem.

Jonathan ergue as sobrancelhas, surpreso, então abaixa o rosto dando uma risadinha. É um som suave, mas um pouco rancoroso.

— Bem eu não tô, mas não adianta nada ficar sentado na sala de espera do hospital quando a gente já sabe como a maldição funciona, né?

Pelo tom dele, ou talvez pela postura um pouco entregue, Mabê acaba se aproximando. Ela se senta em um dos bancos de pedra e cruza as pernas sobre o assento desconfortável enquanto Jonathan está na grama.

— Posso te falar a verdade? — diz ele.

O garoto se recosta no tronco da árvore, o rosto um pouco inclinado para trás. Mabê corre os olhos pelo semblante dele e assente.

— Eu tô me sentindo um merda.

— Por causa da maldição?

— Por ter apostado. — Jonathan cerra os punhos, e o movimento atrai a atenção dela. O sol da tarde brilha nos anéis prateados dele; caveiras e rostos monstruosos. — Deve ter sido uma punição do universo.

— É aleatório. — Mabê passa os braços ao redor das pernas, apoiando o queixo sobre os joelhos. — Todo mundo apostou em alguém. Não acho que o universo esteja te punindo por fazer igual.

— Você não apostou.

Ela abre um sorriso para o garoto e recebe outro em resposta.

— Eu apostei no ano passado, porque o garoto com quem eu estava ficando me incentivou. Achei babaca, mas apostei mesmo assim. — Mabê dá de ombros. — Virou uma tradição da cidade, não é? Ser babaca com uma coisa que assusta a gente. É um jeito de tentar controlar o incontrolável. Se a maldição vai pegar alguém, pelo menos estamos preparados.

Ela fica quieta quando termina de falar. Quase sente como se estivesse dando um sermão em si mesma, porque ali está o cara com quem foi babaca só por ter medo de que outras pessoas soubessem sobre seu próprio lado rebelde.

Jonathan não comenta nada. Volta a se recostar na árvore, as mãos sobre os joelhos, os dedos balançando no ar.

Mabê sente o olhar dele, discreto, queimando sua pele, mas não retribui. Mantém a atenção no pátio vazio quando pergunta:

— Como ele é? O seu tio?

— Normal. Estava sempre de saco cheio da cidade e das contas atrasadas. — Jonathan se interrompe. Mabê lhe oferece um sorriso de compreensão. — Merda. Falei dele no passado, né? Enfim. Ele é um cara legal.

— Você mora com seus tios desde pequeno, né?

Jonathan estreita os olhos, a expressão desconfiada.

— Como você sabe?

— É uma cidade pequena. — Mabê revira os olhos.

Ela não menciona que, desde que se entende por gente, escuta teorias sobre o que aconteceu para a mãe abandoná-lo com os tios. Histórias que envolvem ocultismo e rituais satânicos. As pessoas da cidade acham muito mais fácil teorizar sobre isso do que aceitar que ela decidiu deixar o filho para trás para seguir carreira como uma vocalista de metal.

A garota engole em seco antes de continuar:

— Mas eu me lembro de estudar com você no maternal. Acho que no fundamental também? Lembro aquela época em que todo mundo pegou piolho e você apareceu com o cabelo raspado. Foi uma revolução. Não sei se já troquei alguma palavra com o seu tio, mas sinto muito. De verdade, Jonathan.

Mabê não espera que ele ligue muito para suas palavras, mas, quando encontra o olhar dele, Jonathan está sorrindo. É um sorriso adorável, que forma covinhas em suas bochechas e suaviza toda a sua expressão. Sob aquele sol de começo de tarde, o gesto parece tomar o rosto dele, o olhar vibrante na direção dela.

Jonathan balança a cabeça. Ele desvia o olhar de repente e parece se distrair com um dos fios soltos do rasgo no joelho de sua calça.

— A gente estava torcendo pra receber um dinheiro da minha mãe nesse fim de ano. A loja vai de mal a pior. Mas ela nem lembra que tem um filho, quanto mais uma família.

Mabê hesita. Ela sabe, melhor do que ninguém, que problemas familiares são uma constante da juventude de Enseada dos Anjos. Seus pais podem parecer um exemplo para as famílias da cidade, mas dentro de casa é tudo tão mecânico que a perturba. A necessidade de manter as aparências mesmo quando estão sozinhos.

Então percebe que não conhece Jonathan muito bem além do que escuta na escola. Sabe da banda, claro; sabe que ele tem alguns amigos esquisitos com quem anda durante o intervalo, que tem dezoito anos e está nas aulas de reforço desde o primeiro ano — por causa da repetência. Sabe que, apesar de tudo, Jonathan é gentil e bem-humorado. Diferente do adorador do diabo que contam as fofocas.

A garota se sente mal por não saber mais sobre as coisas que importam, mas também não se sente à vontade para bisbilhotar. Não depois de tê-lo afastado na festa da igreja.

— Eu não acredito que você se lembra do episódio do piolho — comenta Jonathan de repente, com um meio-sorriso estampado no rosto.

Mabê ergue as sobrancelhas.

— Claro que eu lembro! Acho que todo mundo que estudava na Municipal se lembra disso. Foi um terror. Só de olhar pra um pente-fino, eu já sinto meu couro cabeludo doer.

— Minha tia não teve metade dessa paciência. Ela só mandou raspar tudo. Cabelo cresce de novo.

— Tinha ficado bonitinho, mas gosto mais do seu cabelo assim.

— Gosta, é?

Mabê engole em seco.

— Maria Betânia!

Ela se empertiga com o grito. Toda a alegria no rosto dele se desfaz quando os dois se viram para a voz: Pedro, um garoto do time de futebol que recebeu o aviso para participar da turma de reforço antes da prova de recuperação de língua portuguesa. Mabê não esperava vê-lo ali, mas dá um sorriso falso quando ele se aproxima e passa o braço por seus ombros.

— Por que você tá aqui sozinha com esse otário? Não fica com medo de ele te sacrificar pro capeta, não? — Ele ri do próprio comentário. Mabê, sufocada debaixo do abraço, se esquiva para ficar de pé. — Aí, Johnny, é verdade que o seu tio entrou em coma porque não aguentava mais você?

— Pergunta pra sua mãe, ela não reclamou da minha companhia ontem à noite.

Mabê entra na frente do colega quando Pedro deixa escapar um bufo de raiva.

— Já chega.

— Eu nem comecei — resmunga Pedro. — Não que valha a pena perder tempo com esse merda.

— E, ainda assim, você continua aqui.

Jonathan sorri, ainda sentado, mas Mabê nota que o sorriso não é o mesmo de antes. Não chega ao olhar dele, não forma as covinhas nas bochechas. É deboche puro, o tipo de desafio que renderia um olho bem roxo.

— Anda, Pedro. Eu vou te mostrar onde fica a sala.

Ela o empurra e segura o braço dele antes que Pedro se esquive. Por cima do ombro, Mabê encontra o olhar de Jonathan. A expressão séria dele é a mesma de quando o interrompeu, e Mabê não consegue deixar de sentir um pouco de remorso por isso. Tenta sorrir, amuada, um pedido de desculpas silencioso, mas ele já desviou o olhar.

No sonho, Mabê se levanta. Está usando o pijama com que dormiu — um short de tactel e uma camiseta velha das Spice Girls, a estampa toda esfarelada. Nada de saia de couro e camisa de banda de rock. Este é um sonho comum.

Mas é um sonho que ela não reconhece.

Mabê cruza os braços ao entrar em uma loja de ferramentas. Atravessa as fileiras de prateleiras e se aproxima do balcão do caixa, onde um homem com rosto macilento está... chorando?

Ela estreita os olhos. Hesita.

Chorando é pouco. Ele está soluçando, ranho e lágrimas escorrendo pelo rosto cinzento. Tenta entender o que o homem murmura, mas o som baixo, somado aos soluços, não a ajuda.

Porque é um sonho, Mabê se aproxima. Em sonhos, nunca notaram a sua presença. Pelo menos, sempre foi assim.

O homem ergue o rosto e ela tem um flashback de anos antes, de uma apresentação de fim de ano na escola municipal. Vê um garoto de cabelo raspado correndo na direção de um casal para entregar uma cesta de Natal.

Ela reconhece o tio de Jonathan e, de repente, a loja de ferramentas faz sentido.

O problema é o estado do lugar.

Quase como se alguém acendesse uma lâmpada, Mabê nota as prateleiras tomadas por teias de aranha e ferrugem, os objetos carcomidos pelo tempo. Uma espiada atrás do balcão mostra que a sujeira se acumula ali também, e o caixa está vazio, não importa quantas vezes o homem clique nas teclas barulhentas.

Ela se aproxima um pouco mais e entende o que ele diz em meio ao pranto:

— Precisa de ajuda?

Mabê se afasta, confusa. Ele repete a pergunta. De novo e de novo, os olhos vermelhos vertendo lágrimas cada vez mais pesadas.

— Seu Oliveira?

— Precisa de ajuda?

Mabê sabe que não adianta, mas tenta:

— Sou eu. Maria Betânia. Meu pai é o prefeito, o senhor deve conhecer ele. O Maurício, sabe?

Um soluço alto ecoa pela loja fantasmagórica.

— Precisa de ajuda?

— Eu... estudo com o seu sobrinho. O Jonathan.

Ele começa a chorar ainda mais. Sombras estranhas parecem se mover atrás dele.

— Precisa de ajuda?

Pelo canto do olho, parece que tem mais sombras se movendo. A garota se vira, mas não tem mais nada lá. Percebe outra movimentação pelo canto do olho, seguida pela sensação arrepiante de estar sendo observada. Quando gira nos calcanhares mais uma vez, as sombras sumiram de novo.

Ela dá um passo para trás. O tio de Jonathan não se move, preso àquela pergunta, ao lugar abandonado, à solidão daquele sonho. Mabê sente uma pressão nos ouvidos, e a voz do homem fica abafada. Não consegue entender como pode estar ali. Seu Oliveira está em coma. Deveria sonhar? Ele *pode* sonhar?

A temperatura parece despencar de repente. O desconforto da garota aumenta. Dedos parecem se enroscar em seu tornozelo, raspando sua pele, e Mabê só consegue pensar em como isso é errado.

Sonhos não podem tocá-la. Não deveriam tocá-la.

— Precisa de ajuda?

Ela fecha os olhos com força e tapa os ouvidos, gritando dentro da própria cabeça: *acorda, acorda, acorda!*

A pergunta ainda ecoa em sua mente quando desperta, ofegante. Suor escorre por suas costas, as mãos tremem quando aperta as cobertas.

O relógio marca 5h54, e o que mais a perturba não é o susto, nem mesmo a aparência daquele homem, mas o fato de ter acabado de sair do sonho de uma pessoa em coma.

Ela nunca fez aquilo antes.

CAPÍTULO 6

A BRINCADEIRA DO COMPASSO

ESTÁ CHOVENDO DE NOVO QUANDO DOMINIQUE CHEGA À AULA DE REFORÇO. O fim de semana se arrastou em um tédio completo; quase como se a cidade estivesse sem ânimo para nada. Dominique foi até o Centro, esperando encontrar uma sessão de cinema, mas o local estava fechado. Coube a ela alugar *Drácula de Bram Stoker* e rebobinar a fita sempre que o filme chegava ao fim.

É segunda-feira, e os ânimos continuam uma merda. O fato de só ter outros quatro alunos ali além dela contribui para o clima. Ironicamente, na semana do vestibular da universidade particular da cidade, seus colegas resolveram não ir ao reforço, que de reforço não tem nada. Ela acena para Angélica, no fim da sala, e seu coração perde um compasso ou dois quando a amiga retribui o aceno com um sorriso. Não consegue a atenção de Mabê e de Fábio, que estão muito concentrados em alguma coisa na mesa. E tem o Johnny.

— É agora que a gente começa a redigir um texto de mil palavras sobre o que pensamos de nós mesmos? — A piada de Dominique não surte efeito.

Mabê é a única que reage ao erguer o rosto, confusa.

— Público difícil.

Dominique se senta, mas não faz o mínimo esforço para pegar uma das páginas de exercício que o professor ou a secretária deixaram ali. Ela se vira na cadeira, de frente para Johnny, e escuta o suspiro arrastado dele antes de perguntar:

— Como vai a sua tia?

Ela registra um momento de surpresa na expressão do garoto.

— Aguentando.

— E ela não achou nem um pouco estranho?

— Todo mundo acha estranho, Dominique.

— Como é que foi? — A pergunta de Fábio é como o estalo de um relâmpago.

Dominique arregala os olhos, quase esperando uma explosão de Johnny. Ele tem respaldo para gritar com todo mundo, se quiser. Mas não; o jovem apoia o braço na cadeira e se vira para encarar o outro e, consequentemente, Mabê.

— Foi esquisito. Meu tio começou a gritar enquanto dormia, uma coisa histérica mesmo. Eu corri até o quarto deles pra ajudar. Achei que estivesse tendo um derrame, sei lá, e de repente ele parou. Minha tia cutucou, chamou, gritou, mas nada acordou ele.

— Igual a todos os outros — comenta Mabê.

Dominique espera outra reação, mas Johnny só assente, derrotado.

— É muito esquisito. — Dominique aproveita a deixa para comentar.

— É normal. — Todo mundo se vira para Angélica, que ainda está concentrada em seu exercício. O tom de voz dela é intenso.

— É o que acontece por aqui.

Dominique nota um olhar estranho compartilhado entre Mabê e Fábio, mas eles não falam nada.

Angélica se levanta e avisa que vai ao banheiro. Dominique vai atrás, mais porque quer sondá-la sobre a estranheza daquele comentário do que por querer usá-lo. Ainda mais nas condições do banheiro da escola, por Deus.

— Angélica? — De uma das cabines pichadas com todo tipo de ofensa criativa, Angélica resmunga um "humm" nem um pouco animado. — Foi igual com a minha tia-avó, sabia?

— O quê?

— A maldição. E não parece coisa de doença.

Angélica faz uma imitação perfeita de Johnny ao suspirar em frustração.

— Eu só queria propor uma conversa com o seu pai sobre isso. Quem sabe ele tem alguma ideia nova pra explorar ou uma teoria que a gente pode apresentar na aula de biologia? "Queremos estudar a água do rio que banha Enseada dos Anjos." Parece uma ótima proposta pra um seminário de fim de ano, né?

A descarga ecoa pelo ambiente úmido, e a garota abre a porta de forma nem um pouco delicada. Dominique espera, eletrizada com a ideia, enquanto Angélica lava as mãos e faz uma careta ranzinza no reflexo.

— Só vai rolar se você tiver um compasso, Domi.

A compreensão do que ela quer dizer com isso gera uma expressão surpresa em Dominique. E, então, de arrependimento. Ela encara a si mesma no espelho — os olhos redondos atrás das lentes fundas, as tranças um pouco tortas, os lábios rachados que precisam muito de um novo brilho labial.

Angélica está secando as mãos quando Dominique se vira para ela com carinha de cachorro arrependido, porque a ideia de que o pai da garota não está mais vivo nem passou pela sua cabeça. Mas Angélica não parece prestar muita atenção nela, focando as próprias mãos.

— Sinto muito. — Dominique vê seu anel do humor começar a mudar para o amarelo do nervosismo. — Eu não sabia...

— Tá tudo bem. — Angélica enfim se vira para encará-la, mas Dominique não tem muito o que dizer, ainda envergonhada pela bola fora. — Não precisa ficar assim, já faz muito tempo.

— Tá.

— É sério — insiste Angélica quando Dominique continua em silêncio, com sua melhor expressão de arrependimento.

— É que eu não queria ser insensível. Eu devia pensar um pouco... antes de falar. — É o que sua avó sempre diz, pelo menos.

Angélica parece surpresa, erguendo as sobrancelhas e depois estreitando os olhos. O jeito como analisa o rosto de Dominique quase parece uma imitação do Professor Xavier lendo a mente dos alunos. Uma versão bonita dele. E com cabelo.

— Não tinha como você saber, Domi. — O apelido gera um tremelique na garota. — Você acabou de chegar. Conversas sobre a maldição e a calvície do professor de geografia são normais, mas ninguém aqui sai contando sobre o que nos machuca. Pelo menos não... até alguém mencionar o assunto.

— Foi o que eu fiz! Admite que foi de um jeito merda.

— Por que você quer tanto resolver isso?

— Porque você é legal. E eu não queria te magoar.

Angélica a surpreende com um sorriso rápido. É quase involuntário, do tipo que escapa quando menos se espera. Então ela balança a cabeça, e os cachos acompanham o movimento.

— Por que o interesse no assunto?

A pergunta pega Dominique desprevenida, mas já chegou até ali, não tem por que hesitar em contar a verdade.

— É que seu pai meio que era a única pista que eu tinha pra entender essa coisa toda.

Angélica deixa os ombros caírem e Dominique fica com medo de ter dito algo errado. Talvez seja melhor acabar logo com aquela conversa, sair do banheiro e se jogar no primeiro buraco que encontrar pelo caminho.

Em vez disso, continua ali. Como se precisasse de permissão para ir embora.

— Você devia deixar isso pra lá. Não é saudável. Essa coisa toda... não fez bem pro meu pai também.

Angélica estende a mão, como se fosse tocar no ombro de Dominique, mas então parece mudar de ideia, deixando o braço cair ao lado do corpo mais uma vez.

— Mas... e se tiver algo por trás desses comas?

— Sobrenatural, você quer dizer?

Dominique dá de ombros antes de responder:

— Talvez a gente consiga entrar em contato com alguém que entrou em coma.
— Mas ninguém nunca acord... Ah.

Dominique fuça toda a mochila, a ponto de jogar o conteúdo sobre a carteira. Tem certeza de que guardou o compasso ali em algum momento nas últimas duas semanas, e sorri, vitoriosa, ao ver o objeto entre a avalanche de coisas.

Angélica entra na sala em seguida e para perto dela com os braços cruzados.

— O que foi? — Fábio ergue a voz enquanto se levanta.
— Ela é maluca — retruca Angélica.

Dominique sorri e corre até a mesa do professor, pesca uma das folhas de exercícios e começa a rabiscar com o lápis.

Sabe que Angélica parou bem ao seu lado, porque o cheiro de chiclete é inconfundível, mas também tem outra sombra a atrapalhando. Ela ergue o rosto para encontrar um Fábio muito curioso. Está com um pirulito roxo na boca, e os olhos estão tão vermelhos que ela se pergunta se o doce é para disfarçar o odor de bebida e maconha. Se for, não está funcionando.

Ela termina de escrever o alfabeto, os números e o "sim" e o "não". Então, endireita os ombros, apruma a postura, canaliza dentro de si todas as maratonas de *Os Caça-Fantasmas* que já fez com a avó e apoia o compasso aberto sobre a folha.

— O que que ela vai fazer? — Mabê fica de pé.

Seu cabelo está solto sobre os ombros, mas duas presilhas de borboleta prendem a franja longa no alto da cabeça.

— A brincadeira do compasso.
— Nem que a vaca tussa! — exclama Fábio. — Tá doida, garota?

Com uma careta desgostosa, Mabê para ao lado do amigo e lança a ele seu melhor olhar de julgamento. As sobrancelhas unidas, o nariz franzido e os lábios apertados contribuem.

— Mas por quê? Ficou entediada?

— Ela acha que vai conseguir alguma resposta sobre a maldição se falar com um dos falecidos.

Dominique nota um clima pesado cair sobre eles com a resposta de Angélica.

Atrás de Mabê, Johnny se aproxima com os braços atrás das costas, curioso com o que ela está fazendo.

— Isso é maluquice — diz Mabê.

— Foi o que eu disse. — Angélica, irritada, continua olhando para Dominique.

A garota ignora as duas. Segura o compasso com a ponta do dedo, de forma a mantê-lo no lugar, mas sem apertar muito, para não impedir que os espíritos possam movê-lo, e espera um instante de nervosismo para falar:

— Hum... Se tem algum espírito aqui que gostaria de se manifestar, agora é a hora — começa a dizer, sem saber ao certo como prosseguir. — Eu gostaria muito de saber mais sobre a maldição. Tem alguém aí que pode me ajudar?

Espera mais um pouco.

Sob o olhar atento dos colegas, ela se inclina um pouco mais, para ter certeza de que não está segurando o objeto e o impedindo de se mover.

E, de repente, o compasso se move.

Mabê e Fábio gritam, aproximando-se ainda mais um do outro. Johnny dá uma gargalhada. Angélica é a única que parece surpresa.

— Que merda é essa? — sussurra Fábio, e se aproxima.

Mabê, agarrada aos ombros dele, faz o mesmo, inclinando-se na direção do papel.

O compasso volta a se mexer, girando pela folha com rapidez e precisão. Todo o corpo de Dominique começa a formigar, e seus braços ficam arrepiados. Uma sensação ruim toma conta dela, como um medo gélido que percorre sua espinha. O tipo de sentimento sobre o qual os filmes de terror não falam. Ela engole em seco e tenta manter a mão o mais firme e parada possível, embora sinta que vai começar a tremer a qualquer momento.

— E, S, T, alguém está anotando? — Dominique ergue a voz, dividida entre a ansiedade e o horror.

Alguma coisa está mexendo o compasso. Alguma força está movendo a ponta dele sobre os rabiscos. Pelo canto do olho, Dominique nota Fábio começando a escrever. Quando a palavra "está" se forma na folha, a porta da sala se fecha com um baque.

Dessa vez, todos eles gritam.

— Para com isso. — Mabê cruza os braços.

Dois passos para trás e ela esbarra em Johnny, e os dois trocam o tipo de olhar que sobreviventes em um filme de terror costumam dividir. Pânico absoluto.

— Eu não tô fazendo nada! — responde Dominique.

Não está. Mesmo.

Sua mão está parada, o dedo apenas sustenta o compasso de forma que ele fique livre para girar pela folha e indicar as letras que formarão as respostas para suas perguntas.

Um calafrio atravessa seu corpo assim que as luzes começam a piscar. Eles olham para cima, na direção do ventilador quebrado e das lâmpadas antigas. Uma a uma, elas se apagam. Com a chuva lá fora e o tempo nublado, a sala cai numa escuridão esquisita.

"Está só"? Será que o espírito está se sentindo solitário? Ele quer um amigo? Por isso a maldição mata as pessoas depois de colocá-las para dormir?

Ela dá um gritinho quando o objeto se vira sobre a folha. O susto é tanto que faz com que Dominique o solte e se afaste, empurrando a cadeira para trás. O compasso deveria cair, mas ele segue ali, de pé, girando sobre a folha e indicando as letras. E a ideia de que tenha algo mais segurando-o, algo que ela não pode ver e que estava em contato com sua pele, faz com que queira vomitar.

Ainda assim, Dominique fica por perto, observando as letras indicadas, memorizando e formando a palavra na mente, já que é a única próxima da mesa agora. Angélica e Fábio se afastaram até a porta; Johnny e Mabê, na direção das janelas. Tem níveis diferentes de medo no rosto deles, mas o sentimento é compartilhado.

Assim que indica a letra O mais uma vez, o compasso cai, e Dominique dá um pulinho para trás. As luzes continuam apagadas, mas eles já se acostumaram com a penumbra.

— Qual foi? — Fábio está com os olhos arregalados. — Qual foi a última palavra?

Dominique não recita só a última. Ela encara o papel e então ergue o rosto para eles, pálida ao extremo ao responder:

— Está só começando.

— Não tem graça, Dominique. — Mabê abraça o corpo com mais força.

Uma olhada para a garota e ela se surpreende com a palidez que tomou o rosto da colega, destacando a chuva de sardas em sua pele.

— Se fosse pra ter graça, eu faria uma piada.

— Só podia ser amiga do Jonathan, né.

Ao lado de Mabê, Jonathan ergue as mãos em indignação.

— Você acha que nós somos amigos? — Dominique não esconde a emoção.

— Quando eu falei do compasso, lá no banheiro, era brincadeira. — Angélica ergue as sobrancelhas.

Além do pânico, tem uma espécie de admiração na expressão dela. E Dominique se sente orgulhosa por ter causado isso.

— Sério, novata. Como você fez isso? — Fábio continua olhando para o papel.

Quando encontra o olhar dele, Dominique repara na cor dos seus olhos pela primeira vez. São verdes, bem claros, perdidos naquele mar de vermelhidão.

— Que saco, cara, eu não fiz nada! Por que eu faria? Como eu faria? Acha que eu fechei a porta com a força do pensamento? Essa cidade é toda esquisita, vai ver é culpa dos espíritos!

— E quem a gente vai chamar pra ajudar? — A resposta dele parece dissipar um pouco o clima pesado que cresceu pela sala.
— O Chapolin Colorado?

— Não tem graça, gente — continua Mabê, nervosa, parecendo querer remediar o nervosismo com indignação.

— A gente ri porque é tudo muito absurdo! Não era pra porta fechar e nem pras luzes apagarem. Não era pro compasso se mexer! Ele nunca se mexeu antes, e olha que eu já tentei várias vezes, até quando meu avô morreu. — Dominique hesita. Não parece o tipo de informação que se compartilha quando se quer fazer novos amigos. — A questão é: essa cidade é bizarra e tem bagulhos sinistros acontecendo por aqui. O compasso é a prova.

— É — resmunga Mabê. — Ela é maluca mesmo.

▲

— Você tem que admitir que essa coisa toda não foi normal. Pelo menos isso! — Dominique tropeça para acompanhar os passos rápidos de Angélica.

Com o fichário em mãos e a mochila pesada batendo contra as costas, é uma tarefa e tanto. Por sorte, Angélica não está correndo para se livrar dela. *Ainda*.

— Você ouviu a Mabê.

— Achei que você nem gostasse dela.

— Quem disse isso?

— Sei lá, a primeira coisa que eu vi no Fundo do Poço foi vocês duas discutindo.

— Ah.

Angélica para e é alvo do esbarrão de Dominique. Por um instante, os olhos castanhos da garota se fixam em seu rosto, mas ela logo se ajeita, desviando o olhar.

— Eu não detesto a Mabê nem nada do tipo. A gente só vive em universos diferentes. No dela, tem unicórnios, e, no meu, a conta de água atrasada.

Dominique se coça para perguntar mais sobre isso, mas já foi longe demais para um dia só.

— Pode admitir, então, que existe uma chance de você concordar comigo sobre essa bizarrice toda? Qual é, Angélica! A porta fechou *sozinha*.

— Foi o vento.

— E as luzes?

— A fiação da escola é antiga.

— Eu não mexi a porcaria do compasso.

Angélica aperta os lábios.

— Por que não tem uma reportagem no Casos Paranormais no *Fantástico* sobre esses incidentes anuais? Nenhum programa jornalístico achou interessante investigar esse fim de mundo, onde uma pessoa entra em coma e morre todo ano no mesmo mês desde... — Dominique faz uma pausa, sem saber. — Desde quando?

Angélica dá de ombros.

— Sei lá. Acontece desde que eu era pequena. Antes disso, talvez.

— Pior ainda! Mais de dezessete anos de esquisitices acontecendo e ninguém pensou em investigar?! — Ela para de andar. — Ninguém além do seu pai.

Se restava alguma suavidade na expressão de Angélica, desaparece. Todo aquele momento de conversa se nubla, e sua postura fica para lá de ofensiva quando ela se vira para Dominique e retruca:

— Não. E é melhor você parar também. Sabe por que o meu pai morreu?

A novata arregala os olhos. Muitas teorias se formaram na cabeça dela, uma envolvendo a água contaminada, e outra, o ET de Varginha.

— Porque ele ficou obcecado por essa droga de maldição. Você pode achar estranho, e pode até ser mesmo estranho, mas é normal para Enseada dos Anjos. Se vai viver aqui, é melhor se acostumar.

Angélica bate a mochila com força nas próprias costas e sai andando, muito mais apressada do que antes. Agora, para ficar longe da recém-chegada e de suas teorias.

Ainda que Dominique se sinta mal pela brusquidão e por ter causado aquela explosão da garota que poderia ser sua amiga — mas está longe disso —, não se sente inclinada a aceitar a situação. Nem a se acostumar com a bizarrice.

A porta se fechou sozinha, as luzes se apagaram em sequência e alguma coisa mexeu o compasso.

Se tem um mistério em seu caminho, Dominique vai investigar.

CAPÍTULO 7

"OLÁ, SOU JOHNNY, SEU AMIGO ATÉ O FIM!"

A VERDADE É QUE DOMINIQUE NÃO CONSEGUE SE ACOSTUMAR COM A IDEIA da maldição. E ela até tenta.

Nos dois dias seguintes, se esforça para pensar em qualquer outra coisa. Por exemplo, tira uma tarde para explicar para Johnny tudo o que sabe sobre o ET de Varginha e como a história meio que faz sentido, porque é absurdo que eles sejam os únicos seres vivos em toda a Via Láctea.

Também pede desculpas a Angélica durante o intervalo, e as duas têm uma conversa bem breve sobre basquete — que não faz parte da enciclopédia mental de Dominique, e ela promete a si mesma que vai aprender mais sobre o jogo para a próxima conversa.

Na aula de reforço, ela pega a folha sobre a mesa do professor e dá o seu melhor para resolver os problemas. Até consegue completar metade das equações. Não sabe se alguma delas está correta, mas o que vale é a intenção, né?

No entanto, na noite de quinta-feira, enquanto lê sobre basquete numa revista surrada que um dia pertenceu à mãe, sua atenção fica indo e voltando para Johnny.

O tio dele. A maldição. E como isso não é normal como Angélica finge que é.

Depois de ler o mesmo parágrafo pela quarta vez (alguma coisa sobre como funcionam as penalidades no basquete), Dominique fecha o livro e sai do quarto, seguindo o barulho da televisão. A avó está sentada no sofá com uma bacia de pipoca no colo e os olhos grudados na tela.

Como quem não quer nada, Dominique se aproxima e se senta sobre as almofadas coloridas. Deita a cabeça no ombro da avó e observa a TV. Na cena, um casal está discutindo a plenos pulmões. Depois de um longo tempo assistindo à discussão, ela enfia a mão na bacia e sorri porque a pipoca ainda está quentinha.

— Sobre o que eles estão discutindo?

Só assistiu ao primeiro capítulo da novela, e esse já deve ser o septuagésimo.

— Fica quieta, eu quero ouvir — reclama a avó, e, para ilustrar isso, aumenta o volume da televisão.

— Mas o que ele vai fazer? — insiste Dominique, com a boca cheia. A avó a ignora, e uma atriz que a garota não reconhece entra em cena. — Essa é a Helena Ranaldi? Não, né? Confundi. Que outra novela ela já fez?

— Pelo amor de Deus, Dominique — ralha a avó, e a novela entra nos comerciais.

— O quê? — Ela se vira para encontrar um olhar de quem quer esganá-la.

— Eu quero assistir à minha novela em paz.

— Eu só queria entender a história, ué.

Dominique dá de ombros, enfiando mais pipoca na boca e voltando sua atenção para o comercial de refrigerante.

— Então fica quietinha e assiste direito.

Ela não tem o que responder, por isso obedece. Precisa se distrair, certo? Tentar entender o enredo de uma novela que não acompanhou até agora parece uma ótima opção. Mas, entre um comercial e outro, seu cérebro é uma confusão de pensamentos, e a maioria deles envolve Johnny.

Dominique dispara antes que consiga sintonizar a mente em outro assunto:

— Ô vó, esse lance de maldição já existia quando você e a minha mãe moravam aqui?

A avó estala a língua de novo.

— Não lembro.

Dominique não sabe dizer se é um tom de alguém querendo esconder alguma coisa ou um tom de uma avó que só quer sua hora de paz assistindo à televisão. A vinheta aparece na tela, indicando o retorno da novela.

— Mas você...

— *Shh!* Eu não sou enciclopédia. Se você quer saber sobre a cidade, procura nos jornais antigos lá da biblioteca.

Dominique coloca a mão na bacia de pipoca mais uma vez e rouba um punhado grande antes de se levantar e voltar para o quarto, o cérebro a mil.

Depois de enfiar todas as pipocas de uma vez na boca, ela limpa a mão engordurada na calça do pijama e pega seu fichário. Arranca uma folha e, sentada na cama, começa a escrever suas dúvidas. Uma linha investigativa para encontrar respostas no dia seguinte.

Quando a maldição começou?
O que a mídia local fala sobre ela?
Como as pessoas normalizaram isso?
Os políticos falam alguma coisa a respeito?
E a população, está com medo?
Tem alguma menção na mídia nacional?

Ela nunca ouviu nada sobre o assunto no tempo em que morou em São Paulo.

Mordendo a tampa da caneta, Dominique encara as perguntas. A pior parte de uma pesquisa é sempre o começo, porque é muito complicado descobrir por onde começar.

Mas tudo bem, ela só precisa de informação. Qualquer informação. Uma linha em um jornal antigo mencionando a suposta maldição, e aí, sim, vai saber que rumo de investigação tomar.

Não seria incrível se pudesse solucionar essa merda?

Dominique sorri, imaginando a manchete no jornal de domingo. Eles podem convidá-la para falar na rádio. Ou na televisão! Podem dar a ela uma página inteira de entrevista no caderno policial. *Conte para o nosso público como você desvendou anos de mistério com uma simples pergunta.*

A garota se joga no colchão macio, os olhos correndo por uma rachadura na pintura do teto.

O que será que sua mãe pensaria, se a visse na capa do jornal? Não. Nem pensar. Ela não vai entrar nessa linha de pensamento.

Primeiro, porque não está fazendo isso para ser reconhecida, e sim porque é o certo quando se depara com uma coisa que não faz sentido. E, segundo, porque não importa o que sua mãe pensa, acha ou sente, já que ela também não parece se importar com o que Dominique pensa, acha ou sente. Do contrário, não teria deixado a filha para trás.

No dia seguinte, Dominique nem espera o despertador tocar. Quintas e sextas-feiras são suas tardes livres, e a ideia é ir correndo da escola até a biblioteca municipal.

Faz um queijo-quente extra e guarda na mochila para almoçar no Centro mesmo. Sua folha com as perguntas vai para dentro do livro de geografia, para não correr o risco de perdê-la sempre que abrir o fichário.

O dia está meio nublado, então ela se lembra de colocar o guarda-chuva na mochila (e sem precisar do aviso da avó para isso!).

E, como sai de casa meia hora antes do horário normal, é uma das primeiras alunas a chegar. Tenta escutar música, ler um capítulo de *Dom Casmurro* e até meditar enquanto espera o sinal, mas não consegue focar nada além do nervosismo.

Quando o sino toca indicando o início das aulas, ela entra na sala e se senta no mesmo lugar de sempre, na carteira encostada na parede perto da porta. Nem tão no fundo da sala para não parecer uma bagunceira e nem tão na frente para parecer uma CDF.

Johnny é o último a entrar e caminha em direção a ela, o que é uma grande surpresa, já que ele costuma ignorar sua existência durante as aulas. E também durante as aulas de reforço. Ou tenta, pelo menos.

Então, quando o garoto se senta na carteira atrás dela, Dominique tenta parecer normal, batucando com a caneta de tampa roída sobre a mesa, esperando a professora de inglês aparecer.

— Você veio mais cedo hoje? — Johnny soa irritado, mas o que mais importa é que está começando uma conversa com ela.

Dominique se vira na carteira, lutando para segurar o sorriso que exclama "Somos amigos agora!".

— Quando fico empolgada, não consigo esperar.

— Empolgada? Com o quê? — Ele a encara, confuso.

Dominique abre a boca para falar, mas então a fecha. Lembra a rispidez da conversa que teve com Angélica no início da semana e não quer aborrecer Johnny com mais papos sobre a maldição.

— Agora você não tem o que falar? — Johnny quase soa indignado.

— Eu não quero que você fique chateado.

— E por que eu ficaria chateado com a sua empolgação?

— Porque é sobre a maldição.

A expressão dele muda, mas não para raiva ou irritação, como ela imaginou. A compreensão toma as feições dele, e Johnny se inclina mais para a frente, por cima da carteira.

— O que tem a maldição?

— Decidi que chegou a hora de investigar, porque é tudo muito estranho e ninguém aqui parece levar isso com a seriedade que deveria. É uma morte com hora marcada, e tem que ter um motivo. Ainda que seja uma maldição, alguém é responsável por ela. Mesmo se o ET de Varginha não for real, tem alguém por trás daquilo.

Isso faz com que um pequeno sorriso surja nos lábios de Johnny. Dominique o imita.

— Concordo. — É tudo que ele diz depois de um longo minuto, sua expressão pensativa enquanto encara a frente da sala. Então, completa: — E como é que a gente começa a investigar isso?

— A gente? Tipo eu e você? Nós dois? — Ela soa confusa, porque ainda está processando a informação.

Johnny parece tão confuso quanto ela. As perguntas não parecem fazer muito sentido para ele, mas, para Dominique, fazem todo o sentido do mundo. Quer saber se fez um amigo e se agora pode ser uma esquisitona, mas não uma esquisitona solitária.

— Sim, tipo eu e você. Nós dois. Sherlock e Watson.

Dominique assente, animada.

— Eu sou o Sherlock — falam ao mesmo tempo.

Johnny faz uma careta enquanto ela ri.

— Eu que bolei o plano, então é claro que eu sou o Sherlock. Você estava sentado aí, esperando um cérebro genial desafiar o seu, claramente um Watson.

Johnny revira os olhos e abana a mão no ar, como se para dispensar o assunto.

— Beleza, Sherlock. E qual é o plano?

— Primeiro, nós vamos dar uma olhada nos jornais locais lá na biblioteca, para responder uma pergunta crucial: quando tudo isso começou? E também qual foi a reação local quando tudo isso começou.

Johnny escuta com atenção e não ri da cara dela, só assente. Ele está com o queixo apoiado em um dos punhos e bastante concentrado na tarefa de parecer o assistente de um investigador brilhante.

— Beleza. Vamos?

— O quê, e matar aula?

Dominique tem certeza de que sua expressão é de horror completo.

Johnny crispa os lábios, indignado.

— É claro. Você não estava com pressa?

— Não a ponto de burlar o sistema educacional.
— Qual é! — Ele revira os olhos. — Beleza, depois da aula, então.

Antes que Johnny possa resmungar mais alguma coisa, a secretária rabugenta entra na sala com uma pilha de livros em mãos.

— Silêncio! — Ela precisa gritar algumas vezes até todo mundo calar a boca. — A dona Edna está de atestado hoje, então vocês vão trabalhar em silêncio na tradução de uma música. Formem duplas.

Uma garota ergue a mão, e a mulher suspira alto, irritada.

— Não, Karina, não pode ser dupla de três!

Dominique se vira para trás, com um sorriso largo, e Johnny bufa tal qual a secretária, ainda que tentando esconder um sorriso de canto.

— Eu sou muito boa com traduções — comenta quando a folha mimeografada, ainda úmida de álcool, chega até sua mesa.

Dominique está lutando para amarrar o cadarço do tênis quando a porta da sala se fecha. Johnny joga sua mochila sobre o ombro e a dela ao seu lado, no banco. Dominique responde ao gesto com uma careta indignada.

— Mais delicadeza, por favor?

O corredor está vazio porque faltam cinco minutos para o sinal da saída. O professor de história sempre deixa a última parte da aula para os alunos fazerem os exercícios do livro, o que significa que todo mundo começa a conversar, e Johnny achou uma boa ideia aproveitar que a aula tinha praticamente acabado para vazar logo dali. Assim, evitam o trânsito de carros na entrada da escola e a consciência de Dominique fica tranquila porque já não conta mais como "matar aula".

Ela se levanta, pronta para comentar alguma coisa sobre o cérebro brilhante do assistente, e então para.

Tem alguém no fim do corredor. Uma sombra. O tempo nublado deixa essa parte da escola bem sinistra, porque as janelas são pequenas e cobertas por persianas de tecido. Então a única luz é artificial, e incide sobre a silhueta à distância, depois da rampa de acesso ao refeitório. É uma forma estranha, que não parece humana, mas também não deixa de parecer. Os braços são longos demais; as pernas, disformes demais. As mãos quase tocam o chão, com dedos esguios e unhas afiadas.

Johnny se vira naquela direção, buscando o que causou o olhar assombrado da garota. O passo em falso que dá para trás e o recuo brusco do seu corpo na direção de Dominique são sinais bem claros de que também está vendo.

— Que porra é aquela? — O sussurro dele parece ecoar.

Dominique não sabe responder. Não quer responder. A coisa não se mexe, e eles também não. O que é engraçado, porque Dominique sempre se achou uma potencial sobrevivente bem esperta. Mas o choque corre por suas veias e paralisa suas pernas, e tudo o que ela consegue fazer é olhar.

O vulto inclina a cabeça para o lado. O corpo sofre um espasmo e, de repente, está andando. Na direção dos dois.

— Foda-se essa merda.

Johnny agarra a mão dela e dispara pelo corredor. Dominique aperta a mochila contra o corpo e reza para que os óculos parem de escorregar por seu nariz, porque não vai voltar para buscá-los.

Os dois pulam os três degraus do fim do corredor e escancaram as portas como se suas vidas dependessem disso, porque talvez dependam. À luz do dia, em frente ao portão da escola, onde o guardinha não está a postos, eles param. Johnny respira fundo, e Dominique inspira, apoia as mãos nos joelhos e arregala os olhos para o cimento aos seus pés.

— Você viu, né? — Johnny está tentando não soar histérico, mas dá para sentir o medo ganhando força em sua voz. — Você viu aquilo, né?!

— Eu vi. — Dominique apoia a mão no ombro dele. — Eu não sei o que vi, mas eu vi.

— Caralho. — Johnny leva as mãos ao pescoço, curva o corpo para a frente e então para trás, os olhos arregalados na direção das portas atrás deles. — Jesus Cristo.

— É, acho que a gente vai precisar chamar esse cara mesmo. Toda ajuda que pudermos encontrar — sussurra Dominique.

Todo mundo fala que não se deve mexer com o que não se conhece, e agora Dominique não consegue parar de pensar que talvez o compasso tenha aberto uma passagem ou canalizado alguma coisa que esteja à solta pela escola. Talvez um espírito obsessor? Um poltergeist vingativo? Um aluno que morreu anos antes, de maneira trágica, e quer resolver alguma pendência? A Loira do Banheiro?

— Você nunca tinha visto nada do tipo aqui na escola, né?

Johnny parece abismado com a ideia.

— Não! A única coisa estranha nessa cidade era a maldição. Nunca tivemos problemas com fantasmas.

Quando ele fala, a garota se arrepia.

— Bom, agora temos. Mas vamos resolver. Porque aquela coisa com certeza tem a ver com a mensagem do compasso, que com certeza tem a ver com a maldição. — Ela tenta soar mais convencida do que se sente.

Johnny agarra sua mão com força, como se não acreditasse que ela pudesse ser rápida o suficiente, e eles correm pela calçada com mais velocidade do que quando fugiram do Gasparzinho.

Dominique acompanha Johnny aos tropeços. Ele quase arranca seu braço de tanto puxar, mas, uma vez que estão longe o suficiente do portão da escola, Johnny solta sua mão e diminui o passo.

Ele para ao lado de uma Kombi azul-calcinha, com "Oliveira & Filho" escrito na lateral. O barulho de um chaveiro ressoa dentro da mochila até que Johnny o alcança, sacudindo as chaves na direção dela.

— Vamos.

Dominique observa enquanto ele abre a porta e entra na Kombi, atrás do volante. A garota não se mexe até o garoto se inclinar por cima do banco e abrir a porta para ela.

— Entra logo! A biblioteca fica no Centro, a gente vai levar quase uma hora pra chegar lá andando. Assim é mais rápido.

— Eu tinha pensado em pegar o ônibus.

— Pra quê, se eu tenho um carro?

— Eu não chamaria isso de carro. — Ela faz uma careta. — Minha avó costuma dizer que o para-choque de uma Kombi é o nosso próprio corpo.

— Ótimo, então aproveita e entra.

Dominique tira a mochila das costas e sobe no banco, batendo a porta em seguida. Ela e Johnny ficam se olhando por um momento, em silêncio, até que ele indica o cinto de segurança.

— Não vai colocar?

— Ah, claro. — Ela se atrapalha ao puxar o cinto, mas o encaixa no lugar. — Escuta, sem querer duvidar de você nem nada, mas isso aqui não é contra a lei? Você *pode* dirigir?

— Tirei a carteira no começo do ano pra ajudar meu tio com as entregas. Assim, ele não precisa pagar um entregador — explica ele, ocupado em dar a partida. O motor ronca e engasga algumas vezes antes de ligar. — Minha tia foi cuidar da loja enquanto meu tio continua no hospital. Então eu tô cuidando das coisas em casa. O que significa que a gente tem que sair da biblioteca antes das cinco, porque preciso passar no mercado.

Johnny suspira e apoia as mãos no volante, os dedos cheios de anéis tamborilando no acabamento desgastado.

— Cara... A gente viu aquilo mesmo, né?

— Sim, Johnny. A gente viu um fantasma na escola. Ou um demônio. E a gente vai entender o que tá acontecendo pra tirar o seu tio dessa.

Ele sorri para Dominique. É rápido e se dissipa de volta naquela expressão séria, mas ela tem certeza de que esse foi o maior número de palavras que os dois já trocaram na vida inteira, então não consegue deixar de sorrir de volta. Parece tão familiar. Amigável.

— E eu posso te ajudar no mercado, se quiser. Sou ótima com compras.

Johnny arranca com a Kombi sem responder.

Ele estava certo. A viagem até o centro da cidade é bem mais rápida de transporte. Especialmente porque, enquanto Johnny dirige, Dominique tem a chance de ligar o rádio e escutar um pouco da fita que ele gravou em casa, com músicas que vão desde Mamonas Assassinas até uma banda de metal com muita gritaria, que ela não reconhece.

Entram na biblioteca faltando dez minutos para o meio-dia e encontram a bibliotecária arrumando as coisas para sair para o almoço. Ela solta um muxoxo irritado quando os vê. Ali estão dois adolescentes desgrenhados, depois de viajarem com as janelas abertas por todo o caminho, exigindo sua atenção.

— Estou saindo para almoçar.

Dominique não se deixa intimidar pelo aviso dela.

— Tudo bem, só preciso saber onde encontrar as edições antigas da… — Ela puxa um papel de dentro do livro de geografia e lê o nome do jornal. — *Gazeta de Enseada*. Você pode mostrar onde ficam?

A mulher suspira atrás do balcão. Dominique não consegue deixar de notar como a maioria dos adultos à sua volta parecem incomodados em ter que, de fato, fazer seus trabalhos.

— Muito antigas?

Ela e Johnny trocam olhares, porque não sabem bem a resposta.

— De uns trinta anos atrás? — chuta. Johnny dá de ombros, como o bom Watson que é, e a garota gira nos calcanhares para encarar a bibliotecária. — Vamos começar a partir dos anos 1970.

A mulher estreita os olhos.

— Não quero nem sequer uma rasura nas edições, estão me ouvindo?

Dominique soa ofendida quando responde:
— Eu jamais estragaria propriedade pública!
A mulher parece relutante, mas estende a mão e diz:
— Carteirinha?
Dominique se vira para Johnny.
— Eu ainda não tive tempo de fazer uma.
— Sorte sua que eu não costumo tirar nada de dentro da mochila.

Ele joga a bolsa preta e surrada em cima do balcão, os bótons de bandas de metal que Dominique nem sabia que existiam estalando sobre o tampo, e, sob olhares irritados, começa a procurar pelos bolsos até encontrar um cartãozinho laranja plastificado.

A mulher pega a carteirinha com a ponta dos dedos, as unhas vermelhas contrastando com o plástico velho, e digita alguma coisa no computador. Leva alguns minutos até que a devolva, e o olhar que lança a Johnny é quase ofensivo.

— Muito bem, Jonathan. Qualquer dano aos jornais será cobrado de você.

É uma sentença que ela diz com firmeza antes de sair de trás do balcão e estalar os dedos para que eles a sigam. Os três caminham até os fundos da biblioteca e sobem as escadas para o segundo andar, os degraus de madeira rangendo sob seus pés. A bibliotecária indica uma estante próxima a uma grande mesa de madeira manchada.

— Está tudo dividido por década e por mês. Depois que vocês terminarem, empilhem tudo e levem até o balcão. Não coloquem de volta na prateleira, estão me ouvindo? Só devolvam pra mim.

Ela dá uma última olhada para os dois, de cima a baixo, e acrescenta:

— Bebidas de qualquer tipo são proibidas aqui. Cigarros também.

Dominique assente. Johnny faz uma careta séria, batendo continência para a mulher.

— Sim, senhora, senhora.

Ela não parece achar engraçado, mas desiste de falar qualquer coisa quando olha para o relógio no pulso e se dá conta da hora.

— Devolvam as pastas no balcão da frente — repete, afiada.

O som dos saltos estalando nos degraus de madeira se afasta.

— Baranga mal-amada — resmunga Johnny, e recebe um olhar indignado de Dominique. — O quê? Ela é! Todo mundo fala isso lá na igreja.

— Credo, cara. Que tipo de igreja a sua família frequenta?

— A católica, ué.

CAPÍTULO 8

ELES SABEM O QUE ACONTECEU NAS PRIMAVERAS PASSADAS

OS DOIS SE DIVIDEM. DOMINIQUE FICA RESPONSÁVEL PELA DÉCADA DE 1970, e Johnny, pela década de 1980. Os jornais estão protegidos por plásticos finos, dentro de pastas, cujas capas pretas têm uma fita crepe com o mês e o ano para facilitar a busca.

— Acho que não vamos precisar olhar os mais antigos. — Dominique fecha a pasta do mês de outubro de 1970. — Aqui não tem nada sobre comas.

— Aqui, tem. — Johnny vira a de outubro de 1980 para ela.

A história é apenas uma nota de rodapé. Passa quase despercebida na Coluna da Comunidade, onde uma foto enorme da mãe de Dominique está publicada.

Artista enseadense é convidada para expor em Paris.

Dominique ignora a pontada no coração e move o olhar até o fim da página. *Coma de outubro*, diz a manchete. A nota tem três parágrafos, nomeando a vítima e informando que ela foi encaminhada para o hospital regional quando o marido não conseguiu acordá-la após um banho de sol na praia.

Não tem mais informações além disso. Como se ninguém se importasse de verdade e estivessem reportando o acontecido apenas por obrigação.

— Tá, então me ajuda aqui com os anos 1970. Vamos encontrar o primeiro ano e ir daí pra cima, até 1998.

Johnny concorda e deixa a pasta de 1980 aberta, com a nota à mostra. Ele puxa a pasta de 1971, e Dominique, a de 1972, mas é só na edição de 1974 que encontram a primeira história sobre esses casos misteriosos.

Mesmo sendo o primeiro coma, também não teve muito destaque. Parece que só foi reportado porque aconteceu em um barco de pesca e a pessoa acabou caindo na água. Os médicos disseram que o coma foi resultado do afogamento. Embora o pescador tenha sido reanimado, a reportagem menciona que os paramédicos não foram rápidos o suficiente.

Parecia tão desimportante que colocaram a notícia para dividir espaço com a divulgação de que o primeiro colocado no vestibular de medicina da Universidade Federal de Santa Catarina foi um aluno de Enseada dos Anjos.

— Foi o primeiro ano, eles ainda não faziam ideia de que seria recorrente — comenta Johnny.

Mas a verdade é que o padrão continua pelos anos seguintes. Todas as reportagens sobre os comas são pequenas. E, se os casos não começaram de forma trágica, ganham apenas uma notinha de um parágrafo — como a de 1978, que divide espaço com os santinhos dos candidatos a vereador da cidade.

A edição de 1991 tem uma coluna de opinião criticando Esther, a vocalista da banda Estrela da Morte, por suas músicas satânicas que nem de longe representam a moral dos bons cidadãos de Enseada dos Anjos. Dominique nota um músculo na mandíbula de Johnny tensionando quando lê isso em voz alta. A nota sobre o coma daquele ano está na página seguinte, debaixo dos Classificados.

A garota se senta para anotar o que consegue tirar disso: que não houve pânico local, pelo jeito, porque os jornais não se importam o suficiente para noticiar os comas com o alarme que deveriam. Começou em 1974 e acontece desde então.

Ela procura em alguns jornais de Florianópolis, que encontra guardados nos arquivos, mas não encontra menção aos casos. Parece uma coisa exclusiva de Enseada dos Anjos, acontecimentos que não viraram notícia para além da mídia local.

— Como é que isso pode ser normal?

Sentado à sua frente, Johnny não obedece às regras da biblioteca e acende um cigarro. Dominique chia, indignada, e afasta todos os jornais de perto dele.

— Quando uma coisa estranha acontece vezes mais de uma vez, acaba se tornando rotina.

— E os moradores? Você mora aqui. O que sabe da opinião das pessoas?

Ele bufa uma nuvem de fumaça na direção dela.

— Olha bem pra mim, Dominique. Eu pareço alguém com quem as pessoas conversam?

Johnny ergue as sobrancelhas em desafio. Ela revira os olhos.

— O Watson mais inútil do mundo.

— Você que aceitou ajuda do esquisitão.

— Tá bem. A gente pode perguntar, certo? Sua tia! Pergunta o que ela ouviu as pessoas falando sobre a maldição. Vou sondar o Fábio e a Mabê, já que a Angélica parece disposta a me enforcar só por mencionar todo esse problema...

— Boa sorte para conseguir alguma coisa do príncipe e da princesa de Enseada. — O resmungo dele é bem-humorado.

Dominique apoia as mãos na mesa, confusa.

— Como assim? Eles já falaram sobre a maldição.

— No Fundo do Poço. Fora de lá, os dois têm uma reputação a zelar. A gente fala sobre a maldição na hora das apostas, mas, depois que isso acaba, ninguém mais a menciona até o ano seguinte.

— Então dá pra concluir que a população tem *medo* dela?

— Sei lá. Se você considerar os alunos da Marquês uma parcela da população...

— Essa pesquisa só está servindo pra me confundir ainda mais.

— Vai ver tem alguma coisa nesses jornais que a gente não pegou ainda — sugere Johnny. — Achamos o começo da maldição, mas talvez valha a pena investigar o ano todo? Tudo que aconteceu?

— São quatro jornais por mês durante vinte e cinco anos, cara.

— Que bom que a minha mochila é bem grande.
— Você ficou maluco? Eu não vou roubar propriedade pública!
— É pegar emprestado.

Dominique resmunga, vai até as escadas e espia a recepção, onde vê um rapaz — um pouco mais velho que eles, magrelo e com um boné azul — sentado no banco atrás do balcão. Ela arranca uma folha de seu caderno, depois pega um punhado de jornais e manda Johnny esperar ali. Corre até lá, coloca os jornais sobre o balcão e espera a atenção do recém-chegado.

— Devolução?
— Eu preciso de uma cópia de cada página marcada. Aqui.
— Dominique rasga a folha de caderno em mais pedaços, assinalando as páginas.

Ele faz uma careta para a pilha.

— E tem mais lá em cima.
— Vai sair bem caro.
— Quanto é a cópia?
— Cinco centavos por página, se forem mais de cinquenta páginas.
— Ô merda. — Ela pensa no dinheiro economizado do mês e naquele CD do Green Day que estava namorando. — Pode começar a copiar. Vou trazer o resto.

Lá em cima, Johnny está concentrado na leitura de um dos jornais, a bituca do cigarro pendurada na boca. Procurando pela pista ou sinal que comentou. As sobrancelhas franzidas e a tensão em sua postura refletem sua dedicação, o quanto o tio importa para ele.

— Aí — chama Dominique. — Quanto dinheiro você tem?
— Por quê?
— Pedi uma cópia das páginas de todos os acidentes.
— Caralho, Dominique, é muita coisa.
— Eu sei. Mas a gente precisa estudar isso sem pressa. Tem que ter alguma coisa nessas matérias, ou nas notas de rodapé, que deixamos passar.

Johnny suspira, mas puxa a carteira do bolso da calça.

— Essa amizade tá custando caro demais.

Dominique esconde o sorriso emocionado pela consideração dele.

— Eu tenho certeza de que ele disse isso, sim!

A gargalhada que se segue ecoa pelo corredor até a cozinha. Mabê o atravessa com cuidado e apoia o prato de salada no canto esquerdo da mesa, como a mãe sempre pede. Sorri para os convidados. Seu pai está na cadeira da cabeceira, com uma taça de vinho nas mãos e um sorriso no rosto. Os pais de Fábio ocupam o lado direito, de costas para a grande janela que dá para o jardim, e sua mãe e Joyce, o lado esquerdo. Eles têm essa tradição de se reunir no meio do mês, ainda mais agora que o dr. Tadeu está se preparando para o ano eleitoral.

Fábio dá uma piscadinha para ela, absorto em um pedaço de frango que está picotando no prato. Sentado ao lado da mãe — que tem a mesma compleição esguia dele e os mesmos olhos verdes —, o garoto parece querer morrer. E Mabê entende, porque compartilha do sentimento.

Eles foram proibidos de ir à festa de aniversário de um colega de Fábio porque tinham que participar dessa reunião. É engraçado. Os pais de Mabê não deveriam ter que manter as aparências para a família Scheffer, já que se conhecem desde os tempos do colégio, mas o fazem mesmo assim. Tornou-se um ritual, como todas as outras coisas do dia a dia deles.

Do outro lado da mesa, Fábio encontra o seu olhar entediado, pega a faca e finge cortar o próprio pescoço com uma careta dramática, e Mabê esconde o riso atrás do copo de refrigerante.

— Achei que a gente tinha falado sobre isso, Maria Betânia — sussurra Isadora, em meio à conversa dos outros. Ela tira o copo da mão da filha e o substitui por uma taça cheia de água. — Nada de refrigerante para você, sabe o que ele faz com a sua pele.

— É fim de semana, mãe.

— Em dia nenhum.

Isadora sorri, condescendente. Mabê range os dentes, mas assente. É para manter a imagem; para que a família continue sempre perfeita. Pequenas regrinhas para garantir que nada fuja do controle.

— Agora, por que não conta como andam as coisas na escola?

— Do mesmo jeito de sempre — Mabê desvia o olhar até a salada em seu prato.

— Os alunos estão animados com a festa da cidade? — questiona o pai.

Maurício ergue as sobrancelhas cheias, em expectativa, e Mabê pensa em dizer que não, que, na verdade, ninguém se importa muito com a festa, que sua turma só quer saber de quantas cervejas vão conseguir pegar dos estandes sem que ninguém note. Mas sorri e faz que sim com a cabeça.

— Ótimo. Aliás, Tadeu, a verba para a reforma do antigo hospital...

— Foi aprovada, certo?

— Por que não aprovariam?

— Eu te disse, Maurício: é nosso ano de sorte.

Os dois dividem risadas e um brinde, e Mabê se desliga de novo. Sua salada é muito mais interessante. O frango assado também. Assim como pensar na sobremesa que vem depois. Os pais continuam falando sobre a cidade e a comemoração e os eventos beneficentes, a boa imagem que querem garantir que chegue a todos os moradores de Enseada dos Anjos. E, como ela não pode cutucar Fábio para conversar com ele sobre o tédio que é tudo aquilo, Mabê pensa em sonhos estranhos e pesadelos bizarros e em garotos rebeldes tocando guitarra.

Fábio cutuca seu pé debaixo da mesa e acena na direção da porta dos fundos, e Mabê se esquiva depois de limpar o prato —

uma olhada feia da mãe para o pedaço de tomate que ficou nele a faz engoli-lo numa bocada.

Ela respira fundo assim que fecha a porta atrás de si. Fábio dá risada; já está mexendo nos bolsos da calça, procurando o isqueiro e o baseado.

A noite está fresca, e os dois vão até o quintal da casa. O jardim está impecável. O local é grande e coberto de grama, com uma piscina de cascata e canteiros que, agora, estão repletos de begônias vermelhas. As árvores não são frutíferas, para evitar os pássaros, e os arbustos baixos em volta do caminho de pedras que leva à piscina estão podados à perfeição. Até mesmo a área do parque, com os brinquedos, está com a areia rastelada e as folhas varridas.

Quando eles se sentam nos balanços de ferro, parte do parquinho particular que os pais construíram para Joyce, o som que vem de dentro de casa é de gargalhadas e de vida adulta.

Fábio oferece o baseado para Mabê, mas ela nega. Um deles precisa estar sóbrio quando voltarem lá para dentro.

— Se eu soubesse que ia ter que aguentar o seu pai falando sobre a campanha do meu pai pras eleições do ano que vem, teria roubado aquela garrafa de tequila lá de casa — resmunga Fábio, entre um trago e outro.

Mabê suspira ao se recostar na corrente do balanço. Está usando um vestido de seda confortável que sua mãe escolheu a dedo. Tem um decote discreto, a saia cai sobre suas pernas com leveza, e Mabê o odeia.

— Qual foi o seu último sonho?

— Hum? — Ela gira o balanço, enroscando as correntes, para encarar o garoto.

— Seu último sonho. Você falou daquele com o tio do Johnny, mas não mencionou os outros.

— Ah. — Mabê franze as sobrancelhas. — Acho que o último foi o do padre? Ele estava num pesqueiro flertando com uma mulher muito bonita.

— Alguém avisa o Vaticano!

Mabê cai na gargalhada enquanto solta o balanço e gira no ar até as correntes se desenroscarem.

Fábio nunca duvidou dela. Nem ao menos se mostrou relutante em acreditar. Quando Mabê explicou que andava por sonhos e pesadelos, ele só comentou como ela seria perfeita para protagonizar um livro do Stephen King. E não perguntou por que Mabê quis dividir isso com ele. Como o bom amigo que sempre foi, só aceitou a verdade e se ofereceu para tentar entender.

Mabê nunca mencionou o pesadelo dele, no entanto. Parecia intrusivo demais. Ela ainda se lembra da sensação desconfortável de atravessar aquela rodovia durante a madrugada, de ver a fumaça e o fogo se erguendo da carcaça destruída do carro. Mas o que mais a assombra, até hoje, é lembrar o choro sofrido dele. Os gritos de socorro, que ninguém conseguia ouvir. O corpo ensanguentado e mutilado que Fábio segurava em seu colo.

— Mabê?

— Oi?

— Tem certeza que não quer um pouco? — Ele sorri ao mostrar a bituca.

Ela encara a janela frondosa que mostra a sala de jantar. Os pais, orgulhosos, sentados na mesa de mogno, riem enquanto dividem uma taça de champanhe. Comemoram a vida perfeita.

— Vai ver, se você fumar um, para de andar pelos sonhos dos outros.

— Eu não quero parar. — A garota dá de ombros, raspando a ponta dos sapatos de boneca no chão de areia sob os balanços. — Mas seria legal encontrar algum sentido neles.

— Pergunta pra novata. — Fábio sorri. — A Dominique parece o tipo de pessoa que descobriria tudo sobre os seus sonhos.

Mabê faz uma careta. Já fica exausta só de pensar no turbilhão de perguntas que receberia da aluna nova caso ela descobrisse essa outra esquisitice da cidade. Não. Aquilo era só dela. E de Fábio, por consequência da amizade.

— Eu vi ela e o Johnny lá no Centro hoje — comenta ele. O baseado está quase acabando entre seus dedos, ardendo entre eles, mas Fábio parece não perceber. — Será que eles estão aprontando alguma coisa?

— Quem liga?

— Eu, que sou curioso. E você, porque guardou um pôster da apresentação da banda dele.

— Eu guardei um pôster do festival, seu otário. — Ela chuta um pouco de areia sobre os sapatos dele. — O Jonathan só calhou de estar tocando lá.

— Por acaso você já andou pelos sonhos dele?

Fábio ergue as sobrancelhas.

Mabê agradece ao universo por não ter tanta luz naquela parte do quintal, porque é a penumbra que esconde seu rubor. Não contou que andou pelo sonho do colega e como apareceu nele usando as roupas do festival — o que só pode significar que Jonathan estava sonhando com ela.

— Por que a gente está falando dos esquisitos mesmo?

— Porque a gente não continuou lá dentro. — Ele aponta para a janela. — O que faz de nós dois um tipo diferente de esquisitos. A filha do prefeito e o filho do diretor do hospital não deviam ficar na escuridão do jardim quando podiam estar participando dessa união de famílias. Por que não estamos lá?

— Porque "nós somos os estranhos, senhor".

Mabê faz uma careta séria e finge baixar um par de óculos do rosto, em referência a *Jovens bruxas*. Ganha um sorriso divertido do garoto por isso.

Eles ficam em silêncio. Fábio descarta o que sobrou do baseado e pisa nas cinzas até as esfarelar. Mabê pensa no sonho de Jonathan e então no pesadelo do tio dele, naquela sombra sinistra, e é quase como um presságio, porque um calafrio atravessa seus braços e a deixa arrepiada. Ela se vira na direção do muro dos fundos, buscando alguma coisa.

Um vulto.

O que cresce no ar é um zumbido. Mabê estreita os olhos quando vê alguma coisa se mexer no meio da escuridão e tropeça ao se levantar do balanço, com medo do que vai encontrar.

A coisa se torna uma sombra, recortando a pouca luz do jardim, um redemoinho de formas que se aproxima a uma velocidade alarmante. O zumbido se intensifica, e Mabê grita quando um grilo pousa na corrente do balanço. Fábio pula para longe quando dois gafanhotos aterrissam no suporte do brinquedo, e então mariposas e vespas e borboletas e besouros começam a zunir na direção deles.

Os dois correm até a porta dos fundos, a escancaram e fecham com um estrondo. O barulho ali dentro continua alto. Vozes exaltadas, comentários animados, risadas fáceis. O zumbido lá fora é abafado por tudo isso.

Mabê corre até a sala de jantar, exasperada, e escuta a mãe mandando que ela vá mais devagar ou vai riscar o piso. Ela e Fábio olham para fora, quase esperando encontrar o quintal intacto, sem nenhuma praga. Mas os insetos são uma nuvem sobre o jardim e começam a pousar na janela, um a um, os baques cada vez mais altos. De repente, seus pais também ficam em silêncio.

— Que merda é essa? — sussurra Fábio.

Mabê segura a mão dele, quase em reflexo. Asas e garras e ferrões são tudo o que conseguem ver, para onde quer que olhem. Todos os tipos de insetos, por todos os lados.

Isadora e Maurício param ao lado da filha. Seu pai está com a mão sobre o ombro da mãe, os olhos estreitados e a pele pálida ao observar o cenário lá fora.

— Mãe? — A voz dela sai mais amedrontada do que gostaria de demonstrar.

Espera um conforto. Um abraço e uma promessa de que tudo vai ficar bem. Mas a mãe só tem olhos para o pai, e alguma coisa aterrorizante é compartilhada entre eles. O tipo de medo que Mabê não entende, mas reconhece, porque é o mesmo que corre por ela. Seco e frio, do tipo que arrepia a nuca e deixa a sensação de estar sendo observada.

— É o tempo — comenta Maurício, por fim. — Tem uma onda de calor vindo aí. Eles devem estar vindo com ela.

Isadora assente repetidas vezes e se afasta para ver como Joyce está.

Os insetos continuam no vidro, suas patinhas tilintando enquanto se movem. O tipo de horror que se espera de um pesadelo, não da realidade.

CAPÍTULO 9

O TERRÍVEL COMA DE PEDRO SAMPAIO

TODO MUNDO NA ESCOLA SÓ SABE FALAR SOBRE OS INSETOS, O QUE É UM pesadelo particular para Dominique. Se tivesse que escolher uma praga bíblica para perturbar o lugar onde mora, escolheria qualquer outra em vez daqueles bichos. Na noite anterior, enquanto os monstrinhos dominavam o mundo lá fora, sua avó havia argumentado sobre o pavor da garota por eles e o fato de ela ser vegetariana. Como assim odiava insetos? Dominique, com a coberta enrolada ao redor do corpo, cobrindo a cabeça, respondeu que era vegetariana por amor aos animais, não aos demônios insetoides que estavam dominando o mundo!

Seu anel do humor está marrom desde que viu aqueles monstros.

Ela espera na fila da cantina, batucando os pés no chão. A merendeira está entregando um prato de arroz com feijão para uma garota quando vozes altas se destacam no meio do pátio, perto o suficiente da fila para que possa escutar. Dominique olha por cima do ombro e faz uma careta para os moleques do time de futebol; eles ganharam alguma coisa na noite anterior. Uma taça intermunicipal ou algo do tipo.

A garota pega o prato de arroz e feijão e segue em direção às mesas longas, perto do canto direito do pátio, onde as crianças costumam comer e os adolescentes só aparecem para zoar com a cara delas. Pediu para Johnny esperar por ela lá, porque não tem condições de comer com o prato na mão. Ela tenta esconder o sorrisinho quando percebe que ele está mesmo sentado lá, anotando alguma coisa no caderninho. Até os amigos dele estão junto: Luís, que está tentando e falhando terrivelmente em imitar o cabelo de Johnny, e Igor, que pintou as madeixas de um vermelho berrante e as usa espetadas com muito gel.

Os dois parecem não se incomodar com o fato de as crianças derrubarem comida na mesa. Até porque elas evitam se sentar muito perto deles.

— Bom dia, camaradas.

Dominique já trocou algumas palavras com Johnny durante os intervalos, mas é a primeira vez que estão passando um tempo juntos. O que não causa comoção alguma, porque ela é a novata que anda com os esquisitos. Nada de novo no horizonte.

— Praga de insetos faz parte da maldição?

Johnny termina seus garranchos no fim de uma página e ergue o olhar para ela. Luís e Igor param de discutir sobre os problemas de um amplificador e encaram a garota também.

— Não... — Johnny prolonga a palavra. — Mas vultos bizarros também não faziam.

— Onde vocês encontraram um vulto? — Luís parece curioso.

— Aqui na escola — responde Johnny, em um tom debochado. Dominique esperava um pouco mais de seriedade dele. — No corredor do terceirão.

— Ah, tá. Vai falar que viu o Chupacabra também?

— Só falta ele, na verdade. — Dominique apoia o queixo numa das mãos. — Será que alguém abriu a Arca Perdida e a gente não ficou sabendo? Talvez não seja uma maldição, mas um caso para o Indiana Jones.

— Papo de maluco. — Igor estreita os olhos. — Vocês tão chapados?

— Ei!

— Não em horário de aula. — Johnny sorri para a careta de Dominique.

— Escuta, eu pensei em fazer uma linha do tempo dos incidentes. Se estamos mesmo lidando com um fantasma e ele quer vingança, talvez seja a primeira pessoa que entrou em coma que tenha voltado pra assombrar a gente.

— E por que ela ia querer vingança? Ninguém causou o coma dela.

— Que a gente saiba. — Dominique ergue o dedo na sua melhor pose de investigadora. — Mas pensa comigo: se a maldição começou em 1974, pode ter alguma coisa a ver com a pessoa que morreu primeiro. Algo do tipo "eu morri e vou levar todos vocês comigo".

Gargalhadas altas ressoam do pátio, da rodinha dos garotos do futebol. Dominique bufa quando eles interrompem sua linha de pensamento e se vira para assistir enquanto o time se reúne ao redor de um deles para arremessá-lo no ar.

Mabê está sentada na grama, com Fábio ao lado. Pedro está deitado com a cabeça apoiada no agasalho e os braços cruzados. Dominique se surpreende com a aparência da garota: Mabê parece um zumbi. O rosto está abatido e pálido além do normal, com olheiras marcantes ao redor dos olhos. O cabelo está preso em um coque firme e não parece tão brilhante quanto antes.

Quando Dominique se vira para falar com Johnny, o olhar dele está preso na garota-maravilha de Enseada dos Anjos. Um vinco entre suas sobrancelhas e a intensidade de seu olhar ganham a surpresa de Dominique, que então solta um "Ah" discreto, porque tudo fica claro.

As gargalhadas somem sob um grito estridente, súbito. Todo o refeitório fica em silêncio. A turma de jogadores se dispersa, e Dominique não consegue ver o que está acontecendo. Parece uma discussão ou um tipo de briga... É acalorado demais para ser outra coisa.

Ela e Johnny trocam um olhar sério e se levantam, empurrando alunos para abrir caminho, e por fim param ao contemplarem a cena.

Pedro está tremendo dos pés à cabeça, a boca escancarada em um grito silencioso. É choque puro, um estado quase catatônico.

Dominique encara Johnny e encontra o reconhecimento que esperava, junto com um pouco de medo. Tem alguma coisa errada, ela percebe. No clima que cai sobre eles, nos olhares que os alunos estão trocando. Mabê, com as mãos sobre a boca, parece prestes a desmaiar.

A maldição só acontece uma vez por ano.

Dominique leu mais de vinte anos daquele padrão. Ouviu sobre isso inúmeras vezes.

Arfadas e gritinhos escapam da multidão quando o garoto começa a tremer mais forte, e todo mundo se afasta em reflexo. A mandíbula dele bate com tanta força que sangue começa a escorrer da boca. Dominique escuta alguém gritar sobre ele ter mordido a língua, mas a voz chega abafada, porque tem um zumbido de terror crescendo em seus ouvidos.

O medo de estar vendo a maldição acontecer.

Fábio tenta se aproximar, mas a mão fica parada no ar, como se estivesse com receio de tocar no amigo. Pedro para de tremer e, na mesma hora, seu corpo todo fica mole. É só então que Fábio se aproxima, segurando os ombros de Pedro para tentar acordá-lo.

Um arrepio frio desce pela coluna de Dominique. Ele parece morto.

Mas Fábio sente a pulsação dele e grita por ajuda, até uma comoção de merendeiras e professores ir ver o que está acontecendo. O horror e o susto tomam as pessoas que se aproximam.

Dominique se afasta quando murmúrios sobre a maldição começam a ecoar entre os colegas. Os comentários de "Ela atacou de novo" e de "Isso nunca aconteceu antes" a movem para longe. Seu olhar encontra o de Angélica, a expressão preocupada. Elas sustentam o olhar uma da outra por um momento, mas a garota vira o rosto antes que Dominique sinta uma abertura para se aproximar.

Segue pelos corredores, agora vazios, com sons de medo e de confusão às suas costas. Escuta a voz abafada de Johnny pedindo para ela parar, gente gritando por ajuda, alunos querendo ligar para os pais, professores mandando chamar logo a ambulância. Ela continua andando até que os sons cessam e a única coisa que a acompanha é o ressoar dos passos de seu amigo.

Dominique finalmente para perto da árvore alta, na parte mais distante do pátio da escola. Com as mãos na cabeça, começa a andar de um lado para o outro.

— Aconteceu de novo.

— Eu sei. Eu vi.

— Johnny... Outra pessoa acabou de entrar em coma lá no pátio. — Ela aponta naquela direção. — Ele começou a tremer e ficou todo catatônico!

— Eu estava lá, Dominique!

Johnny parece tão exasperado quanto ela. Com os braços cruzados com força e a postura tensa, ele olha na direção do corredor. Dominique faz o mesmo, quase como se esperassem encontrar um vulto ali.

Mas não tem nada além do escuro.

Eles escutam as sirenes de uma ambulância entrando na rua. A toda velocidade.

Johnny se recosta de volta na árvore, e sua expressão é parecida com a dos colegas na cantina. Uma mistura de incredulidade e de medo. O tipo de expressão de alguém vendo sua normalidade se despedaçar.

Uma normalidade para lá de inusitada, na opinião de Dominique, mas, ainda assim, o normal deles era aquele padrão, e ele acaba de ser estilhaçado.

As sirenes continuam ecoando. Dominique ainda está pensando no que dizer quando Johnny comenta:

— É a primeira vez que isso acontece.

Ela assente; já tinha imaginado. Johnny franze as sobrancelhas ao erguer o olhar até o dela. As linhas de seu rosto formam mais uma expressão zangada do que nervosa.

Dominique acha que faz sentido. O teto de vidro dele quebrou depois do coma do tio, e agora a maldição é uma coisa pessoal.

O interesse nas pesquisas dela, Dominique sabe, não é pura e simplesmente pela falta de sentido em todo aquele cenário, mas porque a praga pisou no calo de sua família. E agora está mudando.

Como se lida com uma maldição que quebra um padrão de mais de vinte anos? Será que o King escreveu algum livro sobre isso?

— Vamos falar com a minha tia depois — anuncia ele, e ganha a surpresa dela. — Sobre a maldição. Perguntar tudo que ela lembra, mencionar as datas. Talvez os jornais tenham deixado passar alguma coisa. Minha tia sempre ajudou na igreja, nas festas...

— Uma fofoqueira nata.

— Tipo isso. Tem as amigas dela, também. Acho que minha tia consegue convencer algumas a conversar com a gente. Com você, pelo menos. — Johnny aperta os dedos sobre a ponte do nariz. — Que inferno, cara.

— Eu sei. Mas é o nosso inferno. A gente vai aprender a lidar com ele.

Mabê agradece a atendente atrás do balcão e corre até Fábio. O saguão do hospital municipal de Enseada dos Anjos é um pouco apertado. O balcão fica à direita, algumas fileiras de cadeiras desconfortáveis ocupam o espaço à frente dele, e uma porta vaivém à esquerda leva para a triagem e os corredores de atendimento.

Ela não gosta muito dali. Sua última visita ao lugar lhe rendeu uma série de pontos no braço porque achou uma boa ideia escalar o limoeiro da casa dos avós. E não ajuda nem um pouco que ainda esteja toda arrepiada, que os gritos ainda ecoem em seus ouvidos e que o sangue ainda pulse de medo em suas veias.

— Ela disse que o horário de visita acaba em dez minutos, mas deve dar tempo — sussurra Mabê para o amigo.

Fábio assente e aperta as mãos sobre a nuca, perturbado. Pedro não é lá grande coisa, mas pelo menos o ajudou depois do acidente. O que, para Mabê, significa alguma coisa.

Eles atravessam as portas e ficam um pouco perdidos sobre qual corredor seguir. Uma enfermeira aponta para o da direita, que leva até os quartos individuais.

Mabê segura a mão de Fábio enquanto atravessam o piso claro e as paredes brancas. O ar do hospital é gelado, e ela se arrepia com o silêncio e com os ecos dos passos, a reverberação das suas respirações ao redor deles. Uma cruz no topo da porta que leva à área da internação lança um calafrio sobre a garota. Ela se lembra dos insetos na noite anterior e dos sons de engasgo e de horror que escaparam de Pedro durante o intervalo; se lembra das sombras no sonho do tio de Jonathan e da sensação crepitante de estar sendo observada desde então. Está apertando os lábios, doida para ir embora, quando Fábio para, os tênis derrapando no piso da escada. Ainda falta um lance para chegar à ala dos quartos privativos, mas ela para também e desvia o olhar para uma das portas no fim do longo corredor.

Jonathan está saindo de lá abraçado à cintura da tia, que comenta alguma coisa com um sorriso leve, mas está com uma expressão abatida, rugas marcadas e olheiras bem fundas.

Sentada no banco do corredor, Dominique se levanta para encará-los.

Mabê não gosta muito do olhar que Jonathan e Dominique trocam. Ela acompanha o aceno de cabeça e o sussurro entre os dois. Um segredo compartilhado. O tipo de olhar que troca com Fábio o tempo todo. Estão tão compenetrados que nem notam que estão sendo observados.

Nem sabe por que se perturba com aquilo. Não se importa com o que estão fazendo.

Quando Dominique vira o rosto e percebe sua presença, Fábio apenas acena e puxa a amiga pela mão antes que a novata consiga se aproximar. Não é como se tivesse algum clima ali incentivando-os a conversar; o tio de Jonathan está em coma. E, dentro do primeiro quarto no último andar do hospital, Mabê encara o colega desacordado.

Ela cruza os braços enquanto Fábio vai até Pedro. Desliga os pensamentos daquela situação horrível; o que ronda sua mente, agora, é se vai vê-lo quando for dormir. Se vai ser como aconteceu com o tio de Jonathan: um pesadelo macabro, um olhar perdido e uma frase se repetindo sem parar.

Será que é isso que acontece com todos que são vítimas dos comas?

Mas por que Mabê nunca caminhou por seus sonhos antes?

Ela anda por eles há tanto tempo. Já visitou sonhos e pesadelos da maioria das pessoas de Enseada dos Anjos pelo menos uma vez. Por que nunca os de uma vítima da maldição? E por que agora?

Ela encara Pedro, o semblante vazio e os bipes regulares do aparelho medindo sua frequência cardíaca. Já Fábio está rindo, desolado, enquanto comenta sobre o amigo ter se safado do vestibular no fim de semana. Morde o lábio porque, de repente, quer descobrir a resposta para as próprias dúvidas.

O sol mal começou a se pôr, mas Mabê já está ansiosa para ir dormir. Torcendo para que os acontecimentos do dia permaneçam com ela mesmo quando cair no sono, quando as paisagens oníricas começarem a se formar. Quem sabe assim ela não consegue visitar os sonhos dele?

♠

Fábio está fumando um cigarro e andando em círculos há pelo menos dez minutos. Mabê, sentada no banco de cimento, não resmunga por causa da fumaça nem do nervosismo do amigo. Está quase fazendo o mesmo quando uma conversa de vozes familiares os alcança.

Jonathan sai pela porta seguido por Dominique.

A noite está fresca e estrelas pipocam no céu. A garota gesticula sem parar, usando um conjunto de jardineira e camiseta rosa-choque, o cabelo indomável, uma revoada de frizz e tranças se desfazendo. Ao lado dela, Jonathan está com as mãos nos bolsos da calça jeans rasgada, e usa uma camiseta do Metallica com a estampa toda esfarelada.

Mabê cruza as pernas e desvia o olhar antes que notem que ela estava observando. Para sua infelicidade, Dominique não precisa de um convite para se aproximar.

— É agora que vocês admitem que eu estava certa em querer investigar essa merda toda?

Ela e toda a sua altura pairam sobre Mabê. Fábio bufa uma nuvem de fumaça, mas não responde. Qualquer argumento sobre a maluquice das dúvidas daquela garota foi por água abaixo depois do coma do Pedro.

— Ele falou sobre aranhas.

Pares de olhos confusos se viram para Fábio. Até mesmo Mabê, que se empertiga no banco.

— O Pedro. — Fábio quase engole o cigarro quando dá outra tragada, a mão trêmula perto do rosto. — Ele disse que teve pesadelos com aranhas nesses últimos dias, estava dormindo muito mal.

Mabê franze as sobrancelhas quando vê Dominique puxar um bloco de anotações do bolso da jardineira.

— O tio do Johnny falou sobre a loja. — Jonathan faz uma careta pela revelação, mas não a silencia. — A tia dele acabou de nos contar. Ela vai tentar procurar algumas coisas nos jornais antigos que tem em casa que possam nos ajudar, mas o tio…

Ela encara Jonathan, como se esperasse permissão. Depois que ele assente, Dominique continua:

— O tio dele começou a balbuciar enquanto dormia, pedindo a ajuda dela. Disse que a loja estava em ruínas, toda a vida deles destruída.

Mabê estremece com a lembrança do sonho, e o olhar de Jonathan a encontra nesse momento. Ela desvia o rosto para Fábio, quase como se buscasse nele um gancho para mencionar o que viu. Porque, de repente, quer fazê-lo. Quer aproveitar que esses esquisitos estão falando sobre esquisitices e mencionar a maior de todas: que ela é a esquisitona suprema. Mabê anda em sonhos, e viu o tio dele alguns dias antes. Provavelmente vai ver Pedro quando for dormir, e agora sabe que deve se preparar para um pesadelo com aranhas.

Mas seus pensamentos são interrompidos quando Dominique volta a falar, ainda agitada, como se não soubesse direito como ficar de boca fechada.

— Tem mais uma coisa.

Ela e Jonathan trocam um olhar demorado, como se estivessem em uma briga mental. Dividindo um segredo, o que faz surgir um sentimento estranho e irritado na boca do estômago de Mabê.

— Tem uns dias que nós vimos uma sombra, um... fantasma-demônio? Algo do tipo. Lá na escola.

Agora é a vez de ela e Fábio trocarem aquele olhar demorado. A imagem ainda está fresca nos pensamentos da garota, correndo pela sua visão periférica, mas sem entrar de fato em foco.

— A gente também. — Fábio ganha um olhar ranzinza de Mabê pelo comentário.

— Espera. Sério? Quando? — Dominique se inclina na direção deles, como se estivessem trocando um grande segredo.

— Hoje. Quando o Pedro... — A voz do amigo some, e ela assume a frente.

— Quando o Pedro paralisou. Eu vi alguma coisa pelo canto do olho. Uma sombra com membros longos, se esgueirando. Mas ela sempre fugia quando eu me virava. E o Fábio disse que viu ela se aproximar pela lateral, crescer e então sumir quando o Pedro começou a gritar — relata Mabê, da forma mais racional possível, embora nada daquilo faça muito sentido.

A sombra que estava no pátio da escola passou-lhe a mesma sensação daquela que encontrou no sonho do tio de Jonathan. Nada disso deveria estar acontecendo e, se parar para pensar muito no assunto, Mabê tem certeza de que vai começar a tremer e chorar.

— Olha, eu sei que, a essa altura, vocês me acham uma doida varrida. Mas a doida varrida aqui começou a investigar. E trouxe ele junto. — Dominique aponta para Jonathan, que está com uma careta espantada no rosto. — A gente já encontrou algumas coisas na biblioteca. Essa maldição começou faz exatos vinte e cinco anos, porque não tem menção a ela antes disso. E tem o lance bizarríssimo do jogo do compasso. E agora essas sombras. É tudo muito estranho, mas muito real. A ajuda de vocês nessa investigação seria ótima. A turma do Scooby-Doo não é uma dupla, né?

— Se vocês não acharam nada na biblioteca, onde mais esperam encontrar informações? — questiona Fábio.

— Precisamos da Angélica.

— No que a maior cética de Enseada dos Anjos vai ajudar? — Ele fica indignado.

— O pai dela tinha algumas teorias. Ela falou muito vagamente sobre isso, mas imagino que um cara que investigou a maldição a ponto de teorizar sobre a coisa toda tenha deixado alguma informação relevante pra trás.

Mabê encara Fábio quando Dominique diz isso. Encara Jonathan, também, que engole em seco. O pai de Angélica é um tópico muito sensível na cidade. Foi uma situação abrupta e traumática, e ninguém gosta de lembrar que aconteceu, quanto mais de remexer o passado do homem.

— Tá bem, eu já sei que ele morreu — insiste Dominique, pisando em ovos. — Mas como ele morreu?

Ninguém parece querer responder, até que Jonathan acaba com o silêncio:

— Ele se matou.

O garoto cruza os braços, e Mabê repara em uma tatuagem escapando sob a barra da camiseta. Não se lembra de tê-la visto antes, mas também não se lembra de ter reparado. E nem de ter estado próxima dele o suficiente para reparar.

— Cinco anos atrás — completa Jonathan.

— Ele era um cara legal, era o diretor da escola. Chegou a ganhar prêmio da Unesco e tudo. A família da Angélica morava no nosso bairro. A gente via todo mundo nas missas de domingo, e ele sempre pareceu de bem com a vida. — Fábio apaga o que resta do cigarro com a ponta do tênis. — Acho que aconteceu num domingo, porque, na segunda, todo mundo estava comentando sobre isso lá na escola.

— A cidade toda — sussurra Mabê. — A Angélica ficou mal por muito tempo.

Ela se lembra do pesadelo que visitou. De Angélica se agarrando ao caixão do pai mesmo enquanto cimentavam o túmulo, enterrada viva ao lado dele. Elas nunca foram muito amigas, mas a morte do pai transformou a garota e a família dela. Todo o respeito que a cidade tinha pelo homem parece ter ido pelo ralo com a morte dele, restando só fofoca pelas circunstâncias da morte. E não ajudou muito o fato de que elas tiveram que vender a casa em um bairro nobre e se mudar para uma região mais humilde para se adequar à nova realidade.

Enseada dos Anjos esperava que Samuel Pedroso transformasse a educação em todo o país e trouxesse ainda mais orgulho para a cidade, mas ele abriu mão de tudo isso e ninguém sabia ao certo o motivo. Ao menos era o que o pai de Mabê dizia.

Ela fecha os olhos por um instante, para dissipar a lembrança. Quando volta a abri-los, Jonathan continua encarando. Tem alguma confusão em seu olhar, mas uma desconfiança crescente também.

— Tá bem, a situação é bolada mesmo. — Dominique suspira. — Mas a gente precisa dela. E de qualquer informação que o pai dela tenha deixado para trás.

— Beleza, Sherlock, e como você pretende fazer isso? Quer bater na porta da casa dela e pedir essas informações?

— É. — Dominique bate palmas. — Anda, Johnny. Você dirige. Porque só você pode dirigir, óbvio.

Eles começam a andar e param, quase ao mesmo tempo. Jonathan estreita os olhos para Fábio e Mabê e aponta na direção da

Kombi estacionada ali perto. O olhar que os dois trocam é um misto de "vai dar merda" com "bom, a gente já está afundado em merda mesmo".

Dominique ergue a voz, falando sério, mas sem conseguir esconder a animação que toma seu rosto:

— Vocês vêm?

CAPÍTULO 10

AQUELE QUE CAMINHOU SOZINHO

O S QUATRO ENTRAM NA KOMBI SÓ PARA DESCOBRIR QUE NENHUM DELES sabe o endereço de Angélica, o que os leva de volta ao hospital, à área da recepção, para encontrá-lo nas páginas amarelas.

Dominique está parada com os braços cruzados enquanto Mabê, que é a única que se lembra do sobrenome de Angélica, passa a unha cor-de-rosa sobre as informações. Encara Johnny com entusiasmo, animada com a ideia de investigar esse fantasma a fundo, mas a atenção dele está presa à garota ruiva. O que gera um sorrisinho que ela não consegue dividir com ninguém, já que Fábio ficou na Kombi para bolar um baseado.

Mabê solta um "Bingo!" e recebe um "*Shh!*" da enfermeira, e então Dominique anota o endereço.

A viagem até a casa de Angélica é um pouco desconfortável. Dominique esperava conversas e teorias, mas Fábio está ocupado demais com o seu "cigarro artesanal", Mabê parece mais interessada em olhar a paisagem, e Johnny está com aquela expressão fechada, que, em qualquer outro momento, Dominique derrubaria com um comentário para ganhar seu revirar de olhos. Mas ali, com a dupla que ainda não pode ser considerada parte da gangue, ela fica quieta.

A casa de Angélica não fica no bairro da elite, como Fábio comentou antes.

— Eles se mudaram depois da tragédia — explica, ao espiar para fora da janela. — Acho que não queriam viver no mesmo lugar em que ele… Sabe?

— Disseram que não tinham mais como pagar as contas lá — só então Mabê percebe que é uma fofoca um pouco insensível.

— Ouvi dizer. Não que eu tenha ido atrás dessa informação! Só chegou aos meus ouvidos.

Uma cerca de ferro verde, com o molde de lanças afiadas, separa a rua da propriedade. Em determinada parte da cerca, há um portão com uma campainha ao lado. A casa é de alvenaria e tem apenas um andar, depois de uma leve inclinação do terreno. É branca, com venezianas verde-musgo da cor do portão, e uma varanda grande ocupa a parte da frente. A grama entre a casa e o portão precisa ser aparada, e a rampa de cimento que leva até a garagem está quebrada em uns dois lugares, onde o mato cresce.

Mabê abre a porta do carro antes que Dominique tenha a chance de elaborar um plano, e todo mundo segue a patricinha até o portão. Ela toca a campainha e espera. Leva apenas alguns minutos para que a porta da frente da casa se abra. A luz que vem de dentro ilumina a varanda e o gramado, mas faz com que seja difícil ver quem está na soleira. Enxergam apenas uma silhueta.

E esse vislumbre é suficiente para Dominique estremecer, com lembranças vívidas do vulto no corredor da escola estalando em sua mente.

— Quem é? — pergunta a pessoa, bem alto, para fazer a voz chegar até a rua.

A luz do poste na calçada está queimada, então ela não deve conseguir enxergar bem quem está ali. E, de toda forma, aparecer de supetão e falar sobre fantasmas não parece ser a melhor opção.

— É a Maria Betânia. — Silêncio do outro lado. — A gente veio falar com a Angélica.

— Não tem relógio em casa, princesa? Tá tarde.

— É rápido. Prometo. — A garota não parece se mover lá na porta, e a outra bufa. — Angélica, anda logo. É sério.

Mabê olha para trás, buscando apoio, e Dominique faz uma careta.

— Tento uma abordagem mais sutil, talvez? — sugere Mabê.

— Acho que ela só não gosta de você. — Fábio ri, com o baseado aceso entre os dedos.

— Não é hora disso.

Para a surpresa de Dominique, Mabê arranca o cigarro da mão de Fábio e joga no chão. O sapato de boneca apaga a brasa recém-acesa, e ela crispa os lábios quando recebe um olhar indignado do amigo.

— Eu decido, lembra? — conclui Mabê.

Tem alguma coisa entre eles. Um tipo de acordo silencioso, porque Fábio assente e fica quieto, e Dominique percebe que acabou de presenciar um segredo compartilhado. Johnny não reage a nada do que acontece; está com os braços cruzados e a expressão de poucos amigos de antes.

O portão começa a se abrir de repente, fazendo um barulhão quando as rodinhas pouco lubrificadas se movem sobre o trilho, e os quatro arregalam os olhos para uma Angélica nada feliz. Nem notaram que a garota tinha saído de casa para ir até ali.

Ela está com o cabelo solto, os cachos crespos volumosos contornando sua cabeça. A pele negra está iluminada, e os lábios cintilam com brilho labial. Dominique engole em seco, porque, sob a luz fraca do poste do outro lado da rua, ela é muito bonita.

— Ué, o clube dos perdedores se reuniu com o dos babacas?

— Oi, Angélica. — Mabê revira os olhos.

— Precisamos de ajuda — intervém Dominique.

— Angélica! Quem mais está aí?

Na ponta da varanda, há uma mulher de braços cruzados. Ela tem a mesma estatura de Angélica, a mesma pele brilhante e olhos incisivos. Mas o cabelo escuro está margeado por fios grisalhos.

— Coisa da escola, mãe.

— A essa hora?

— Eu esqueci que tinha um trabalho pra entregar amanhã. Em grupo.

Angélica arregala os olhos para eles quando termina de falar, em incentivo.

— É verdade, dona Larissa! — Mabê acena do portão.

A garota abre um sorriso simpático, parecendo encarnar a alma de uma política ansiosa pelo voto da mãe de Angélica, porque acena e muda toda a sua postura. O tom sério de antes se desfaz no olhar amigável que lança para a mulher na varanda, que observa cada um deles com severidade — especialmente Johnny, Dominique nota.

— É culpa minha, na verdade. Com toda a correria por causa dos preparativos do aniversário da cidade, fui adiando e acabamos atrasados. A senhora sabe como é, né?

Mabê parece acertar em cheio. A expressão séria da dona Larissa se desfaz, e ela acena de um jeito bem-humorado.

— Vocês, jovens. Sempre com a cabeça nas nuvens! Deixa eles entrarem, Angélica. Acabei de tirar uma cuca de banana do forno, se quiserem.

Johnny se abaixa para sussurrar para Mabê:

— Você é assustadora.

— Eu sei.

Ela sorri por cima do ombro, e os dois têm um momento que ganha uma risadinha rápida de Dominique, que cruza para a casa antes que Johnny a questione.

Eles são guiados pelo quintal e pela varanda até a porta da casa. O móvel na entrada tem um presépio enorme montado, ainda que esteja bem longe do Natal. A casa está cheirando a bolo e a incenso, e Dominique escuta a voz de dona Larissa ecoando do fim do corredor, perguntando, exasperada, se vão precisar de cartolina, porque as papelarias já fecharam. A garota dispensa a mãe com uma desculpa. A voz da mulher se mistura ao som do desenho a que o irmão mais novo da garota está assistindo na sala.

Para infelicidade de Dominique, eles não vão para a cozinha, só passam pelo cômodo e pelo cheiro irresistível de bolo recém-assado. Angélica abre uma das portas no corredor, fechando-a atrás de si depois de todo mundo entrar.

O quarto é aconchegante, com carpete azul-marinho e paredes de um tom de azul mais claro. A janela do lado esquerdo está com a cortina de nuvens coloridas afastada, e Dominique avista alguns adesivos colados no vidro como um da NBA e outro do Fido Dido. Tem um guarda-roupa de madeira escura que não combina muito com a madeira clara da cama de solteiro, e uma camisa 10 da seleção brasileira pendurada em um cabide fora dele.

Na parede, pôsteres da seleção feminina de futebol brasileiro, do Pelé e das Olimpíadas contrastam bastante com uma sequência de cantoras: Britney Spears, Madonna, Mariah Carey, Marisa Monte e as Spice Girls. Dominique não imaginava que o gosto musical de Angélica fosse tão eclético, mas está longe de julgar um monte de pôster de mulher bonita na parede de um quarto.

Uma escrivaninha no canto oposto está abarrotada de cadernos, revistas e livros. Tem uma pilha de quadrinhos dos X-Men, e Dominique espia as lombadas dos livros e encontra Agatha Christie, Machado de Assis, Clarice Lispector e, para a alegria de seu coração bobo, Stephen King e Shirley Jackson.

— Por que vocês vieram aqui?

Mabê aponta para Dominique, que se empertiga para disfarçar que estava tentando ver em que parte de *Misery: louca obsessão* o marca-páginas foi enfiado.

— Queremos a sua ajuda.

— Não me digam que ela convenceu vocês a embarcar nessa maluquice — resmunga Angélica.

Fábio dá de ombros, observando com curiosidade a coleção de CDs exposta sobre a mesa de cabeceira dela.

— Não é maluquice — replica Johnny. — Você viu o que aconteceu hoje, Angélica. Outra vítima.

— Porque essas coisas acontecem...

— A praga de insetos também? — Dominique cruza os braços.

— Todo mundo falou que foi por causa da onda de calor!

— Nem vem — retruca ela. — Acidentes acontecem. Ataques do coração acontecem. Atropelamentos acontecem. Derrames acontecem. Comas com data marcada, todo santo ano, não deveriam acontecer. E dois num espaço de duas semanas? Qual é. Pragas de inseto, então? Só na Bíblia! O que mais você precisa pra acreditar que essa cidade está sendo perturbada por um espírito maligno? O compasso já falou!

— Espírito maligno?

— Eu e o Johnny vimos um, no corredor da escola. Uma sombra com forma de gente. — Dominique ergue o queixo, desafiando-a a questionar isso também. — A Mabê e o Fábio também viram quando o Pedro... sabe?

Ela não quer falar mais porque não gosta da expressão desanimada de Fábio sempre que voltam ao assunto. Angélica se senta na beira da cama, os braços cruzados. Seus olhos escuros passam de um em um — menos em Dominique, que ela ignora — até pararem sobre Mabê, que parece um pouco mais pálida sob a luz do quarto.

— Você acredita nessa baboseira? — Angélica ri com ar de deboche.

— Eu não sei se acredito, mas acho que tem alguma coisa errada, sim, por causa do Pedro. — Mabê encara Fábio ao dizer isso. — Eles disseram que essa maldição acontece há vinte e cinco anos.

— Vinte e cinco longos anos — reitera Dominique, empurrando os óculos para cima com o indicador da maneira mais dramática possível.

— E só agora teve uma segunda vítima. — Mabê crispa os lábios. — Alguma coisa mudou.

— Não quero esperar pra ver se vai ter uma terceira — acrescenta Johnny. — Se tem um jeito de quebrar essa maldição, vamos descobrir agora.

— Seu pai estava pesquisando tudo isso, não estava? — Dominique junta as mãos em frente ao corpo. — Por favor, Angélica, ajuda a gente. Você é a nossa única esperança. — O sorriso se expande ao notar que a garota entendeu a referência.

Angélica ergue uma das sobrancelhas em um arco não muito impressionado, mas suspira, frustrada, e se ajoelha no chão, procurando algo embaixo da cama.

— Meu pai ficou obcecado com essa coisa por uns anos. Nem sei quando começou, só sei que, com o passar do tempo, ele foi ficando mais e mais frustrado e nervoso. Falava comigo sobre a água contaminada e sobre estar tentando estudar mais sobre o passado da cidade, mas nunca foi muito claro. Eu sempre achei que era brincadeira. Alguns pais brincam de caça ao tesouro, o meu pai queria brincar de caça aos fantasmas. — Ela joga sobre o colchão a caixa de sapato que encontra debaixo da cama. — Guardei o caderno dele e alguns recortes que ele tinha de jornais antigos.

Os olhos de Dominique são como duas bolas de gude. Eles esperam enquanto Angélica solta uma fita que amarrou ao redor da caixa, e tem aquela energia crescente, de que alguma coisa está para acontecer, quando ela tira a tampa. Mas, claro, nada acontece. É só uma caixa de sapato.

O conteúdo é mínimo: um caderno pequeno de espiral com a capa azul amassada, dando a entender que foi muito usado, e alguns recortes de jornais sensacionalistas, que não parecem dizer muito sobre nada.

Água contaminada por Césio-137? Estariam os alienígenas invadindo o sono dos humanos para manipulá-los até suas aeronaves? (Esse até que parece interessante, mas Dominique acha improvável que eles estejam por trás dos comas.)

Ela concentra toda a sua energia no caderno. Sem pedir permissão, se senta na cama e começa a folhear as páginas amarrotadas enquanto Angélica diz:

— Eu já li e reli esse caderno dez mil vezes, mas nunca consegui entender o que ele quis dizer.

Mabê se senta no carpete e vira a caixa no chão. Angélica, Johnny e Fábio fazem o mesmo, pescando os recortes e as poucas fotos que tem ali.

Dominique encara os rabiscos no caderno. Parece quase um diário de pesquisa. Tem passagens onde ele escreveu "eu cometi um erro enorme" várias vezes, as palavras riscadas com tanta força que a caneta atravessou para a página seguinte. Tem diversas fórmulas, que parecem estatística e probabilidade. E até alguns diagramas nomeados como Mundo Real e Mundo Alternativo, como se estivesse estudando universos paralelos. Para, logo em seguida, escrever linhas e mais linhas sobre o erro que cometeu e como suas tentativas frustradas de corrigi-lo só resultaram em novos erros.

"Não sei por quanto tempo Enseada dos Anjos vai aguentar."

"E se isso se espalhar pelo resto do país?"

A última coisa que escreveu foi uma mensagem breve e tremida para Angélica e o irmão.

"Vocês vão ficar bem. Eu vou salvar vocês."

— Isso aqui...

— Parece que ele estava louco, eu sei. — Angélica a encara em um misto de dor e irritação.

Dominique se encolhe um pouco. Porque, se estiver errada, significa que está fazendo com que ela sofra a troco de nada.

— Ele achava que podia se espalhar pelo resto do país. — Ela procura a atenção dos outros, porque não consegue mais olhar para Angélica.

— Por quê?

— Como?

Mabê e Fábio perguntam ao mesmo tempo.

— Quando não tivesse mais gente em Enseada para morrer? — sugere Johnny.

Eles se inclinam por cima dos recortes e Dominique passa o caderno para o amigo. Talvez, se todo mundo analisar com calma, consigam encontrar uma linha de raciocínio no que o pai de Angélica estava fazendo.

Dominique se ajoelha no chão, entre Angélica e Fábio, e começa a analisar o recorte do jornal sensacionalista sobre o ET de Varginha e a ligação dele com outros casos bizarros acontecendo pelo Brasil, como a aparição do Chupacabra. Então escuta o tilintar de garfos. Ela ergue a cabeça a tempo de ver dona Larissa, com um sorriso no rosto, entrar no quarto da filha com dois pratos cheios de fatias do bolo que tinha mencionado antes.

— Trouxe cuca para dar energia.

A mulher sorri, toda orgulhosa.

O cheiro adocicado da banana enche o ambiente, e Dominique vê a fumaça subindo do bolo, o que faz a sua boca encher de água. Com todo o caos do dia, ela não se lembra da última vez que comeu, o que só ajuda seu estômago a roncar ainda mais alto.

Então duas coisas acontecem ao mesmo tempo: Angélica tenta guardar os conteúdos espalhados entre eles de volta na caixa o mais rápido possível, e dona Larissa pega uma das fotos que está mais próxima dela.

— O que é isso? — A expressão dela muda. O sorriso se desfaz.

— Achei que estivessem fazendo um trabalho.

— Mãe...

— Onde você pegou essas coisas, Angélica?

Dominique consegue sentir a tensão no ar. Ela troca um olhar com Fábio e assente. Eles aproveitam o foco de dona Larissa na própria filha e recolhem as coisas com rapidez, guardando-as de volta dentro da caixa de sapato.

— Eu só...

— Você precisa parar, minha filha. Deixa seu pai descansar. Ele ficou em paz longe dessa obsessão. — A mulher se agarra à foto e se levanta. A outra mão vai até o cordão com um pingente de crucifixo que está usando. — Foi por isso que eu joguei fora todas aquelas caixas. Não vou deixar o diabo entrar nessa casa de novo.

O olhar dela escapa até Johnny, que abaixa um pouco a cabeça.

A mãe de Angélica respira fundo e volta a armar o sorriso acolhedor de antes, mas a tensão que permeia o quarto é quase palpável.

Dominique se sente mal por estar revirando o passado alheio, mas, ao mesmo tempo, sente que deve desvendar o que está acontecendo. As vítimas da maldição merecem que alguém coloque um ponto-final nessa maluquice toda. Quantos mais vão sofrer antes que acabe? E que fim vai ser esse?

— Voltem para o trabalho.

Todos ficam em silêncio enquanto ela sai. Os passos estão longe no corredor quando Dominique se levanta, como quem não quer nada, e vai até onde a mulher deixou os pratos.

— Você, por acaso, não sabe onde a sua mãe "jogou fora" as coisas do seu pai, né?

O bolo e a banana derretem na boca, e Dominique está a meio caminho de fechar os olhos e soltar os cachorros, mas acaba se engasgando com a resposta de Angélica:

— Ela queimou.

Fábio, que está de pé ao lado de Dominique, dá batidinhas em suas costas até que ela recobre a compostura e pergunte:

— Tudo?

— Tudo.

— E não sobrou nadinha mesmo? Essa caixa foi tudo que você salvou?

Angélica bufa, frustrada.

— Eu não achei que essas coisas fossem importar num futuro hipotético em que a gente estaria tentando quebrar a droga da maldição!

Dominique suspira antes de continuar:

— Tá bem. E não teria nenhum outro lugar onde seu pai poderia ter guardado coisas do tipo? Porque, pelo caderno, ele estava muito investido em fórmulas matemáticas e símbolos estranhos. Falava até em outras dimensões. Parece o tipo de dedicação que levaria alguém a guardar as coisas mais importantes em um lugar seguro. Não que a sua casa não seja segura! Mas... sabe? Longe de outras pessoas.

Angélica estreita os olhos.

— Bem... Talvez no emprego dele? Nunca nos devolveram nada que ele tinha guardado lá.

— Você quer dizer...

— Na Escola de Educação Básica Marquês dos Anjos. — Johnny dá um sorrisinho irônico.

Dominique termina de comer os farelos no prato e deixa o silêncio perdurar por puro espetáculo. Quando ergue o rosto, sentencia:

— Vamos lá.

— Pra escola? — O tom de voz de Mabê sai agudo.

A garota assente.

— Agora? — Mabê continua soando esganiçada.

— Não dá pra gente invadir a sala do diretor enquanto tem aula, né? — Dominique agita as mãos, exasperada.

— Ué, você tá querendo invadir propriedade pública? — zomba Johnny.

— É por um bem maior! — Dominique ergue o pulso e confere o relógio. — Beleza, passou das dez, então o pessoal do noturno já foi embora e é bem provável que a escola esteja vazia.

— Exceto pelo Evandro — comenta Fábio.

— Quem é Evandro? — perguntam Angélica e Dominique em uníssono.

— O guardinha que fica lá até meia-noite. — Desta vez, é Johnny quem responde.

— Mas ele sempre aproveita esse horário para tomar um café ali na Pão Dourado — complementa Fábio, mencionando a padaria favorita de Dominique, que fica bem em frente à escola.

— Como é que você sabe tanto sobre o período noturno da escola? — Mabê cruza os braços, o olhar correndo pelo amigo.

— Não me faça perguntas complicadas, Maria Betânia.

Tem um sorriso provocativo no rosto dele, que Mabê não retribui.

Dominique olha para os demais com expectativa.

— E aí, galera? É agora ou nunca.

CAPÍTULO 11

OS AVENTUREIROS DA ESCOLA PROIBIDA

ELES LEVAM DEZ MINUTOS PARA CHEGAR ATÉ A RUA DO COLÉGIO. O LUGAR parece deserto: as luzes dos postes estão acesas, e ambos os portões (o de carros e o de pedestres), trancados. O que não faz diferença, porque todo mundo — com exceção de Dominique, que fica surpresa com aquela revelação — sabe que o muro perto da quadra coberta caiu durante a última enchente e é fácil entrar na escola por ali.

O problema é que ninguém pensou em como entrar na sala do diretor. Ou o que usariam para iluminar o caminho. Mabê observa a briga entre Jonathan e Angélica da traseira da Kombi.

— Como assim vocês não têm uma lanterna? — Angélica soa enfezada.

— Não sei você, mas eu não saí de casa hoje de manhã com a intenção de invadir a escola! — retruca Jonathan, irritado.

— É um objeto essencial pra todo tipo de emergência. — Ela ergue as mãos, indignada. — Se a Kombi morre no meio da estrada, o que você faz pra ver se deu um problema no motor?

— Eu procuro um orelhão e chamo o guincho.

— E se acontecer um apagão no meio de um dos seus shows?

— Aí a gente espera pela Celesc.

Angélica aperta os lábios em uma careta e olha para trás, na direção de Dominique, e Mabê não deixa de notar o riso exasperado que as duas trocam. Como se dividissem a mesma opinião sobre o garoto.

Angélica e Jonathan abrem as portas quase ao mesmo tempo, e Mabê é a última a descer da parte de trás. Ela cruza os braços diante do ar frio da noite e encara os pés. Sapatos de boneca não são nem um pouco recomendados para invasão de propriedade do município. Seu vestido de caimento leve e a meia-calça também não.

— Tudo bem, então vamos seguir para uma situação hipotética mais absurda: vai me dizer que você, o Johnny da banda Anticristo, não tem uma lanterna na bolsa pra invadir lugares proibidos? Tipo um cemitério? — Angélica apoia as mãos na cintura.

Jonathan faz uma careta.

— Ao contrário do que o grupo de beatas da sua mãe e o resto dessa cidade pensam, eu não invado cemitérios. — Ele parece incomodado com a insinuação, fazendo com que Angélica morda o lábio e baixe os olhos. — E não, não tenho uma lanterna. Porque geralmente não preciso de uma. Se eu preciso, eu pego na despensa da minha casa.

Ele joga a mochila por cima do ombro, e o tilintar dos bótons ressoa pela rua deserta.

— Eu tenho uma lanterna — intervém Dominique, um pouco para apaziguar os ânimos e porque realmente tem. — Só preciso achar aqui.

Ela joga a mochila na calçada e começa uma busca incessante entre as bugigangas guardadas ali.

— Eu acho que morri e vim parar no inferno — sussurra Mabê, se aproximando de Fábio, e encosta seu ombro no dele em busca de apoio. E de calor. — O que a gente tá fazendo aqui?

— Procurando respostas — murmura ele de volta, se virando para encará-la.

— Você nunca se importou assim com essa maldição.

Sabe que Pedro e Fábio são grandes amigos, que estudam juntos desde a pré-escola, mas nunca imaginou que o garoto estivesse disposto a cometer crimes por ele. Afinal de contas, Pedro não fez nada de mais depois do acidente. Uma visita ao hospital, umas conversas para tirar Fábio do torpor do luto. Esteve presente, e por isso Mabê é grata, mas não foi Pedro a pessoa que segurou a mão dele durante todo o velório. Também não foi ele quem garantiu que Fábio chegasse em casa em segurança todas as noites depois disso.

— É, mas pensa, Mabê: se a maldição tem explicação, talvez o que você faz também tenha. — Ele ergue as sobrancelhas expressivas. — Talvez a gente só precisasse de uma recém-chegada maluca pra decifrar os enigmas envolvendo as suas habilidades.

— Essa coisa que eu faço... — sibila ela, o olhar assustado na direção dos outros, que, por sorte, estão muito ocupados com a busca pela lanterna. — ... não é perigosa.

— Mas pode ser.

A fala dele pega Mabê desprevenida. Porque a verdade é que, por mais que ela aceite essa habilidade como algo que faz parte de quem é, ainda assim é algo desconhecido. O calafrio que escorrega por sua espinha a lembra das sombras no pesadelo. Da sensação inquietante de estar sendo observada sem saber por quem ou pelo quê. Ela olha por cima do ombro, quase em expectativa, mas não tem nada além da rua vazia.

— Achei! — O grito de Dominique interrompe as discussões. — Viu? Eu tenho uma lanterna!

Ela ergue um objeto minúsculo, de uns cinco centímetros, preso a uma correntinha, que, por sua vez, está presa às suas chaves.

— Isso é um chaveiro. — Jonathan esfrega a mão pelo rosto.

— Que também é uma lanterna. — Dominique liga e desliga o treco para provar seu ponto.

O olhar do garoto é um misto de frustração, cansaço e um desejo assassino maior do que o do Chucky.

Mabê não sabe dizer qual das emoções se sobressai, mas vê-lo assim a faz sorrir. Especialmente pelo franzir adorável entre as sobrancelhas dele, que a franja picotada falha em esconder.

— Beleza, Sherlock. — Jonathan suspira. — Temos uma lanterna, mas como vamos entrar?

Dominique abre a boca, mas não parece ter uma resposta. Ela gira nos calcanhares e encara os outros, quase como se esperasse uma solução mágica.

— Eu... pensei que você pudesse arrombar a porta. Tenho alguns grampos aqui também.

Mais uma vez, faz soar como se fosse óbvio, mas de um jeito receoso.

— Ah, claro. Hoje todo mundo deu pra esperar o pior de mim! É claro que você achou que o esquisitão ia saber arrombar a porta, né? — Jonathan parece ofendido, e Dominique, mais uma vez, encara os demais em busca de ajuda.

Mabê só ergue as sobrancelhas. Dominique começou essa guerra, ela que termine.

— Você não sabe?

Jonathan suspira, joga a cabeça para trás e fecha os olhos com força, e Mabê engole em seco porque seu olhar é descarado demais ao acompanhar o movimento todo, principalmente a curva que o pescoço dele faz. Jonathan estende a mão.

— Me dá a porra do grampo.

👻

De acordo com Fábio, eles vão ter exatos vinte minutos para entrar e sair da escola depois que o vigia noturno seguir a sua rotina de visitar a padaria. Então, ficam do outro lado da rua, abaixados, e observam quando o guardinha deixa seu posto e atravessa a calçada sem pressa, assobiando pela noite. Assim que ele some atrás das portas do estabelecimento, os cinco correm em disparada ao longo do muro lateral da escola, até os fundos, onde desmoronou.

Pulam as pedras e ajudam Dominique a não torcer um tornozelo com toda a sua pouca desenvoltura, e então correm ao longo das janelas, com o feixe de luz da minilanterna como única fonte de iluminação, até alcançarem a sala de reforço, onde a janela emperrada não tem um dos painéis de vidro.

Fábio entra primeiro, porque ele já fez isso várias vezes, e Mabê faz uma cara feia ao ouvi-lo dividir esse fato com o grupo. Quando entra, é possível escutar um arrastar de cadeiras e carteiras, e o rangido de uma dobradiça. Então, a janela ao lado da emperrada é aberta, e Fábio aparece, pronto para ajudar o próximo.

Jonathan oferece as mãos para dar impulso nas garotas, e Dominique vai primeiro, mais desajeitada do que antes. Mabê tem a adorável visão da bunda dela se enroscando no vão da janela antes de a garota cair lá dentro.

— Eu tô bem! — grita ela, e ganha um *shhhh* de todo mundo.

Angélica vai depois. É mais baixa, mas é uma atleta, o que significa que é ágil e não tem dificuldade em passar pelo vão.

Jonathan se abaixa e junta as mãos mais uma vez. Mabê apoia uma das mãos no ombro dele, mas hesita.

— Não olha pra minha bunda.

— Só nos seus sonhos, Mabê.

Ela belisca o ombro dele e se agarra à borda da janela. É um pouco desagradável fazer a travessia com o vestido, e tem consciência de que vai rasgar a meia-calça. Também tem certeza de que a lua e Jonathan tiveram uma rápida visão de sua calcinha lilás antes de conseguir girar as pernas e cair para dentro da sala.

Jonathan é o último a passar, com a mesma facilidade de Fábio. Mabê se pergunta se, por acaso, ele também já invadiu a escola antes, mas não verbaliza a dúvida.

O terceiro passo é abrir a porta para o corredor, e Jonathan se ajoelha em frente à maçaneta, com a luz da lanterna em miniatura de Dominique sobre o miolo da fechadura.

Mabê sente o coração bater pesado dentro do peito. As mãos estão suadas. De repente, tudo é real demais. Eles estão invadindo a escola. Ela está cometendo um crime. Algo que nunca se achou capaz de fazer. Toda a plataforma de campanha de seu pai foi pautada na honestidade, na transparência e nos valores morais de uma boa família cristã.

E ali está Maria Betânia, infringindo cada item.

Se forem pegos — e o seu coração acelera de forma dolorida quando pensa nisso —, o nome da família será arrastado na lama.

Todo mundo adora uma boa fofoca, ainda mais se envolver delinquência de alguém que se esforça tanto para parecer impecável.

O acidente de Fábio, por exemplo, quase manchou a reputação do pai dele. Se não fosse a forma como comandou o hospital durante a enchente do ano anterior, as pessoas ainda estariam falando a respeito daquela tragédia irresponsável.

No entanto, embora a ideia de ser pega seja aterrorizante, também deixa Mabê eletrizada. Tem um quê de euforia em quebrar a imagem da perfeição. Ela ama os pais e a irmã, mas o fato de que nenhum deles jamais errou, de que representam a família do comercial de margarina, sempre a incomodou.

Porque a mãe não é calorosa como a dona Helena na novela. Ela não se preocupa com as filhas acima da opinião alheia. Na verdade, ela demonstra mais preocupação pelas crianças alheias do que pelas filhas. São os pais dessas crianças que vão votar nas próximas eleições.

E, se pensar no pai, a perfeição é ainda mais superficial. Às vezes, Mabê se pergunta se ele sabe alguma coisa importante sobre as filhas. Se saberia responder qual é o filme favorito dela ou o nome das melhores amigas de Joyce.

Por isso, quando Jonathan abre a porta e eles disparam pelo corredor, Mabê se deixa tomar pela empolgação do momento. Pela adrenalina que pulsa em seus ouvidos e pela frustração que corre em suas veias. Ao som de respirações e de solas de borracha sobre o piso antiderrapante, ela tem a impressão de ver sombras se movendo pelo canto do olho. Formas alongadas se esgueirando pelas paredes, rastejando em direção ao teto.

Não tem coragem de parar para investigar. Além disso, está tão cansada das últimas noites mal dormidas, dos pesadelos bizarros para os quais tem sido arrastada, que não quer comentar com ninguém.

Na verdade, não queria nem que Fábio tivesse contado sobre a experiência com Pedro, na cantina, porque ela não tem certeza do que viu. Se havia sombras lá ou se estava ficando chapada de forma passiva.

Então, Mabê apenas apressa o passo para ficar mais próxima dos outros, com medo do desconhecido e da incerteza, mas animada com a perspectiva da delinquência.

Eles sobem os três lances de escada sem dificuldade, e Jonathan é ainda mais rápido ao abrir a porta da sala do diretor, no fim do corredor. Os cinco correm cômodo adentro, fechando a porta atrás de si. Angélica baixa a persiana antes de acender a luz e, por um instante, todos fecham os olhos pela claridade absurda depois da aventura pela escuridão.

Agora não tem mais nenhuma sombra se esgueirando pelo canto dos olhos de Mabê.

— Fica de vigia. — Angélica aponta para Fábio, que bate continência e se aproxima da janela, abrindo-a só um pouquinho para enxergar o outro lado da rua.

— Beleza, galera, foco. Angélica, se o seu pai tivesse informações importantes sobre uma maldição ou um fantasma assassino, onde ele guardaria? — Dominique encara a garota.

— Não faço ideia. — Ela dá de ombros.

— Ótimo. — O sorriso de Dominique treme.

— Se eu fosse esconder alguma coisa que eu não quisesse que outras pessoas encontrassem, colocaria debaixo da minha cama — comenta Mabê.

Quando todo mundo a encara, a garota arregala um pouco os olhos pelo julgamento. E sente as bochechas esquentarem quando Jonathan provoca, com um sorriso malicioso:

— Tipo uma minissaia de couro?

— Deixa de ser pervertido, Johnny. — Angélica revira os olhos antes de se virar para Mabê. — Ótima teoria, mas não temos uma cama aqui.

— Mas tem vários lugares onde você pode esconder uma pasta ou um caderno. — Mabê se ajoelha atrás da mesa do diretor. — Vai, comecem a tatear por aí.

Eles se dividem pela sala. Mabê tateia debaixo da mesa e dentro das gavetas. Bate com o nó dos dedos no fundo de cada uma, como viu no filme que ela e Joyce alugaram na semana anterior, procurando por um fundo falso.

— Aí, Johnny. — Angélica para de vasculhar por um instante. Mabê espia e a vê mordendo o canto da unha do dedão. — Foi mal por antes.

— Pelo embate por causa da lanterna? — Ele está espiando debaixo de uma das cadeiras em frente à escrivaninha, em busca de um compartimento secreto.

— Por ter insinuado que você invade lugares proibidos, tipo o cemitério. Foi meio panaca da minha parte.

Jonathan para o que está fazendo também. Ajoelhado, ele apoia os braços no encosto da cadeira, e o olhar que lança para Angélica é curioso.

— Bom, tecnicamente, eu já invadi o cemitério uma vez. Era o único lugar que dava pra comprar um baseado decente.

— Com o coveiro? — Fábio ergue a voz lá da janela.

— É claro que você sabe disso... — resmunga Mabê.

— Se você já invadiu território proibido, então eu não fui panaca?

Jonathan responde com um sorriso que é adorável.

— Eu posso incentivar você a cometer mais um crime? — Angélica sorri de volta.

Ele dá de ombros e a garota indica o arquivo de metal no canto da sala.

— Você consegue abrir isso?

Mabê e Dominique procuram por superfícies ocultas e cantos escuros, até mesmo sob o piso de madeira. Talvez o pai de Angélica tenha levantado um pedaço do chão e escondido algo ali?

— Se vocês puderem encontrar alguma coisa logo, seria bom — Fábio se vira para eles.

— Estamos tentando! — responde Dominique, frenética.

As gavetas do arquivo se destravam, e Angélica troca um soquinho com Jonathan, que abre a primeira delas, na altura de sua cabeça, para investigar o conteúdo. Angélica se ajoelha no chão e investiga a última. Ela passa todas as pastas com rapidez, mas parece frustrada quando empurra a gaveta de volta.

— Procura por uma pasta sem nome — sugere Mabê.

— Ou com o seu nome — acrescenta Dominique. — Ele parecia bem focado em salvar você e o seu irmão.

Angélica perde um momento observando a novata, os olhos castanhos intensos sob a luz trêmula do escritório. Mabê fica com medo de que as duas entrem em uma nova discussão, mas tem alguma coisa diferente ali. Um sentimento que não é explosivo, mas quase admirado. Decide ir até o arquivo, para entrar no caminho entre elas e qualquer conflito que possa nascer ali, mas Angélica recobra o foco e se levanta para olhar a gaveta de cima.

— Johnny, fecha aí. Me ajuda a achar o meu nome.

Mabê esbarra nele ao tentar puxar a segunda gaveta, enquanto Jonathan fazia o mesmo. Com uma mesura para lhe dar espaço, o garoto espera até Mabê abrir a gaveta para começar a procurar. Tem uma antecipação crescendo sobre todos eles; aquela sensação enérgica de que podem estar chegando a algum lugar.

— Galera, não é querendo apressar vocês nem nada, mas anda logo! — insiste Fábio.

Mabê franze as sobrancelhas quando esbarra em uma pasta mais velha entre as mais recentes. Ela vê o nome Angélica escrito em letra de mão, a etiqueta colada torta na lateral, e puxa a pasta. Então o tempo parece congelar por um instante.

Jonathan para o que está fazendo para observar.

Tem uma carta dentro da pasta e algumas folhas de ofício amassadas debaixo dela.

Mabê ergue o olhar até Jonathan, que sorri.

— Achei!

— Merda! — Fábio se afasta da janela. — O guardinha tá voltando. Pica a mula, cambada!

Fábio empurra todo mundo para fora, sem dar a chance de trancarem o arquivo ou a sala do diretor.

A adrenalina volta com força total. Mais forte do que no dia do festival, quando Mabê pulou a janela da sala para correr até a rodoviária. Seu coração é um solo de bateria e ela se sente zonza, quase desconectada do próprio corpo. Tudo está tão acelerado que mal registra a forma como as sombras avançam pelo corredor, cuja iluminação vem apenas da lanterninha de Dominique. Não percebe os tentáculos se enrolando pelos cantos, se aproximando dela. Apenas entrega a pasta para Angélica, que corre na sua frente.

A novata está logo atrás, as pernas longas correndo de maneira desajeitada. Jonathan é o terceiro, seguido de Fábio e, por último, dela. Mabê faz questão de que o amigo fique na frente. Em situações de tensão, em contraste, ele costuma ficar mais nervoso, e a garota prometeu que sempre o protegeria. Mesmo em invasões a propriedades do município.

Eles saltam degraus e se esbarram descendo as escadas até o primeiro andar. Dentro da sala de reforço, com a porta fechada, Fábio arregala os olhos.

— Merda.

— O quê? — a voz de Mabê sai esganiçada de nervosismo. E de medo, porque a escuridão é sufocante e crescente. Parece viva.

Dominique segura a carteira para Angélica escalar até a janela.

— A gente esqueceu a luz da sala acesa.

Mabê não vê problema nisso, até uma voz zangada ressoar pelo corredor:

— Quem está aí?

O guarda está distante, mas não o suficiente. Fábio sobe na carteira e se joga janela afora, desesperado. Mabê arregala os olhos para a porta fechada; seu corpo parece dormente por um instante. É a mesma sensação de quando cruzou os portões do festival, a rebeldia correndo solta e as consequências logo ali. Suas pernas tremem e ela tem certeza de que não vai conseguir sair a tempo.

— Mabê! — Ela ergue o rosto para Jonathan, que está pendurado no vão da janela, esperando por ela. — Vem logo! Ou você quer que ele te veja?

O garoto segura os braços de Mabê quando ela sobe na cadeira, e o aperto é mais quente do que esperava. Ele desce primeiro, mas espera lá embaixo. Pela abertura, ela vê que Fábio está a meio caminho do muro e Angélica e Dominique esperam na calçada.

— Pula. Eu seguro você. — Jonathan estende as mãos.

— Ei! — A voz exclama da porta quando o vigia abre um vão dela.

Mabê solta um gritinho e se joga da janela. Não é uma queda grande, mas qualquer tombo desajeitado pode machucar. Para a sua sorte, Jonathan a segura. Os dois se embolam e tropeçam para se equilibrar, e tem um instante em que as mãos dele estão na cintura dela e as dela estão nos braços dele, e seus olhos se encontram na penumbra e na adrenalina, e ela sorri, porque é tudo tão absurdo.

O garoto segura sua mão e a puxa para começarem a correr, porque a luz da sala de reforço se acende e o guarda está gritando, mandando os invasores se revelarem. Mabê apressa o passo e, quando Jonathan olha para trás, seus olhos se iluminam e ele começa a rir, o som eufórico acompanhando o riso nervoso que nasce nela. O ar agita o cabelo dele, bagunça o dela.

Jonathan a ajuda a pular as pedras do muro e não solta sua mão mesmo depois disso. Eles correm pela rua deserta, os dedos calejados dele firmes sobre os seus. O sangue pulsa em seus ouvidos, intensificando o zumbido. Perto da Kombi, Fábio está inclinado sobre os joelhos, respirando fundo, e as meninas estão abrindo as portas com pressa.

Mabê e Jonathan param de correr ao mesmo tempo e se esbarram de novo, entre um olhar na direção do muro e um sorriso compartilhado. Por um momento, seus rostos estão tão próximos que é possível sentir a respiração dele em sua pele, pinicando suas bochechas. Entreabre os lábios e inspira fundo; todo o seu corpo treme.

— Anda logo, gente! — Fábio os empurra, como se não tivesse percebido que eles estavam tendo um momento.

Jonathan demora um segundo a mais para soltá-la, mesmo com todo o caos. Pelo resto da noite, Mabê vai sentir a aspereza dos calos dos dedos dele em sua pele e a sensação dos anéis gelados escorregando por sua mão.

— Johnny — chama Dominique pela janela no banco do carona. — A gente precisa ir. Agora.

Ele dá a volta no carro até o volante. Mabê se ocupa em se acomodar em um dos assentos na parte traseira, as mãos tremendo no colo. *Pela adrenalina*, ela mente para si mesma. *Só pela adrenalina*.

— Pra onde a gente vai? — pergunta Angélica.

— Vamos pra minha casa. A minha avó não vai se importar com o horário.

CAPÍTULO 12

O MEDO COMEÇA AGORA!

O CAMINHO ATÉ A CASA DE DOMINIQUE É FEITO EM SILÊNCIO. A GAROTA OBSERVA, pelo retrovisor, Angélica passar o dedo pela etiqueta com seu nome. A pasta de papel pardo está manchada pelo que parece ser café e é mais antiga e mais maltratada do que se espera de um arquivo estudantil.

— É a letra do meu pai. — Ela quebra o silêncio. Como se ainda não acreditasse que encontraram alguma coisa de verdade.

— E tem certeza que não é a sua ficha atual?

— Não. — É Mabê quem responde. — Tem só uma carta e umas folhas de ofício.

— É a letra dele — murmura Angélica de novo, e todo mundo fica quieto.

Dominique se vira e estende a mão na direção do braço dela. É uma reação instintiva, por causa da expressão melancólica da garota. Porque, diferentemente de Angélica, ela não sabe o que é perder um pai, e imagina que a dor da perda seja maior do que a de nunca ter conhecido essa figura.

Quando seus dedos roçam a pele de Angélica, um pequeno choque corre por sua mão. Angélica também o sente, porque arregala os olhos para ela.

— Cuidado aí, garota elétrica. — Dominique aperta os dedos dela, sussurrando, quase como uma desculpa.

É uma distração que a outra parece abraçar, porque ri baixinho.

— Eu tô bem — diz em seguida. Sob a pouca luz dos postes pelos quais a Kombi passa, os olhos dela parecem maiores. — Mas obrigada, de qualquer forma.

— Eu nem falei nada.

Angélica aponta para a sua mão, que continua pendurada entre os bancos, próxima do braço dela. É quase bobo que não tenha pensado em se afastar, mas pareceu certo continuar ali, pertinho dela.

Para a sua sorte, Mabê e Fábio estão distraídos demais conversando, e Johnny continua dirigindo sem notar esse momento abestalhado.

O tempo se estica até que Jonathan estaciona a Kombi em frente à própria casa, gira as chaves e olha para as luzes apagadas.

Dominique aproveita que está no seu melhor momento empático, oferecendo apoio a torto e a direito, e aperta o ombro do amigo em solidariedade.

— Quer falar com a sua tia antes?

— Não, melhor deixar ela dormir. Ela anda muito cansada.

Dominique se vira para atravessar a rua e se surpreende ao encontrar o olhar de Mabê. Não nela, mas em Johnny. Só não sorri para a cena porque tem toda uma bolha de tensão sobre todos eles, mas a vontade está ali.

— Vó? — assim que abre a porta, faz um sinal para todo mundo entrar. — Cheguei!

— E isso é hora de anunciar sua chegada, Dominique? — A avó aparece na porta da sala de estar vestindo um roupão felpudo e pantufas. Ela arregala os olhos quando nota o bando que a neta trouxe para casa. — Você se encrencou?

— Não, meu Deus. — Ela suspira. — É coisa da escola.

— Coisa da escola? Você não liga, não avisa onde está, me deixa aqui preocupada, e me aparece a essa hora com coisa da escola?

A avó encara o relógio na parede, os ponteiros prestes a marcar onze da noite.

— Nós perdemos a noção do tempo, dona… — Mabê retoma sua fachada de política, tentando apaziguar os ânimos.

— Anabela — murmura Dominique.

— Dona Anabela. Estávamos na casa da Angélica, aqui. — Mabê coloca as mãos nos ombros de Angélica ao puxá-la para a frente do grupo, cara a cara com a mulher. — Mas acabamos ficando sem alguns materiais para o trabalho, e precisamos entregar ele amanhã!

— É, verdade. A senhora pode ligar para a minha mãe para confirmar, se quiser. Ela é da igreja! — acrescenta Angélica.

— E daí? — questiona Jonathan, mas uma cotovelada discreta dada por Mabê o silencia.

— Juro, vovó. Foi só um dia bem caótico. A senhora ouviu sobre o menino que entrou em coma, né? — Isso parece pegar a avó desprevenida, e o semblante irritado se suaviza. Dominique aponta para Mabê e Fábio. — Foi um amigo deles, então passamos o dia todo correndo.

A idosa encara cada um deles por um tempo longo demais, até estalar a língua e falar:

— Conversamos mais tarde, então. Vão logo terminar esse trabalho. Vocês já jantaram?

Domique não sabe como explicar para a avó que ninguém ali está no clima para janta.

— Tem bolo de milho no forno. Assei esta tarde. Vou passar um café pra vocês também. Trabalho de escola a essa hora? Vão precisar.

Anabela balança a cabeça quando vai até a cozinha, e a garota sorri para os olhares confusos que o grupo lança para ela.

— Eu disse que ela não ia se importar.

((🎃))

Eles se sentam na sala de estar mesmo, porque a avó anuncia que vai se recolher. Ela deixa a bandeja com o bolo e a garrafa térmica cheia de café, com xícaras coloridas ao lado, sobre a nova mesinha de centro de madeira escura. Dá um beijo estalado na testa da neta e lembra Dominique que ela ainda tem que tomar banho antes de deitar no lençol limpo.

O grupo espera até o clique da porta do quarto se fechando ecoar pelo corredor, e aí Angélica abre a pasta sobre a mesa.

Como uma revoada de pássaros, as folhas amassadas se espalham pelo tampo. Elas têm rabiscos de datas e eventos circulados pelo pai dela. As palavras que se destacam são "formatura" e "faculdade" e "vestibular", seguidas por "eleições" e "cargos jurídicos" e "shows esgotados". Nada nesses escritos faz sentido, ainda mais cruzando as datas. Dominique franze o nariz enquanto joga os papéis para o lado e observa a reação de Angélica com a carta.

O rosto não entrega nada. Está impassível, os lábios apertados e o queixo travado. Mas são os olhos que mostram dor. Eles brilham com lágrimas, e uma delas escapa, escorrendo pela bochecha. Angélica funga e limpa o rastro com a mão, jogando a carta no meio da mesa. O que ela disse antes, sobre estar bem, era uma mentira.

— É um pedido de desculpas. Ele disse que sente muito, que tentou de tudo. Meu pai achava que tirar a própria vida era a única maneira de parar a maldição.

Ninguém tem coragem de pegar a carta para ler. Parece íntimo e invasivo demais.

— Isso aconteceu faz cinco anos, né? — pergunta Dominique, com cuidado.

Angélica assente.

— Essas datas batem com alguma coisa que a gente viu nos jornais? — Johnny aponta para os papéis.

Dominique corre até o quarto para buscar a pasta pesada com todas as cópias e a solta sobre a mesinha de centro, fazendo os bichinhos de cristal que herdaram da tia-avó tilintarem sobre a madeira. Johnny pega a primeira folha para procurar uma data parecida entre as anotações.

— Vê se coloca de volta no lugar ou vai bagunçar a ordem cronológica! — resmunga Dominique. — Deu um trabalhão pra arrumar isso aí.

Mabê e Fábio se debruçam para fazer o mesmo que ele.

— Olha, Fábio. O seu pai! — Mabê entrega um dos jornais para ele. Dominique reconhece a edição, que fala sobre o primeiro lugar no vestibular de medicina, a aprovação mais excepcional da história da cidade. — E... os meus pais?

O jornal seguinte que Mabê examina é de um ano eleitoral, oito anos antes. A nota da vítima do coma daquele ano está debaixo da notícia da vitória do candidato Maurício contra seu adversário político, exaltando a campanha impecável do oponente.

Johnny franze as sobrancelhas quando Dominique olha para ele. Os dois se debruçam sobre a mesa e pegam metade das cópias cada. Em dado momento, a expressão concentrada do garoto se transforma em surpresa, e a amiga espia uma notícia sobre a mãe dele, aquela coluna de opinião que viram mais cedo na biblioteca. E a nota sobre o coma está no rodapé da página.

— Achei meu pai — murmura Angélica.

A notícia é de sete anos antes, quando ele recebeu o prêmio Internacional de Alfabetização da Unesco, com um projeto que coordenou na escola antes de se tornar diretor. Na foto, ele aparece ao lado do prefeito. A legenda diz que foi tirada durante a entrega da medalha de mérito na Câmara de Vereadores, meses antes do prêmio.

Dominique desvia os olhos para a edição em suas mãos, aquela com a foto de sua mãe em frente a um quadro gigantesco que ela pintou e que a levou até uma grande galeria de arte. Que a levou para longe da família. E é quando algo estala em sua mente: todos os pais ali conquistaram muita coisa desde que se formaram no ensino médio. Fossem cidadãos exemplares, como o pai de Angélica, ou artistas incompreendidas, como a mãe de Johnny. Mas eram os melhores no que faziam.

— E essa é a minha mãe. — Dominique coloca a folha sobre as outras. — Olha, eu sei que essa palavra tem se repetido muito por aqui, mas é estranho, não é?

Pela mesa, estão espalhados os jornais com as grandes conquistas dos pais de todos naquela sala e também as vítimas de Enseada dos Anjos. Outros anos falam sobre a cidade e as maravilhas implementadas nela, o crescente turismo, os avanços tecnológicos. O último periódico fala sobre a chegada de 1999 e o terror da virada do milênio. Porém, não encontram mais nenhuma menção às conquistas individuais de outros cidadãos do lugar. Só dos pais deles.

— E o pai da Angélica também achou estranho, porque as datas que ele anotou e os eventos... tem matérias nos jornais sobre tudo isso. Envolvendo nossos pais. — Fábio aponta para um jornal de 1994, que fala da inauguração de mais cinco leitos neonatais no hospital, com uma foto bem grande do pai dele.

— Por que eles? Por que um fantasma teria alguma coisa a ver com os nossos pais? — Mabê encara as notícias, imóvel.

— Talvez não seja um fantasma — murmura Johnny. — Talvez seja outra coisa.

— Tipo o quê? Um pacto com o capeta? — Fábio ri e agita os dedos na frente do rosto de Johnny, que o afasta com um tapa e uma careta.

Angélica puxa a mochila no chão e tira uma coisa de dentro dela. A caixa de sapato com as coisas do seu pai, que está meio amassada por causa da viagem.

— Quando você teve tempo de guardar a caixa aí? — pergunta Dominique.

— Enquanto todo mundo saía do meu quarto, ué. — Ela pisca um olho.

Angélica puxa o caderno do pai lá de dentro e começa a passar as muitas páginas rabiscadas. Tem uma foto colada na última folha, e vira o caderno para todos eles, as mãos um pouco trêmulas.

Dominique não entende muito bem o que deveria estar vendo ali. Parece um retrato de formatura. Todo mundo está vestido de maneira bem formal e, logo abaixo da foto, a data "dezembro/1973" está circulada de vermelho. É com um estreitar de olhos que Dominique reconhece um rosto bem parecido com o de Mabê. A garota na foto está com o cabelo preso em um penteado elaborado, abraçada a um mauricinho com um topete de fazer inveja ao John Travolta.

Ao lado deles, um garoto negro magricelo está com o braço sobre os ombros de uma garota que, Dominique percebe com surpresa, é a cara dela. Sua mãe também era muito alta e muito magra, com um rosto de feições finas e olhos escondidos atrás de um par de óculos fundo de garrafa. Ela está abraçada a outro mauricinho, com a mesma tendência a topetes exagerados, e esse mauricinho está sorrindo para uma menina baixinha, de cabelo mais escuro.

— Minha mãe — aponta Johnny.

— Abraçando o meu pai — completa Fábio. — Que, eu acho que dá pra concluir, está abraçando a mãe da Dominique e... aquele ali é o seu pai, né, Angélica?

— Ué. — Angélica franze as sobrancelhas. — Eu não sabia que eles eram amigos.

— Nem eu. — Mabê pega a foto na mão para olhar mais de perto. — Meus pais sempre falaram sobre terem estudado com o dr. Tadeu e o diretor Pedroso. — Ela ergue o rosto e encara Johnny. — Não fazia ideia de que eles eram amigos da sua mãe.

— Ainda mais considerando o que falam dela.

Mabê dá um soco no ombro de Fábio pelo comentário. Mas, se Johnny fica abalado, não diz nada.

— Nos filmes, quando uma turma deslocada se une, não é boa coisa — comenta Dominique.

— Como assim? — Angélica a encara, e Dominique pensa ver uma sombra de medo cruzar o rosto dela. — Você acha... que eles fizeram alguma coisa?

— Tipo o quê? Atropelaram alguém na noite de formatura? — Fábio parece achar graça. — E agora o fantasma está voltando para se vingar todos os anos de uma pessoa aleatória?

— É, não exatamente isso, mas... — Ela arrasta a palavra. — Mas talvez o Johnny tenha razão. Talvez o fantasma tenha alguma coisa a ver com os nossos pais.

— Essa foto só prova que eles se conhecem. — A expressão de Mabê não é das mais amigáveis. — Além do mais, se o fantasma...

ou sei lá o quê... quisesse se vingar deles, por que não iria atrás deles? Ou de nós? Não faz sentido.

Ela mal termina de falar e as luzes da sala piscam, com um zumbido que costuma indicar que a lâmpada está para queimar. O problema é que Dominique e a avó trocaram todas as lâmpadas velhas quando se mudaram.

Por um segundo, ela sente que o coração vai sair pela boca. Esse segundo se prolonga, e então as luzes estabilizam e o zumbido passa, deixando apenas uma corrente de ar frio entre eles, arrepiando a pele exposta. Permitindo que o medo perdure um pouco mais.

— É só... muita coincidência. E o pai da Angélica disse...

— Com todo respeito — interrompe Mabê, e Dominique sabe que ela vai falar algo bem desrespeitoso —, mas ele era um homem obcecado por essa coisa. Ele se matou por causa disso. O quanto a gente pode confiar na palavra dele?

— Uau, Mabê. — Angélica abre um sorriso indignado. — E a gente pode confiar nos seus pais?

Mabê franze as sobrancelhas claras, os olhos estreitados.

— Sim.

— Eu não confio — rebate a garota, a expressão fechada, lágrimas brilhando nos olhos escuros.

Dominique quer estender a mão na direção dela de novo. Segurar com firmeza, dessa vez. Não gosta de vê-la chorando. Mas não sabe se invadir a escola juntas as tornou íntimas o suficiente para fazer isso sem parecer ainda mais esquisita do que já é, então fica quieta.

Mabê também fecha a cara, e Dominique segue encarando os jornais e as datas circuladas, os desenhos no caderno do pai de Angélica, como se a resposta fosse pular das páginas a qualquer momento.

— Será que eles invocaram alguma coisa? — questiona, baixinho, com medo de que colocar essas palavras no mundo atraia o que quer que esteja teorizando.

— Tipo um demônio? — Johnny não parece amedrontado.

— Não sei... *Renascido do inferno, Uma noite alucinante*... Esses filmes sempre começam com alguém abrindo um objeto que não deveria, recitando uma frase em uma língua desconhecida e invocando, sem querer... coisas — explica Dominique.

— Não é possível. — Mabê ergue as mãos. — Vocês estão se ouvindo?

— Bom... — Fábio hesita. — Depois de tudo que rolou nos últimos dias, não parece tão absurdo assim.

— Até você?

— Eu não tô dizendo que nossos pais fizeram alguma coisa ruim, Mabê. Só que a teoria pode ser verdade. É muita coincidência junta.

— Eu sei disso. Mas, pelo amor de Deus, nossos pais estão todo domingo na igreja! Eles não são satanistas. Eles nunca invocariam um demônio. — A garota se levanta, indignada, mas mantém a voz baixa para não acordar a avó de Dominique.

— A gente está mesmo falando sobre demônios às onze e vinte da noite? — Angélica arranca uma risada de Johnny por isso.

— É o que mais faz sentido em toda essa situação — comenta Johnny.

— Como? — Mabê se vira para ele, os braços cruzados. — Como nossos pais invocarem um demônio é a resposta que mais faz sentido? — Seu tom fica mais agudo; ela parece mais irritada. Johnny ergue as sobrancelhas em desafio, esperando pelo resto. — Por que eles invocariam um demônio? O que eles ganham com essa gente toda em coma? Isso tudo não faz sentido nenhum! Você só está falando isso porque odeia a sua mãe. Mas eu me importo o suficiente com a minha família para não ficar aqui ouvindo essa merda. E a gente ainda tem aula amanhã. — Ela se levanta e se vira bruscamente para Dominique, recompondo a postura. — Posso ligar para a minha mãe?

A garota assente e aponta na direção do corredor, onde fica o telefone. Mabê vai até lá a passos pesados, e eles encaram Fábio, que está com o queixo apoiado numa das mãos.

— É difícil pra Mabê — pontua, de repente.

— E é fácil pra gente? — Angélica soa indignada. — Meu pai se matou porque achou que conseguiria parar a maldição, e agora existe a possibilidade de ele ter invocado alguma coisa que causou isso tudo.

— Olha, a Mabê... — Fábio encara o corredor, quase como se quisesse falar mais alguma coisa, mas não pudesse. — Esquece. Melhor deixar pra lá.

— É uma maldição, Fábio. Se você ignorar, uma hora ela te mata — retruca Johnny. — E, pelo jeito, ela se conecta com as nossas famílias. Se chegamos até aqui, devíamos ir até o fim.

Mabê aparece na boca do corredor, pega a mochila do chão e cutuca Fábio, apontando para a porta da frente.

— Minha mãe vem buscar a gente.

— Mabê... — chama Dominique.

— Não. — Tem um nervosismo estranho nela. Diferente de antes, quando só parecia incrédula, agora parece quase aterrorizada. — Não quero saber dessa merda. Esses comas são estranhos, mas nada do que foi dito aqui parece uma explicação sã. Vocês são malucos.

Eles assistem enquanto ela e Fábio reúnem suas coisas e saem pela porta. Dominique faz uma careta para os que restaram e corre até lá para abrir o portão; a mãe de Mabê chega bem rápido, e não dá mais do que um aceno pela janela entreaberta antes de arrancar com o carro.

Dominique fica parada sob a luz do poste, observando-os se afastarem.

Ela volta para dentro e sorri quando vê Johnny e Angélica reunindo os jornais. Não para guardar, mas para organizar, porque eles estão montando o que parece uma linha do tempo sobre a mesa.

— Eles que se explodam — Angélica se levanta e estende a mão para eles. — Vamos fazer isso só a gente.

CAPÍTULO 13

O ENIGMA DO OUTRO MUNDO

DOIS DIAS DEPOIS, MABÊ ATRAVESSA A MULTIDÃO DE MANEQUINS SOB OS sons pesados do solo de guitarra. Reconhece o sonho assim que entra nele, e é bizarro visitar a mesma paisagem em tão pouco tempo. Ela não se lembra de já ter visitado o mesmo sonho de alguém em um intervalo tão curto.

Sobe no palco pela lateral, mas não fica parada ali. Atravessa o tablado de madeira e alcança Jonathan assim que o solo termina. Ele se vira para Mabê no auge da energia da música, os olhos brilhantes sob as cores da apresentação. O cabelo suado sob a bandana e o sorriso vibrante quase a fazem parar.

Mas tem coisas horríveis acontecendo na cidade, e o que a move são os gritos de horror de Pedro e as perguntas incessantes do tio de Jonathan e aquela sombra que parece acompanhar cada passo seu. Ela faz o que nunca fez antes: interage com um sonho. Toca o ombro do garoto e então o palco se apaga. A música para.

Jonathan pisca repetidas vezes. Ainda está com a roupa da apresentação, mas a guitarra desapareceu. Ele olha em volta, confuso, e então encara a garota, que continua tocando nele.

— O quê...?

— Sabe quem eu sou?

— Claro que sei, Mabê, que tipo de pergunta é essa?

— Sabe onde a gente está?

Ele não responde. Olha em volta, para o palco vazio e o escuro campo gramado lá na frente.

— Em um sonho seu, Jonathan.

A expressão dele vai de perdida para descrente.

— E o que você veio fazer no meu sonho, Mabê?

Ela também não sabe responder. Não sabe por que foi atraída até o sonhar dele, dentre todas as possibilidades, depois da confusão do dia anterior e de atravessar o pesadelo de Pedro, com todas aquelas aranhas e sombras. Mas está ali agora, e o sonho deve ter alguma resposta.

— Não sei. — Seu sussurro ecoa alto pelo lugar vazio. Mabê se afasta, frustrada. — Não sei por que eu vim aqui de novo.

— Espera aí, de novo?

— Só sei que eu dormi e apareci no seu sonho. Isso demora pra se repetir.

— Por que você fica falando de entrar no sonho de alguém como se fosse normal? — Jonathan procura o seu olhar e, quando o encontra, faz uma expressão surpresa. — Você... consegue fazer isso?

Mabê engole em seco.

De repente, uma fissura se abre entre eles. Um rasgo no sonho, que se expande na direção dela, como uma bocarra faminta para devorá-la. Mabê estende a mão e agarra a dele, como se para tirá-lo dali. A escuridão que sobe da fenda parece quase viva, e a garota aperta a mão de Jonathan, porque não tem mais tempo para correr. Quando ela cai, ele cai junto.

Mabê reconhece a rodovia. O carro está em chamas à distância, e tem duas silhuetas contornadas pelas cores do incêndio. Ela continua segurando a mão de Jonathan e ele não faz menção de soltá--la. Quando se vira para encará-lo, a surpresa ainda está ali, mas os olhos estão arregalados de terror.

— O que tá rolando?

— Eu não sei.

Jonathan a encara com intensidade. Em meio ao pânico, ele aperta mais a mão dela, quase como se estivesse se firmando ali, naquele toque. Mabê começa a andar, e Jonathan a segue.

Eles atravessam a rodovia em alguns segundos. Andar nos sonhos é um troço inexplicável, ainda mais com uma companhia inesperada. Ela encara Fábio, que está embalando um corpo mutilado em seu colo. Jonathan assiste à cena, e o reconhecimento toma seu olhar.

Mabê faz o impensável mais uma vez: toca o ombro de Fábio com a mão livre.

Ele ergue o rosto para a amiga. Os olhos vermelhos, o rosto lavado por lágrimas e sangue.

A névoa habitual que toma o olhar dos sonhadores se esvai, e Fábio a reconhece ali. O corpo desaparece do colo dele, o carro em chamas também some. Só então Mabê solta a mão de Jonathan, para ajudar o melhor amigo a se levantar.

— Mabê?

O chão se abre sob eles de novo. Mais uma vez, o breu sobe, pulsante, engolindo os pés de Mabê, que se agarra aos dois garotos para tentar se manter onde eles estão. Em vez disso, os três despencam juntos até uma quadra de esporte. O ginásio da escola, ela reconhece, resmungando enquanto se levanta.

Alguém está gritando. Angélica. Seu cabelo está preso em um coque alto, cachos se soltando por todos os lados. E ela está... afundando no chão. O cimento da quadra se transformou em areia movediça ao redor dela, e a garota afunda.

— Pai! Me ajuda!

O grito ecoa pelo ginásio vazio, pelas sombras que assistem ao pesadelo. Mabê corre até lá e cai de quatro no chão. A areia movediça não a afeta. Ela agarra a mão de Angélica, que agora está caída ao seu lado. O chão voltou a ser sólido, o pesadelo se desfez.

Ela arfa ao encarar Mabê, depois ergue o rosto para Jonathan e Fábio, que se aproximam, hesitantes. Mabê os encara também. Não sabe o que dizer para explicar tudo isso, porque ela mesma nunca viveu uma coisa assim. Atravessar sonhos? Que porra é essa? Será que é consequência de ter tocado neles? Desbloqueou um novo tipo de poder porque ousou explorar o que já tinha antes, depois de tanto tempo?

Fábio estende a mão para Angélica e a ajuda a se levantar. Jonathan faz o mesmo com Mabê, mas o toque dura um instante a mais. Ele observa seus dedos unidos, o toque firme e real da garota.

Os quatro despencam por outra fissura. Caem em um quarto escuro, com um único feixe de luz vindo de um buraco no teto, que ilumina uma cadeira e alguém sentado de costas para eles. Mabê franze as sobrancelhas com os murmúrios baixos que vêm da pessoa. Não consegue entender uma palavra, mas parece desesperada o bastante para fazer com que ela se aproxime — com a fila de sonhadores atrás dela.

Mabê fica paralisada. A pessoa sentada não está sozinha.

Tem uma silhueta na frente dela, perdida entre as sombras. A forma humanoide não tem rosto. As mãos terminam em garras afiadas e são disformes. Cada pedaço da criatura some e reaparece, como uma nuvem de fumaça escura.

Mabê recua com a sensação que a atravessa. É a mesma sombra de antes.

Ela reconhece o perfil de Dominique na cadeira e perde o ar quando entende o que está acontecendo: linha e agulha atravessam a boca da garota e costuram seus lábios. A silhueta sombria faz o serviço com lentidão, atravessando carne e pele, dedos escorregadios pelo sangue que não para de verter dos ferimentos.

Mabê tropeça para trás e esbarra em Angélica, que esbarra em Jonathan e em Fábio. Eles gritam e Dominique grita, e o som é como um estilhaço de vidro. Mabê berra quando a coisa se vira para olhá-los. Notando-os ali.

O par de olhos brancos perdido os observa em meio à fumaça.

A criatura inclina o que parece ser a cabeça e estende a mão cheia de garras na direção de Mabê, que toca o ombro de Dominique para tentar puxá-la para longe. Os olhos arregalados e conscientes da garota encontram os seus. Com uma voz gutural, a entidade diz:

— O tempo está acabando.

Agora, Mabê despenca sozinha, e geme quando seu corpo acerta o chão.

Quando se levanta, olha para baixo e se vê de uniforme. Ao redor, as paredes são do corredor da escola, mas estão sujas, a tinta descascando. E há arranhões por toda a extensão, como se garras afiadas tivessem atravessado tijolo e cimento e deixado cicatrizes na estrutura do prédio.

Mabê olha para trás. Para o corredor que não tem fim.

A mesma silhueta disforme está parada ao longe, com os braços longos, as pernas tortas, os ombros inclinados em um ângulo errado. A coisa estende a mão, as garras compridas se expandindo em sua direção, e Mabê começa a correr. Ela precisa correr.

Seus pés derrapam no chão de cimento. O retumbar de seu coração parece ecoar por todo corredor, frenético e desesperado como suas passadas longas. Não importa o quanto corra, as portas de saída nunca se aproximam. O corredor se expande sem parar e segue infinito para os dois lados. Ela não pode fugir. Não pode escapar.

As garras começam a riscar a parede atrás dela, e Mabê grita em agonia por causa do som estridente. Cobre as orelhas e continua correndo, continua fugindo, começa a gritar por socorro, sabendo que não tem a quem recorrer.

De repente, alguma coisa agarra seu tornozelo direito. Mabê vai de encontro ao chão em um baque, que, para sua surpresa, causa dor. Seu queixo está vibrando pelo impacto, suas mãos doem por terem tentado contê-lo. A coisa que agarrou seu tornozelo continua puxando-a e a garota berra, histérica, enquanto a dor se alastra por sua panturrilha e seu joelho, o aperto cada vez mais forte. Com o eco de uma voz gutural, a coisa a arrasta em direção à escuridão.

— O tempo está acabando.

Mabê acorda ofegante. O lençol está grudado em sua pele, o pijama, encharcado. Ela esperneia para se livrar das cobertas, fica de pé sobre o carpete, o corpo formigando pelo terror daqueles sonhos, e geme quando sua perna direita toca no chão. Ao olhar para baixo, arregala os olhos ao ver um vergão vermelho subindo por sua panturrilha. Como se um tentáculo ou uma raiz tivesse se enroscado ali e apertado com muita força.

Então o telefone toca, e Mabê grita.

Vai até a mesa de cabeceira e encara o aparelho cor-de-rosa. Toca de novo e de novo, o som agudo cortando a madrugada.

Mabê atende, pronta para mandar aquele demônio ou o que quer que seja de volta para o quinto dos infernos.

Mas é a voz de Fábio que está do outro lado, gritando:

— Que porra acabou de acontecer?!

Dominique e Angélica estão paradas em frente ao portão da casa de Johnny, esperando. Ele as recebe meio exasperado, acenando para que entrem logo. Restam uns quinze minutos antes de terem que ir para a escola, e quinze minutos é tudo de que Dominique precisa para falar com a tia dele.

Ela passou a noite se revirando em teorias. Se o problema da maldição não envolvia um fantasma assassino, então era um demônio. Estava convencida disso e nada do que Mabê dissesse mudaria sua opinião. Toda a sua maratona de filmes fantasmagóricos na noite anterior não serviu para nada, mas, pelo menos, agora sabe como lidar com um poltergeist.

Demônio é outra história. De *Uma noite alucinante* a *O exorcista*, a ficção oferece muitas possibilidades de como lidar com essas coisas. Tudo depende do tipo de demônio e qual foi o acordo que fizeram. Será que as almas deles estão condenadas? Quanto tempo dura o acordo? E onde as pessoas em coma entram nessa história?

Dentro da casa, Johnny as guia por uma sala de carpete cinza e fofo, passando por uma TV com uma toalha de crochê em cima, junto a uma imagem de trinta centímetros de Nossa Senhora Aparecida, até chegarem à cozinha. Lá, em meio a armários amarelos de fórmica, com uma mesa combinando, está Roberta, a tia dele, pondo café em uma garrafa térmica.

A mulher se senta em seguida e enche uma xícara enquanto ergue o olhar cansado para as recém-chegadas. Para o sobrinho, ela arqueia a sobrancelha em um questionamento silencioso.

— Lembra que eu falei da pesquisa de história, tia? — Johnny senta-se numa das cadeiras e apoia os braços sobre a toalha de plástico transparente da mesa. — São só umas perguntinhas rápidas sobre a cidade. A gente já vai pra escola.

— E cadê seus modos, garoto? Oi, Dominique. Como é que vai?

Dominique sorri.

— Tudo nos trinques, dona Roberta.

— E a sua mãe, Angélica? — Roberta se vira para a outra garota.

— Tia, a gente tem treze minutos até o sinal da escola... — Johnny revira os olhos.

— Você sempre deixa pra fazer os trabalhos em cima da hora, né?

Dominique pigarreia, mas é Angélica quem se adianta.

— Fim de ano, sabe como é. Tem tanto trabalho que a gente nem dá conta direito.

Roberta não parece muito convencida. Ainda assim, oferece café e pão de queijo para todo mundo e, depois de todos estarem acomodados à mesa da cozinha, pergunta:

— Então, sobre o que é esse trabalho?

— Os anos de 1973 e 1974 — responde Angélica.

— Sobre o quê? — Roberta franze o cenho.

A garota abre a boca de novo para responder, mas não tem uma resposta, porque nunca pensaram além disso. Estavam com tanto sono quando chegaram a esse plano que a única ideia concreta foi mencionar a data, e esperavam que a mulher começasse a explicar tudo de estranho que tinha acontecido naquela época.

Angélica e Johnny encaram Dominique, que, em pânico, fala a primeira coisa que lhe vem à mente:

— A mãe do Johnny!

O garoto parece confuso quando a tia o encara.

— A Esther? Que tipo de trabalho é esse?

— Era tema livre. Então pensamos em uma celebridade local, mesmo que controversa. Acho que podemos ganhar uns pontos extras por isso. O Johnny não queria, porque ele tem toda essa relação complicada com a mãe e com a ausência dela, mas a gente tem que aproveitar os ícones e exaltar as conquistas das pessoas de cidades pequenas. Minha mãe, por exemplo, é um péssimo exemplo de ser humano, mas ela tem as conquistas dela. Eu só acho que seria mais interessante falar da Esther…

Ela perde a linha de raciocínio, que já não era boa, para começo de conversa, mas só cala a boca quando Angélica coloca a mão sobre a sua, como se estivesse pedindo *por favor, por favorzinho, fecha a matraca*.

Dominique aperta os lábios em um sorriso sem graça. Tudo o que pipoca em sua mente, no momento, é o calor da mão da menina sobre a sua. A suavidade da pele dela e como o toque faz com que seu corpo relaxe e possa respirar com mais tranquilidade.

Roberta ainda a observa com o cenho franzido, mas parece confusa o suficiente para não questionar se o professor de história concordou com aquilo.

— Tem gente que acha que ela fez um pacto. — Johnny ganha uma careta indignada da tia. Dominique estreita os olhos ao ver o rumo que a conversa está tomando. — Que foi? É verdade. Acham que ela vendeu a alma pro diabo pra ter tanto sucesso. Tem até quem ache que sou filho dele…

— Não fala besteira, Jonathan. — Para ilustrar sua indignação, Roberta faz o sinal da cruz três vezes. — Essas pessoas são desocupadas. Sua mãe sempre foi uma boa pessoa.

— Mãe é uma palavra muito forte.

Dominique conhece esse sentimento. Ou melhor, ressentimento.

O sorriso amargo dele finaliza a resposta. A expressão de Roberta se suaviza bastante; tem um toque de dor nos olhos dela, como se não estivesse acostumada com o tópico.

— Olha, o que eu sei sobre a carreira dela é o que todo mundo sabe, na verdade. A Esther tinha dez anos quando eu me casei, a diferença de idade fez com que não fôssemos melhores amigas. Mas ela... Ela sempre teve esse lado mais rebelde. Usar caveiras, não ir para a igreja, escutar rock no último volume. Deixava o papai louco, e a mamãe até chegou a falar com o padre sobre um exorcismo.

Roberta ri. Ao encarar Johnny, Dominique encontra um sorrisinho no canto da boca dele, que, ela imagina, o amigo nem percebeu que está dando.

— Ainda hoje o pessoal gosta de falar que tudo que é diferente é ruim. — Ela sorri com carinho para o sobrinho e então se vira para as garotas. — A Esther nunca foi má. Ela sempre foi diferente. Só isso. A única coisa estranha que a Esther fez nessa época foi ficar amiga da Isadora, do Maurício e do Tadeu. — O olhar dela encontra a expressão séria de Angélica. — E do seu pai.

— Então, eles não eram amigos antes? — Angélica soa confusa.

— Não. Ficaram amigos depois de passarem um tempo juntos nas aulas de reforço. Pelo que minha mãe falava, ela teve esperança de isso fazer a Esther mudar de ideia sobre a carreira musical. Foi tipo vocês. E, no fim, essa amizade ajudou bastante mesmo, só não como a minha mãe queria. — Roberta ri, como se estivesse se lembrando de algo. — Eles começaram o ano cheios de problemas na escola e em casa, e terminaram como ótimos amigos, com as melhores notas da turma. O Tadeu até passou no vestibular de medicina. Primeiro lugar! Ninguém por aqui imaginava que ele fosse conseguir isso.

Os três se entreolham com nervosismo.

— Fez bem pra sua mãe, Jonathan, se reunir com esse pessoal. Fazer novos amigos, explorar a cidade. Sempre que eu passava na casa dos meus pais, os cinco estavam lá. Minha mãe falava que eles faziam noites de filmes, ficavam ouvindo música. E odiavam que qualquer um tentasse espiar as suas reuniões. — Roberta revira os olhos, sorrindo. — Adolescentes, né?

— Eles só se reuniam e ouviam música, então? — Angélica tenta uma abordagem mais cuidadosa.

— Eles eram muito unidos. Fizeram de tudo naquele ano. Começaram até um clube do livro.

— Como é que é? — Johnny se empertiga, os olhos estreitados.

— É. Foi o que a sua mãe disse, pelo menos. — Ela crispa os lábios. — Pensando bem, talvez eu tenha acreditado em um bando de adolescentes muito rápido. Mas eles estavam sempre com um caderno de registros, então não me culpe por cair na lábia da Esther.

— Caderno de registros? — Dominique sente um tremor se espalhar por seu corpo. Como a antecipação de uma reviravolta grandiosa.

— É. Um caderno de couro, muito bonito. Da primeira vez que eu vi, achei que fosse uma Bíblia. — Ela cai na risada. — Esther me chamou de otária, disse que era onde registravam as leituras do clube. Eles andavam com aquilo pra cima e pra baixo, foi uma obsessão por um tempo.

— Quanto tempo?

— Ai, Jonathan, sei lá. Tá querendo me fazer lembrar de coisas específicas de antes de você nascer — resmunga ela. — Só sei que, depois de um tempo, eles passaram a ficar obcecados por outra coisa. Sabe como é, né? Adolescentes.

🕸

Mabê não conseguiu voltar a dormir. Eram quatro da manhã quando acordou dos sonhos, quando desligou o telefone prometendo conversar com o amigo mais tarde. No momento em que o despertador toca e a rádio começa a informar as notícias do dia, ela está abraçando os joelhos, sentada em um canto do quarto.

Toma um banho rápido e veste o uniforme de maneira quase mecânica. Na mesa do café da manhã, Joyce se distrai com a leitura da *TodaTeen* e a mãe parece bastante ocupada anotando alguma coisa na agenda até erguer os olhos para a mais velha.

— Meu Deus, Maria Betânia. O que aconteceu com o seu rosto?

No espelho do banheiro, ela encarou as olheiras fundas, a palidez excessiva destacando a chuva de sardas e os lábios rachados. Pensou que não valia a pena tentar parecer humana. Por isso, só prendeu o cabelo em um rabo de cavalo e foi tomar café da manhã.

— Dormi mal.

— Eu percebi. Por que não passou aquela base que eu te dei?

— Porque eu não quero, mãe! — estoura ela.

Isadora ergue as sobrancelhas, surpresa.

— Meça seu tom comigo, mocinha. Só quero o seu bem.

Ela observa a mãe, a pele perfeita com a maquiagem impecável, o cabelo puxado em um coque baixo, os brincos de pérola, o arqueado da sobrancelha fina. Tudo polido, no lugar certo, como a capa de uma revista. E, embora Mabê tenha se perguntado algumas vezes o que vive debaixo de tudo aquilo, o que esconde o coração de Isadora, é com obviedade que ela constata que, assim como seus pais não sabem muito sobre quem ela é, Mabê também não sabe quem eles são. Do que gostam de verdade. O que faz o coração acelerar, os olhos lacrimejarem.

Será que a mãe está com medo? Será que está escondendo olheiras debaixo da maquiagem porque também está dormindo mal? Será que o pai está temendo a própria sombra porque sabe que, vinte e cinco anos atrás, fez besteira?

— Não estou dormindo bem porque tô tendo pesadelos. — As mãos de Mabê tremem ao segurar a colher. Ela encara a tigela de mingau de aveia, tem um vislumbre da areia movediça engolindo o corpo de Angélica e empurra a tigela para longe. — Fico pensando nesses comas.

— O que tem eles? — Isadora não tira os olhos da agenda, batucando a caneta sobre o papel.

— Eles... continuam acontecendo. Todo ano. No mesmo mês. Como um reloginho.

A mãe ergue o rosto para encará-la com uma expressão vazia, como se nada daquilo gerasse qualquer sentimento nela.

— Aonde quer chegar com isso?

— Você lembra quando eles começaram?

— Eles sempre aconteceram.

Isadora volta sua atenção para a agenda, dispensando o assunto, mas Mabê insiste:

— Na verdade, eles começaram lá por 1974. Você devia ter a minha idade.

Por um segundo, a mãe para de escrever. Tudo que Mabê quer é que ela demonstre alguma emoção, que a deixe saber que não tem nada a ver com aquilo. Ou, talvez, que foi tudo um acidente. Só precisa de alguma coisa.

— Você não achou estranho. — Não é uma pergunta.

Pelo canto do olho, ela nota que Joyce parou de comer e está usando a revista como um escudo para observar a conversa das duas.

— Pelo amor de Deus, Maria Betânia. — Isadora bate com a caneta na agenda e encara a filha, irritada. — Não, eu não achei estranho. Isso é só uma coisa que acontece. Por que está me atormentando com essa história agora?

— É que uma amiga minha... a Dominique, sabe? A garota nova. Quer dizer, mais ou menos. A mãe dela era aqui da cidade. Acho que você conheceu. Alessandra dos Santos. — Mabê repara em como a mandíbula da mãe fica tensa quando ela fala isso. — A Domi tem achado tudo isso estranho, então começou a pesquisar a respeito. Ela me explicou como...

— Agora tudo faz sentido. — Isadora solta uma risadinha seca, sem humor, e seu rosto forma uma careta desgostosa quando continua a falar: — A Alessandra nunca foi uma pessoa muito sensata. Maria Betânia, você sabe que filho de peixe, peixinho é. Não quero mais você andando com essa garota.

Ela se levanta, dando as costas para as filhas. Quando seus olhos cruzam com os da irmã, Joyce desvia a atenção para a revista, e Mabê sabe que ela não quer ser pega no fogo cruzado.

Porque sempre que as conversas com a mãe se estendem para mais de uma ou duas frases, sempre que envolvem sentimentos e situações que fogem do corriqueiro ou da rotina perfeitamente calculada, sempre acabam em algum tipo de briga. Um cabo de guerra em que Isadora é a única que pode ganhar. Ela é a mãe e, como tal, tem total e absoluto controle sobre as vidas das filhas.

— Mas você andava com a mãe dela — retruca Mabê. — E com o pai do Fábio, com a mãe do Jonathan, com...

— Por pouco tempo.

— Não importa.

— Importa, sim! E isso não é da sua conta, Maria Betânia!

— Não é justo. A Domi só está curiosa! — protesta, mesmo sabendo onde tudo isso vai parar.

— Não quero saber. — O olhar de Isadora parece enfurecido pelo desafio. — Aquela garota é estranha. Não quero você andando com ela. Por Deus, Maria Betânia, você já tem dezessete anos. Não preciso ficar te explicando como as pessoas gostam de fofocas nesta cidade. Seu pai já tem que lidar com muita coisa, não precisamos que as suas amizades estranhas atraiam mais atenção negativa para ele.

— Mas mãe...

— Sem "mas". Você tem uma imagem a zelar. Essa família tem uma imagem. Como podemos inspirar as pessoas de Enseada dos Anjos, se você está se misturando com essa gente? — Asco pinga das palavras dela.

— Essa gente também mora na cidade, mãe. O tio do Jonathan entrou em coma esse ano. A tia-avó da Dominique, no ano passado.

Isadora não se mostra impressionada. Muito menos comovida.

— Eu sinto muito pelas famílias. Sempre postamos os pesares na *Gazeta*, você sabe disso. Mas não me importa o quanto sofreram, e eu não quero a minha filha andando com eles. E chega dessa conversa, não quero ouvir você falar dos comas ou dessa garota. De nada disso, nunca mais. Entendeu?

Quando Mabê não responde, ela se vira para Joyce, o dedo em riste.

— Isso vale para você também. Nada de se misturar com essa gentalha.

Mabê empurra a cadeira com força. A mãe não dirige um olhar para ela quando a filha se afasta, a mochila na mão, e nem quando grita:

— E arruma esse cabelo antes de sair! Parece que não tem casa!

Tudo que ela queria era uma prova de que a imagem que tinha dos pais não era a verdadeira, mas talvez quisesse apenas se enganar. Porque, no fim das contas, a resposta da mãe não a surpreende. Não causa nada além de revolta. A forma enojada como falou da garota, de sua mãe, dos outros. A ansiedade de Isadora em separar sua família da família de Domi, como se tivessem que se proteger de algo virulento.

Proteger a imagem.

Mabê e Joyce pegam o ônibus na esquina de casa. Todo o caminho até a escola é um borrão. Uma sensação amarga como bile desce por sua garganta. Tudo parece vazio, e ela não consegue deixar de pensar sobre a noite em que invadiram a escola e nas sugestões absurdas de que os pais estão envolvidos com a maldição. Exceto que, quanto mais pensa no assunto, mais ela se pergunta se a sugestão é mesmo tão absurda assim. Especialmente depois da noite anterior.

CAPÍTULO 14

INSÔNIA

DOMINIQUE APRESSA O PASSO PARA ALCANÇAR JOHNNY, QUE ESTÁ COM OS fones de ouvido, as mãos escondidas nos bolsos da jaqueta jeans. O dia amanheceu frio e úmido, e tudo o que queria era ficar em casa, debaixo das cobertas. Mas tem um trabalho a fazer, agora que se lembrou do sonho.

Johnny se assusta quando Dominique toca seu ombro, mas para de andar. Alunos passam por eles para entrar pelos portões da escola, envoltos em fofocas e mais fofocas sobre uma terceira pessoa que entrou em coma na noite anterior — um professor da rede municipal. Ninguém que Dominique conheça, mas alguém que acaba de se juntar ao problema.

— Eu tive um sonho ontem.

— É bem comum.

Ele tira os fones e os deixa pendurados no pescoço.

— Com a Mabê.

Os olhos de Johnny se arregalam, então se estreitam.

— Eu também.

Dominique sabe que é um momento sério e sinistro, mas não pode perder a oportunidade.

— Teve, é? Isso é normal pra você? — Ela sorri quando o amigo revira os olhos, mas não deixa de notar um leve rubor que se espalha por suas bochechas pálidas.

— Com o que você sonhou? — Johnny desvia do assunto.

— Eu estava tendo um pesadelo, e aí a Mabê apareceu...

Johnny hesita. Parece esperar que ela fale mais alguma coisa, como se aguardasse uma deixa.

— E... você estava lá.

É quase como se um tipo de névoa que estava nublando seus pensamentos começasse a se dissipar. Johnny assente, incentivando-a a continuar.

— O Fábio também. E a Angélica.

— É. Quer saber o mais sinistro? No meu sonho, só tinha a Mabê. — Ele ergue a mão antes que Dominique o provoque de novo. — E a gente foi parar no sonho do Fábio, de repente. E então no da Angélica, e depois no seu. Vocês estavam tendo pesadelos, mas o meu era um sonho bom.

— Porque tinha a Mabê nele, né, garanhão?

— Ela tocou em mim...

— Ah, é?

— Dominique, pelo amor. Ela tocou em mim, e eu parei de sonhar. Eu sabia que era um sonho, que estava parado bem ali com a Mabê de verdade.

— É! — Dominique deixa as provocações de lado. — O pesadelo foi estranho, eu nem consigo me lembrar direito dele. Mas da Mabê eu me lembro. Ela me tocou e de repente tudo passou a "existir". — Ela desenha as aspas no ar.

O sinal da escola dispara, anunciando que faltam cinco minutos para as aulas começarem. Johnny arruma a mochila sobre os ombros, Dominique crispa os lábios, e eles atravessam os muros em direção ao pátio externo.

♠

Mabê está apoiada em uma das pilastras do pátio, com Fábio ao seu lado e mais três pessoas formando uma rodinha. Enquanto eles comentam sobre seus planos de ir visitar Pedro e depois ir para a praia, ela observa a mesa onde Jonathan está sentado. Está tentando criar coragem para ir até lá e falar o que precisa falar desde que o intervalo começou. Do outro lado do pátio, Dominique acaba de ocupar o assento ao lado dele, e os dois esperam Angélica chegar com seu prato para começarem a conversar baixinho. Os membros da banda de Johnny não estão na escola hoje. São só os três e suas teorias da conspiração.

As conversas que se espalham pelo pátio envolvem um terceiro coma. Tem uma energia sinistra pairando sobre o local, e Mabê sente que só vai piorar. Ela troca um olhar tenso com Fábio e se afasta da pilastra. Ele assente em incentivo e os dois atravessam a rodinha. Sob os olhares confusos dos amigos, caminham até parar na ponta da mesa, longe das crianças e do resto da turma.

Jonathan é quem ergue o olhar primeiro, e o choque toma suas feições. Mabê sabe o que ele está vendo. O mesmo fantasma que ela viu no espelho mais cedo.

— Preciso falar com vocês.

— Você tá bem? — Jonathan estende a mão na direção da garota, mas deixa o braço cair antes de alcançá-la, consciente das pessoas ao seu redor.

Angélica e Dominique se viram na direção da garota, chocadas.

— Não. — A confissão abrupta parece surpreender os três.

Jonathan apruma os ombros ao olhar em volta. Pares de curiosos se voltam para assistir à situação: o príncipe e a princesa de Enseada dos Anjos conversando com os esquisitões — e com Angélica.

Mabê revira os olhos e ocupa o assento em frente a eles. Fábio se senta ao seu lado. Ela evita colocar a mão sobre a mesa grudenta e as deixa no colo. Não se senta naquela parte da cantina desde que saiu da quinta série, como a maioria dos alunos. Preferem deixar aquela área para os pirralhos e a bagunça deles. Hoje o cheiro de sopa está forte ali.

Ela franze o nariz e fecha os punhos com força para frear a tremedeira. Nunca se imaginou falando sobre os sonhos com alguém além de Fábio. Não consegue encarar o trio sem se lembrar dos pesadelos da noite passada e da forma como tinham caminhado, juntos, pelo sonhar.

— Você chamou a gente aqui pra ver quem pisca primeiro?

— Jonathan inclina a cabeça para o lado, buscando o olhar dela.

É o suficiente para tirá-la dos seus próprios pensamentos.

— Certo. É. É isso. Eu sei que parece loucura. Aquele sonho de ontem. Mas é meio que uma coisa que eu faço. Eu ando pelos sonhos das pessoas.

Mabê torce as mãos, com agonia e nervosismo. Observa os três rostos a sua frente, em busca de qualquer indicação de ódio, nojo ou, pior: pena. Mas todos parecem um pouco entediados, para falar a verdade.

— A gente entendeu essa parte. — Angélica não parece muito segura das palavras.

E tudo bem. Mabê também não entende bem sua própria habilidade.

— Como você faz isso? — Dominique se inclina sobre a mesa rabiscada para sussurrar. — Tem alguma coisa a ver com meditação? Ou você bebeu uma substância radioativa quando era criança? Espera, por acaso foi exposta a algum acidente químico? Nos quadrinhos, essa também é uma possibilidade.

Mabê pisca repetidas vezes, confusa. Ela tira um instante para processar as perguntas e a empolgação na voz da garota.

— Hum. Não, pra tudo.

A expressão de Dominique fica confusa.

— Então, como?

— Não sei. Um dia aconteceu. E desde então acontece com frequência.

— A gente tentou investigar, mas nunca achou nenhuma resposta — acrescenta Fábio.

— Você escolhe o sonho de quem visita? — pergunta Angélica, curiosa.

— Eu posso fazer isso, mas não faço. É involuntário.

— Você já esteve em algum sonho nosso antes?

Jonathan cruza os braços e, quando ela vira o rosto para encará-lo, consegue notar um rubor suave em suas bochechas. Mabê apenas balança a cabeça, mentindo que não. Em qualquer outro momento, faria algum comentário sobre os sonhos de rockstar dele, mas não parece servir de nada agora. O garoto assente.

— Eu estava pensando... — começa Fábio.

— Foi daí que veio o cheiro de queimado, então — murmura Jonathan bem baixinho, e só Mabê escuta.

Ela morde o lábio e esconde o sorriso. Dá um chute de leve na perna dele, debaixo da mesa, antes de se virar para o amigo e perguntar:

— No quê?

— No sonho da Dominique. A... coisa... que estava atacando ela. Ela disse alguma coisa.

— O tempo está acabando — repete Angélica.

O sopro da brisa da manhã pelo pátio é arrepiante. As vozes dos outros alunos ficam abafadas debaixo dessa frase. As palavras parecem pairar um pouco sobre eles, como uma profecia maligna. Um aviso terrível.

— Você já teve aquele pesadelo outras vezes, Domi? — pergunta Jonathan.

— Não. — A garota franze as sobrancelhas, pensativa. — Agora que você falou, quando eu tenho pesadelos, é sempre com um palhaço. Ou com uma nojeira que parece um pouco com o protagonista de *A mosca*. Essa foi a primeira vez que eu vi uma coisa tão... amorfa.

— Acho que já vi ela em um pesadelo recorrente — Angélica estremece. — Nunca esteve lá antes. Parecia uma sombra. Uma... coisa. Com olhos brancos. Entre a multidão que fica me olhando correr sem sair do lugar. Mas era um pesadelo, né? A gente não questiona o que vê neles. Pareceu... assustador. E normal por isso.

— Quando você teve esse pesadelo? — questiona Fábio.

Angélica faz uma careta ao tentar lembrar. Ela conta nos dedos, e então arregala os olhos.

— Quando o tio do Johnny...

Mabê encara o garoto de soslaio. Jonathan engole em seco, o olhar pesado ao encarar Angélica.

— Mais alguém se lembra de ter visto a coisa? — Mabê se vira no banco. — Fábio? Jonathan?

Jonathan dá de ombros.

— Eu e a Domi vimos, mas não foi num pesadelo. Foi no corredor aqui da escola.

Ela volta a encarar Fábio.

— Eu acho que sim? Não lembro bem. Meu foco... — Ele não termina a frase. E Mabê sabe. O foco dele estava em Simone. Sempre está. — O que vocês sentiram ontem, quando a Mabê tocou vocês? Foi como se tivesse alguma coisa espreitando? — Fábio disfarça o desconforto ao erguer o olhar para os outros.

— Como se alguém estivesse observando a gente — concorda Angélica.

Mabê sente o calafrio já familiar cruzar sua espinha. Jonathan concorda com a cabeça.

— E se esse demônio estiver caminhado pelos sonhos das pessoas? — Fábio olha em volta, nervoso.

— Então... talvez a Mabê possa ajudar. — A garota arregala os olhos para o comentário de Angélica. — Você salvou a gente dos pesadelos.

— Mas eu nem sei como fiz isso!

Ela não queria que seu murmúrio soasse tão amedrontado, mas a ideia de controlar o que faz e de usar isso para enfrentar um demônio a enche de horror.

— Eu já disse: não escolho que sonho vou visitar. E, até ontem, nunca tinha acordado alguém nem carregado ninguém pelo sonhar. Não sei como controlar essa coisa.

— Pelo sonhar? — Jonathan ergue uma sobrancelha.

Mabê desvia o olhar e se finge distraída com um fio solto da calça de moletom enquanto responde:

— É como eu chamo.

Tem um sorriso no rosto dele que Mabê não nota.

— Bom. — Dominique bate as mãos nas coxas e se levanta. — Então precisamos treinar você.

— Vai me fazer correr pelas escadas da prefeitura, tipo o Rocky?

— Não, não assim.

— Então, como?

CAPÍTULO 15

OS GUERREIROS DOS SONHOS

Quando o sinal toca, indicando o fim das aulas, os cinco saem juntos pela primeira vez. É uma cena estranha para os observadores curiosos, especialmente depois do momento no intervalo. Dois queridinhos da turma, o esquisitão, a novata e a atleta atravessam a rua e deixam a escola para trás.

Em vez de irem para a casa de Dominique, eles seguem em direção ao parquinho na praça que fica a duas quadras dali. É o momento ideal, porque o lugar está deserto. Todas as crianças correram esfomeadas para casa, e a maioria dos adultos também.

Os cinco se reúnem na pequena faixa de grama perto do escorregador. Depois que Fábio garante que não tem cocô de cachorro ali, estende seu casaco de moletom para Mabê se deitar.

— Não que eu esteja duvidando das suas habilidades de mestre Miyagi... — Johnny cutuca Dominique. — Mas isso parece idiota.

— Um demônio que assombra a cidade e coloca pessoas em coma, e pode ter sido conjurado pelos nossos pais, também é idiota. E, ainda assim, aqui estamos. — Ela não se vira para encará-lo, concentrada demais no seu plano. — Agora, Mabê: você precisa dormir.

A garota cruza os braços.

— Ah, claro. Superfácil.

— Também acho. — Dominique ignora a ironia dela, como fez com Johnny.

— Quer que eu cante uma canção de ninar pra você? — provoca Fábio enquanto Mabê se senta e então se deita, o cabelo acaju todo espalhado pelo moletom escuro.

Ela mostra o dedo do meio para Fábio e apruma os ombros. Os quatro a encaram de cima, em expectativa. Ela arqueia uma sobrancelha.

— Eu não vou conseguir dormir com tanta atenção.

Dominique ergue as mãos e se afasta até o escorregador. Fábio e Angélica se sentam na grama, e Johnny é o único que continua de pé, as mãos nos bolsos da jaqueta.

Mabê fecha os olhos e apoia as mãos sobre a barriga, os punhos fechados, visivelmente tensa. Dominique corre os olhos por ela, pela expressão consternada de Fábio, pela curiosidade de Angélica e pelo nervosismo de Johnny. Dá um sorrisinho para o último, mas ele não nota porque, mais uma vez, está ocupado demais observando Mabê.

Cinco minutos de silêncio se arrastam. Passarinhos cantam nas árvores da praça, as correntes dos balanços rangem com a brisa.

Nada acontece.

Sete minutos se passam, e Dominique se deita no escorregador, observando o céu azul. Nenhuma nuvem à vista. Não parece o céu de uma cidade amaldiçoada.

Ela se senta quando o relógio marca dez minutos. É tempo suficiente para uma pessoa dormir, por isso se levanta e marcha até parar ao lado de Johnny.

— Ela já conseguiu dormir?

— Não. — Ela abre um dos olhos, a pupila pequenininha contra a cor de caramelo da íris. — Não vai funcionar.

— Você nem dormiu pra saber — retruca a outra.

Mabê balança a cabeça ao se sentar.

— Todas as vezes que aconteceu, era noite. Eu não consigo cochilar e andar em sonhos, preciso do sono pesado, que é involuntário.

Ela parece confusa ao explicar, mas Dominique entende. Nada ali faz muito sentido, e eles são só adolescentes tentando lidar com um demônio e uma garota que parece ter saído de um livro do Edgar Allan Poe.

Mabê morde o lábio inferior. Sua expressão é pensativa, mas o olhar é amedrontado.

— Eu tive um pesadelo ontem. — Sua confissão ganha a atenção de todo mundo. — Depois que encontrei vocês, depois de tocar na Dominique. Senti um empurrão, e de repente estava no corredor da escola. E a coisa corria atrás de mim.

Ela ergue a barra direita da calça de moletom. Dominique estreita os olhos para entender o que está vendo: um vergão arroxeado, como um grande hematoma, que rodeia a panturrilha dela e sobe em direção ao joelho. Como se alguma coisa muito forte tivesse agarrado a garota ali.

— Meu Deus — sussurra Angélica.

A mão dela vai a uma correntinha em seu pescoço, e Dominique não se surpreende por vê-la usando um santinho. Precisam de toda ajuda que puderem encontrar, afinal.

— Não sei o que é isso — continua Mabê —, mas é a primeira vez que um sonho deixa uma sequela.

— Caralho, Mabê. — Fábio está com os olhos arregalados.

— Tá doendo? — O tom de Johnny é preocupado e ganha um olhar surpreso da garota. Ela nega com a cabeça. — Mabê, se não quiser fazer isso...

— Eu preciso — interrompe ela. — Né? É o único jeito.

— Nós vamos estar com você. — Angélica se empertiga. — Você já alcançou nossos sonhos antes, consegue alcançar de novo. Dessa vez, a gente não te deixa sozinha. Afinal de contas, esse demônio veio pra perturbar todo mundo.

Um sorriso trêmulo toma o rosto de Mabê. Dominique bate palmas.

— Você é um gênio, Angélica! Precisamos de uma festa do pijama.

👻

Mabê se sente um pouco desconfortável ao tocar a campainha. Ao lado dela, Fábio abre um sorriso encorajador — mas ela sabe que o amigo fumou um baseado antes de vir.

Dominique os recebe no portão e sorri. Desde o anúncio da festa do pijama, ela nunca pareceu tão feliz e radiante. A entrada da casa de sua avó é familiar, e a própria os recebe quando entram. Tem um pano de prato pendurado no ombro dela e o cheiro inconfundível de frango assado vem da cozinha.

— A Domi fez uma salada reforçada, caso algum de vocês compartilhe da aversão dela à carne. — A avó sorri.

— Não é aversão, vó. É respeito pelo frango.

— Tudo bem, vai lá com seus amigos.

Dominique faz uma careta quando a avó volta para a cozinha e a garota sinaliza para que os dois a sigam. O corredor tem cheiro de incenso e de madeira. Mabê avista a mesinha com o telefone, e é na porta ao lado dela que entram; Jonathan está reclinado em uma cadeira de escritório, rindo de alguma coisa que Angélica acabou de dizer. Sentada sobre a cama, ela compartilha o riso dele.

— Minha avó participa do bingo daqui a pouco. — Dominique se anima. — Se for igual à última vez, vai até umas onze da noite, talvez mais. A gente tem um intervalo bom pra tentar matar o capeta.

Mabê deixa a mochila cair na entrada do quarto.

— A gente nem sabe o que é. Muito menos como acabar com ele.

— Eu sei, é só um discurso emocionado pra incentivar a tropa.

Mabê desfaz a expressão séria, mas se ocupa em pegar suas coisas dentro da mochila para que nenhum deles perceba sua tremedeira. A ideia de entrar em um sonho nunca a aterrorizou, mas a de procurar por um pesadelo faz suor frio escorrer por suas costas.

Dominique indica o banheiro do corredor para a garota se trocar. Lá dentro, ela apoia as mãos na pia, os dedos trêmulos sobre a pedra escura. Observa as unhas lascadas e o esmalte cor-de-rosa, que já deveria ter tirado, mas não encontrou vontade para fazê-lo.

A luz do banheiro é fraca e desenha sombras sobre seu rosto. Marca as olheiras, a palidez sob as sardas, as rachaduras nos lábios. Mabê lavou o cabelo antes de ir, mas não secou com o zelo de sempre. Os fios estão um pouco frisados, ondas desfeitas nas pontas. Ela nunca se sentiu tão bagunçada, por dentro e por fora.

Depois de vestir o pijama, se encara uma última vez. No dia anterior, seu segredo era só seu. Agora, entregou isso para outras pessoas. Gente com quem nem conversava semanas antes; e, de alguma maneira, em meio a toda essa estranheza, ela se sente confortável com a ideia de estar ao lado deles neste momento. Com o nervosismo correndo por seu corpo, Mabê escancara a porta do banheiro e dá de cara com Jonathan do outro lado do corredor.

A porta do quarto de Dominique está entreaberta e dá para ouvir risadas vindo de lá. Ela volta o olhar para Jonathan só para encontrá-lo observando-a, os olhos escuros fixos em sua camiseta.

— O quê? — Ela olha para baixo.

Está usando um short vermelho esgarçado quase coberto por uma camiseta do Ozzy Osbourne.

— Nem eu tenho uma camiseta dele. — Jonathan dá uma risada.

Mabê crispa os lábios.

— Eu posso te dar uma, se quiser.

— Eu vou acabar aceitando.

Tem um tom diferente na voz dele; quase parece um flerte. Mabê mantém a atenção presa ao garoto enquanto Jonathan se afasta da parede e passa ao seu lado para entrar no banheiro. Ele para ali, com uma das mãos apoiada no batente da porta, e hesita.

Mabê ergue o olhar, pois ele é alguns centímetros mais alto que ela, e a proximidade a faz engolir em seco. Consegue sentir o cheiro da colônia dele, um aroma sutil em meio ao cheiro de xampu. A luz fraca do banheiro desenha as mesmas sombras de antes no rosto de Jonathan. Marca a curva do lábio inferior e o contorno do queixo, e Mabê respira fundo, ciente de que o silêncio se arrastou por tempo demais. Que ela o admirou por tempo demais.

— Você tá com medo? — A expressão dele é curiosa.

Mabê cruza os braços com o arrepio que a atravessa. Se por causa da pergunta, do olhar atencioso ou da perspectiva do que está por vir, ela não sabe dizer.

Mas, já que os dois estão sozinhos no corredor escuro, ela sussurra de volta:

— Morrendo de medo.

— Se serve de consolo, eu achei bem foda.

— O quê? — Mabê se divide entre a confusão e um sorriso.

— Você. Andando por sonhos. — Jonathan apoia o ombro no batente da porta e tem uma tentativa de fazer charme na pose dele, mas de maneira quase cômica. Como se ele não se levasse a sério o suficiente para isso. — Foi irado.

— Eu gostei do seu sonho.

As sobrancelhas dele fazem aquele arco surpreso.

— Do seu show — explica ela.

Jonathan abaixa o rosto para rir, e Mabê estranha a reação. Foi uma provocação sincera, mas é claro que ele não tem motivo para acreditar. A garota fora babaca antes.

— Eu tô falando sério, Jonathan.

— Beleza. — Ele revira os olhos, visivelmente se divertindo. Nem um pouco crédulo.

Mabê segura seu pulso, sua pele gelada sobre a pele quente dele. Jonathan olha para baixo, para as unhas roídas e o esmalte descascando. Para o toque firme ao redor das pulseiras de couro que ele usa.

— Eu fui no festival. — Alguma coisa dentro de Mabê a move a falar. A não deixar que ele se afaste demais. — Escondida.

Jonathan fica quieto. Não parece esperar pelo resto, mas por ela. Seus olhos castanhos correm pelo rosto de Mabê com expectativa, e ela engole em seco, porque hoje é o dia de descartar todos os segredos que vinha guardando, pelo jeito.

— Meus pais me matariam se soubessem. Foi por isso que eu... falei aquilo, na festa. Mas gostei do seu show. E do seu sonho.

— É por isso que você estava nele — confessa Jonathan. — Eu me lembro de te ver no festival, na grade. Pareceu coisa de outro mundo ver Maria Betânia Fachini assistindo à minha banda.

Surpresa, ela ri.

— Eu consigo ser surpreendente quando quero.

Jonathan sorri.

Os dois se encaram no silêncio que se segue. É confortável estar em meio à penumbra. Mabê se pergunta se ele está sentindo o mesmo; se consegue notar a vibração entre os dois, essa faísca desconhecida que descarrega um arrepio em sua pele — e que não tem nada a ver com o medo dos sonhos.

Jonathan se move um pouco. É quase um reflexo, imperceptível se ela não estivesse tão concentrada em absorver cada detalhe daquele momento. Uma leve inclinação para a frente, na direção dela, que Mabê não hesita em imitar.

E então a porta do quarto de Dominique se abre por inteiro, derramando luz sobre os dois.

— Aí, cambada! Anda logo com isso. A janta tá pronta, e a gente tem um pesadelo pra vasculhar.

((🎃))

Mabê se deita na cama. Fábio se senta ao seu lado, com as costas apoiadas na cabeceira. Do lado direito, sobre um colchão velho que estenderam no chão, Jonathan se estica com displicência, e Dominique se encolhe na poltrona que arrastou da sala até o quarto.

— Eu vou ficar acordada — anuncia Angélica, ainda de pé.

— Mas eu já disse que... — Fábio não consegue terminar de falar, porque ela o interrompe.

— Não confio que você não está viajando na maionese, cara. Foi mal.

— Sua falta de fé é perturbadora. — Ele se deita com um resmungo.

— A gente precisa ter certeza de que alguém tá aqui, nesse plano, caso alguma coisa dê errado nos sonhos. E, com todo o respeito, precisa ser alguém que saiba o que está fazendo. — Angélica aponta para si mesma com um sorriso orgulhoso.

— E como você vai saber que deu merda no sonhar? — Jonathan coloca um dos braços sob a cabeça.

— Eu sempre acordo alterada. — Mabê nem tenta esconder seu medo. Precisa que eles notem, que saibam que estão entrando em território desconhecido. — Mesmo dos sonhos. Eu me sinto empurrada pra fora deles, e geralmente acordo tremendo e suando. Acho que vai ficar visível na gente se começar a dar merda.

— E é com essa mensagem de confiança que eu desejo a todos uma boa noite! — Dominique apaga as luzes.

Um único abajur fica aceso na mesa de cabeceira, lançando a luz esverdeada sobre o rosto de Mabê. Ela encara Fábio, que assente e aperta sua mão em apoio. Então olha para Angélica, coberta pela penumbra, e nota um aceno de cabeça dela. Dominique sorri da poltrona.

Mabê se inclina pela beirada do colchão e encara Jonathan de cima. Ele encontra seu olhar, como se estivesse esperando por ela.

Na escuridão do quarto, Jonathan estende a mão e Mabê a aceita. Segura os dedos dele, sente a pele áspera e os calos da guitarra. Quando fecha os olhos, continua se firmando no toque dele, na sua respiração calma, na sua presença calorosa. Ela se agarra a isso até que ele se dissipa, e Mabê abre os olhos para um cenário onírico.

CAPÍTULO 16

PESADELO NA RUA POETA OSCAR ROSAS

UMA HORA SE PASSA, E DOMINIQUE NÃO CONSEGUE DORMIR. ELA PERCEBE, pelas respirações tranquilas dos outros, que eles já embarcaram na viagem. Mas não importa o quanto se remexa e mude de posição, o sono nunca vem.

Por isso, se levanta, enrola a mantinha felpuda ao redor dos ombros — porque tem um ar gelado entrando pela janela aberta — e coloca os óculos para não tropeçar pelo quarto. Passa com cuidado por cima do colchão em que Johnny está deitado e precisa se segurar para não saltar de felicidade ao ver a mão dele segurando a de Mabê. Mesmo dormindo! Eles não se soltaram!

Dominique está sorrindo, toda boba, quando encara Angélica. Sonolenta, a garota ergue o olhar curioso em sua direção, e então se afasta um pouco para o lado. Tem duas almofadas no chão onde está sentada, com as costas apoiadas na porta.

Eles reuniram um monte de objetos em cima da cômoda, para o caso de ser necessário. A Bíblia de Anabela, um terço, água com gás, água benta e o papel em que o demônio se comunicou com Dominique por meio da brincadeira do compasso.

Ela esbarra o ombro no de Angélica ao se sentar. O único som do quarto é a mistura das respirações dos adormecidos e o tique-taque do relógio de pulso que está usando.

— Não consigo dormir.

Angélica responde com uma espiadinha de lado.

— Percebi. — Ela sorri.

— Tô nervosa e nem sei por quê.

— O demônio que pode estar habitando essa cidade não é suficiente pra explicar?

— Não. Agora, eu tô nervosa porque não tem nada acontecendo. — Ela aponta para a cama, para o silêncio dos sonhadores. — Não deveria estar acontecendo alguma coisa?

— Sei lá — sussurra Angélica. — Como a gente vai saber? Às vezes eles já tão lá descendo a porrada no Freddy Krueger, e a gente só vai saber quando acordarem.

— Esses três descendo a porrada em alguma coisa? — Dominique abre um sorriso de diversão. — Qual é.

Isso faz com que a garota solte um riso baixo, e a outra perde um instante ou dois em admiração. Corre os olhos pelo perfil de Angélica, pelo nariz redondo e largo, pelos lábios grossos e pela pele negra, e é péssima em disfarçar quando Angélica nota seu olhar.

Dominique pensa em dizer que ela tem olhos muito bonitos, mas o nervosismo não deixa. Não apenas por estar sentada ao lado de uma garota adorável, mas porque… não sabe como Angélica reagiria a esse pensamento. A maioria das pessoas não veria com bons olhos. A grande maioria rechaçaria a sua mera existência.

Dominique não se importa muito em viver pelas sombras, mas gosta de ter amigos. Gosta de ser esquisita, mas só isso. Se souberem que ela gosta de meninas, não vai ser só isso.

— Tudo bem? — questiona Angélica.

Dominique arregala os olhos, já que foi de admiração para um estado catatônico em pouco tempo, e deve ter sido estranho de assistir.

— Só pensando na maldição.

Angélica faz uma careta de quem não acredita muito no que ela disse.

— E se a gente falar de outra coisa? — sugere.

— Tipo o quê? — Dominique se empertiga.

— Bom, se a gente está se preparando para lutar contra um inimigo em comum, devíamos saber mais uma sobre a outra, né? —

Angélica batuca os dedos no joelho. Apesar de estar falando com Dominique, não olha em sua direção.

— Certo... — Ela prolonga a palavra. — Eu já sei algumas coisas sobre você.

— O quê?

— O óbvio. Você gosta de basquete, tem um irmão mais novo e uma mãe beata...

— Fervorosa.

— É mesmo?

Angélica ri pelo nariz. As dobrinhas que se formam na ponte dele são adoráveis.

— Foi ministra da igreja e tudo. Acho que tem mais de cem imagens de santos espalhadas pela casa, isso sem falar nas que estão guardadas em caixas de mudança em que a gente nunca mexeu. Um monte de bugiganga religiosa.

— Ah, é por isso que você não fala palavrão? Se falar uma palavra de baixo calão, sua alma vai queimar no inferno e tal?

Angélica arregala os olhos.

— Você notou?

— Quando você quer ser ofensiva, acaba parecendo uma dublagem dos filmes do Stallone. — Dominique sorri. Angélica desvia o olhar, parecendo um pouco constrangida. — Eu acho fofo. Minha vó acharia exemplar. Ela diz que eu tenho uma boca suja.

O fato de ter dito em voz alta que acha aquilo fofo causa uma pequena pane histérica em seu cérebro. Se Angélica notou, não menciona.

— Minha mãe proibiu palavrões em casa quando o Juninho nasceu. Aí, toda vez que o Corinthians perde um jogo, eu tenho que gritar que o juiz é um zé-mané e que os bandeirinhas são um desperdício de oxigênio.

Ela revira os olhos quando explica. Dominique só acha tudo ainda mais adorável.

— A minha mãe tá sempre tentando colocar ordem com essas coisinhas. Horário pra dormir, sem palavrões, só pode usar sabonete neutro, tem que descansar umas oito horas antes da prova, precisa usar o mesmo amaciante sempre, sim. Em parte, eu acho que é por causa do papai. Ela ficou em choque por um tempo, depois do que aconteceu, então todo o resto...

— Ela tenta controlar. — Dominique ganha um olhar emotivo da garota.

— Tá bem, Sherlock. Você sabe umas coisas sobre mim. Mas e você?

— Eu adoro falar palavrão. — Ela ajeita os óculos sobre o nariz ao responder. — Eu não sei... falar sobre mim. Lá em São Paulo, eu tinha uma amiga, e a gente só se dava bem porque dividíamos a custódia de um CD da Madonna. Ser CDF e ficar falando sobre teorias da conspiração nunca me rendeu muita popularidade.

— Que bom que você veio pra cá, então.

Quando Angélica diz isso, tem alguma coisa ali. Nos olhos castanhos com pontinhos verdes. No jeito como está próxima, mas não o suficiente. Dominique não sabe explicar se é por isso que o rubor sobe por seu rosto, mas agradece a Deus pela pouca luz do quarto. E por ter tirado o seu anel do humor para dormir.

Para disfarçar a respiração pesada e o nervosismo, observa Mabê na cama, o sono tranquilo em contraste com toda a situação que estão vivendo.

— Como deve ser? — sussurra. — Andar pelos sonhos.

— Doideira. — Angélica encosta a cabeça na porta atrás de si. — E um pouco assustador, também. Pelo menos no começo.

— Imagina: você acorda num sonho e pode andar por ele, mas é a única consciente ali.

Dominique sente um pouco de pena da garota, no fim das contas. Pela solidão, mesmo cercada de tanta gente. Nos sonhos, ela andava sozinha.

— Ela até que é legal quando não tá bancando a mandachuva. — Angélica crispa os lábios. — A gente costumava ser mais amiga na época do fundamental. Daí meu pai se afastou dos pais dela e todo o resto aconteceu.

— Vocês são bem legais — confessa Dominique. — Eu fiquei morrendo de medo de não encontrar ninguém na cidade, ainda mais chegando no fim do ano. Tá, é bem provável que me repitam de ano, porque nenhuma das minhas notas é aceitável e eu não tô me esforçando o mínimo na aula de reforço, mas pelo menos eu fiz... amigos.

Ela testa a palavra e, principalmente, a reação de Angélica. Quando a garota sorri e se recosta na porta, Dominique sorri de volta ao dizer:

— Cinco bocós lutando contra um monstro.
— Falta um cachorro — provoca Angélica.
— Acho que o Fábio tem um dálmata.
— Ah, droga. Raça errada!
— Quem sabe a gente pensa em outra coisa.
— Tipo *Clube dos Cinco*?
— É. Só que a gente tá mais pro Clube do Pesadelo.

Mabê acorda em um campo vazio. A grama sob seu corpo está seca e todo o horizonte parece tomado por escuridão. Ela vê um palco à distância, em meio à penumbra, e estranha o cenário. O sonho dele costumava ser cheio de música, luzes e energia. De manequins bizarros também, claro, mas não tem nem mesmo isso.

Ela caminha até o palco e percebe que está usando o pijama com que dormiu. Nada da roupa do festival. Sobe as escadas de metal, que rangem sob seus pés, a trepidação anunciando que a estrutura não se encontra no melhor estado.

Jonathan está sentado no chão do palco, mas não está sozinho. Tem um único manequim ali, uma versão perturbadora de uma mulher de cabelos escuros e compridos, sem rosto. A banda sumiu, não tem nenhum vocalista animado pronto para se jogar na multidão. Mabê se aproxima, confusa, e vê uma guitarra quebrada no chão. Aos pedaços mesmo, como se ele tivesse encarnado o astro do rock e a destruído no meio de uma apresentação.

O manequim está... rindo.

Uma gargalhada pesada, que vai ficando mais alta conforme Mabê se aproxima e que parece ressoar sobre o garoto sentado. Tem um bilhete grudado na guitarra. Um post-it amarelo com as palavras "Com amor, mamãe". Ela estreita os olhos para esse sonho reverso ao anterior, para a falta de espetáculo e de energia, para o vazio que é a expressão de Jonathan.

Mabê se ajoelha na frente dele e ignora o manequim, mesmo que as risadas altas perturbem seus ouvidos. Jonathan ainda está usando a roupa de antes, com a bandana, a calça rasgada e a camiseta da própria banda, mas parece ter pouca cor no visual. Quase não há vida nele.

Um estranho mal-estar corre por Mabê, e ela estende a mão até a dele. Segura seus dedos, que, no mundo real, eram tão calorosos, e não gosta da sensação gélida que sente na pele de Jonathan. Uma estranheza quase imaterial.

E porque ela é a garota que anda nos sonhos, e os sonhos não a afetam, ele pisca, aturdido, ao reconhecê-la. A cor volta ao rosto de Jonathan, às suas roupas. Mabê continua segurando a mão dele enquanto o garoto se levanta, o olhar assombrado para o cenário macabro ao redor, procurando por alguma coisa que não está mais ali.

— Acho que esse é o seu pesadelo. — O olhar de Mabê passa por onde estavam a guitarra quebrada, o manequim gargalhando. Ela aperta os dedos dele com cuidado. — Você tá bem?

Jonathan assente, ainda um pouco perdido.

— O que a gente faz agora?

Mabê hesita ao olhar em volta. A escuridão viva não está ali, mas aquele é o território dela, que com certeza sabe que tem uma invasora. A ideia de estar sendo espionada por um demônio é aterrorizante, para dizer o mínimo.

— Não sei.

— Belo plano o da Dominique — resmunga ele.

Mabê não deixa de perceber que Jonathan ainda está segurando sua mão. Que seus dedos apertam os dele com força, sem querer soltar. Com medo de soltar.

— Eu posso tentar... procurar o Fábio? — Ela aperta os lábios quando diz isso. Não faz a menor ideia de como procurar o sonho de alguém depois de dormir. Eles sempre a encontraram, não o contrário.

— Você não parece muito certa de como fazer isso — provoca Jonathan.

— Eu não sei. — Essas palavras parecem uma constante no sonhar. — Mas a gente tá aqui, né? Preciso tentar.

— Pensa no sonho dele. — Jonathan não chama de pesadelo, ainda que isso seja óbvio, e Mabê sorri pela gentileza. — Às vezes, você é atraída até ele. Tipo uma mariposa pra luz.

— Melhor não fazer essa analogia num lugar como esse, Jonathan.

O sorriso de covinhas volta ao rosto dele, e Mabê fecha os olhos. É estranho mergulhar na escuridão, mas basta pensar em Fábio e se lembrar da rodovia e, de repente, ela está caindo naquela direção. Seus dedos apertam a mão de Jonathan, e ele devolve o aperto, caindo ao seu lado.

Os dois rolam pelo asfalto frio. No mundo real, teriam deixado pedaços de pele para trás, mas esse sonho não machuca.

A cena é a mesma de antes: Fábio está chorando sobre Simone, abraçado ao corpo mutilado dela. Tem sangue escorrendo de um corte em seu couro cabeludo, arranhões pelo rosto, um talho fundo no braço, mas ele não se importou com isso no dia do acidente e não se importa no pesadelo.

O sonhar só revive a pior lembrança dele, de novo e de novo.

Mabê se apressa até lá, para tocá-lo e tirá-lo daquele torpor.

Jonathan segura seu braço antes que ela se aproxime demais. A garota abre a boca para protestar, mas recua quando entende por que ele a segurou.

Uma sombra se projeta atrás do carro em chamas. Cresce na escuridão da rodovia, parte surgindo pela fumaça do incêndio, parte pelos destroços do veículo. Ela é fumaça e então é uma gosma estranha escorregando pelo chão. Mabê olha para a poça de sangue sob o corpo de Simone e só consegue comparar a gosma a isso: sangue espesso, escuro como piche.

— Ô caralho. — Jonathan começa a se afastar e a puxa com ele.

Mas a gosma se aproxima de Fábio, que ainda está chorando, ainda está dizendo "Por favor, não leva ela". Mabê se desvencilha, avança até o amigo e agarra a mão dele no instante em que garras de fumaça e gosma sangrenta o alcançam.

Fábio arregala os olhos. O carro desaparece, e Simone também.

Mas a coisa continua ali.

Mabê agarra o amigo e o arrasta para longe, tropeçando nos próprios pés até esbarrar em Jonathan. Ele segura sua cintura, ela abraça os ombros de Fábio.

Pânico e confusão tomam seus rostos quando a sombra viva se molda em uma silhueta humana. Sem rosto, um corpo vazio com membros longos demais e dois olhos brancos que se destacam como buracos de bala.

— Vocês não são bem-vindos aqui.

A voz toma toda a rodovia, retumbando por todos os cantos, fazendo o asfalto estremecer. Mabê sente que o coração vai sair pela boca enquanto encara a criatura. A sombra que já viu antes.

— O que você tá fazendo nos nossos sonhos? — Sua voz treme, mas isso não parece importar muito para o demônio.

A coisa inclina o que parece ser a cabeça, e um rasgo pálido se abre no que deveria ser seu rosto, como se sorrisse. A voz ecoa na vibração de um contrabaixo:

— Este não é o seu sonho, é o meu.

A criatura está tão próxima agora que Mabê sente o corpo inteiro tremer. Ela se lembra da dor em sua perna, vívida, de repente, como se a estivesse sentindo de novo. Parece irreal demais encarar aquela coisa, quanto mais enfrentá-la.

— E quem é você, caralho? — rebate Jonathan com bravata, mas Mabê sente o corpo dele tremendo às suas costas.

A criatura não desvia o olhar dela, no entanto. Sua forma a meros centímetros de distância do rosto dela.

— Sua mãe me chamou de demônio. Seu pai, de boa sorte. Mas os antigos me chamavam de Fortuna. E vocês não podem me deter.

A criatura avança, como se fosse engolir Mabê e os amigos. A escuridão nervosa toma conta de seu campo de visão, e então, como um sopro de vento em meio à tempestade, os joga para trás. De repente, a sensação de não ser bem-vinda é como um chute em seu estômago. Ela grita e despenca, e não consegue se agarrar aos garotos quando as sombras os engolem.

Os três acordam juntos. Suados, ofegantes, os olhos arregalados na direção das garotas à sua frente: Dominique, segurando o crucifixo e o copo de água benta. Angélica, com a Bíblia aberta na metade.

Jonathan faz uma careta para elas.

— Vocês precisam de um padre pra fazer um exorcismo.

— Ela é filha de uma beata da igreja! — Dominique abaixa os objetos sagrados.

— O que aconteceu? — Angélica solta a Bíblia sobre a cama.

— Vocês estavam quietinhos e de repente começaram a tremer, e acordaram como se tivessem encontrado o demônio.

— Foi tipo isso. — Fábio aperta as mãos sobre os olhos.

— Eu encontrei a coisa.

Mabê se sente zonza. Parece que acordar os sonhadores toma ainda mais energia dela. Olha para o relógio digital de Dominique e vê que passa um pouco das três da manhã. Cedo demais, se comparado com os outros pesadelos.

— E nossos pais estão envolvidos — conclui Mabê, com certo pesar na voz.

No fundo, queria acreditar na mãe. Queria acreditar que eles não fariam uma coisa dessas. Mas pais são seres humanos, no fim das contas. E, embora pareçam estar sempre certos, são falhos. Já estava na hora de ela aprender isso.

— O que a coisa disse? — Dominique larga o crucifixo e se ajoelha aos pés da cama, a curiosidade vencendo o medo.

— Disse que se chama Fortuna.
— E que a gente não pode deter ela — acrescenta Fábio.
O arrepio é coletivo quando ele diz a última palavra.
— Precisamos de um novo plano.

É estranho tomar café da manhã depois de confrontar um monstro, mas é o que acontece no dia seguinte. Os cinco são recebidos por uma mesa cheia de pedaços de bolo, pão quentinho e todo tipo de suco.
— A senhora nunca faz um café desses pra mim — resmunga Dominique ao beijar a testa da avó. Nota que a expressão dela parece um pouco abatida, por isso abraça seus ombros. — Perdeu o bingo ontem?
— Eu dormi mal. Fazia tempo que não tinha um pesadelo, aí ontem acordei às três da manhã toda suada e tremendo. Minha cabeça continua pesada mesmo depois da aspirina. Pensei em descansar um pouco agora que o café tá na mesa. Você pode cuidar dos seus amigos por mim?
— Vai deitar, vó.
Dominique engole em seco diante do olhar carinhoso da idosa. Quando ela sai da cozinha com uma xícara de café nas mãos, todo mundo está olhando em sua direção.
— Beleza, vocês ouviram.
Eles não conversam durante a refeição. Fazem um revezamento para tomar banho no banheiro de visitas e se despedem da avó de Dominique com vozes arrastadas.
O caminho até a escola é desconfortável. Dominique olha em volta, quase esperando ver alguma coisa sinistra rondando a esquina. Uma sombra atrás de uma árvore, olhos pálidos espreitando atrás de um orelhão. Eles não conversam porque não sabem sobre o que conversar; as engrenagens na cabeça dela estão girando para todos os lados, tentando bolar um novo plano.

Como se enfrenta uma coisa em que não se pode tocar?

Na escola, não tem como escapar da presença da entidade. O vice-prefeito desmaiou na inauguração do novo centro esportivo na noite anterior; está em coma. Ah, e a esposa dele também, ao mesmo tempo! Os dois caíram durinhos na frente da multidão. Tem um boato de que o dono da floricultura do bairro velho também foi pego pela maldição, mas ainda não confirmaram nada.

— É quase como uma praga se espalhando — comenta uma das colegas de turma de Dominique.

Na hora do intervalo, eles se reúnem em uma rodinha na área mais afastada do pátio, próxima ao portão que leva para a quadra coberta, longe dos ouvidos de todo mundo.

Com um sorrisinho, Dominique assiste à surpresa e, então, à expectativa tomar o rosto de Johnny assim que Mabê se escora no portão ao lado dele. Angélica é a última a se juntar ao grupo, sua expressão um pouco tensa.

— E aí, o que a gente faz? — O olhar cansado de Mabê passa por cada um deles, cheio de expectativa.

— Se a gente quer enfrentar esse negócio, precisamos descobrir o que é esse negócio — argumenta Angélica.

— A gente não encontrou nada nos jornais. — Johnny esfrega a testa.

— Não precisa ser nos jornais. — Dominique se inclina para mais perto, como se não desse para ouvi-la de onde estão. — Foram os nossos pais, certo? Tirando a galera com família estável, todo mundo tem coisas deles guardadas em casa?

Johnny estreita os olhos ao assentir. Angélica faz o mesmo. Fábio parece um pouco ofendido com a ideia de ser parte de uma família estável.

— Então a gente se divide. — Ela sorri, porque as engrenagens pararam de girar e chegaram a algum lugar.

— Isso nunca funcionou pra turma do Scooby-Doo.

Dominique se limita a lançar um olhar descontente para Fábio e continua a dizer:

— Mabê, você leva o Johnny pra sua casa.

Os dois parecem aturdidos e respondem em tons de indignação bem parecidos:

— Como é que é?

— É o quê?

— Tá, leva o Fábio também — cede Dominique.

— Ué, e eu sou o quê? O brinde do McLanche Feliz deles?

— Tipo isso, Fabinho — Angélica sorri, sarcástica, e ele mostra o dedo do meio em resposta.

— Eu e a Angélica vamos olhar as coisas da minha mãe, já que a gente já fuçou as coisas do pai dela. — Dominique puxa um bloco de anotações da bolsa e escreve um telefone no papel. — Liguem quando encontrarem alguma coisa.

— Quando? Não seria *"se* encontrarem alguma coisa"?

— A gente tem que ser positivo.

CAPÍTULO 17
EU AINDA SEI O QUE VOCÊS FIZERAM NA PRIMAVERA DE 1973

DOMINIQUE ESPERA SENTADA NA PRÓPRIA VARANDA. ANGÉLICA TINHA QUE levar o irmão para casa e dar o almoço a ele antes de sair, já que a mãe só sai do trabalho às sete. Então, depois do almoço, Dominique até tentou fazer a tarefa de matemática e de história, mas não conseguia pensar em mais nada além de invocações e demônios e pentagramas e "será que os jornais estavam certos quando falavam que jovens satanistas estão sacrificando crianças em nome de demônios?". Será que seus pais eram os jovens satanistas? Não, nem ferrando que a família mauricinha da Mabê é satanista. Ou será que esse é o disfarce perfeito? Os satanistas estão entre políticos e primeiras-damas!

O redemoinho de ideias absurdas desaparece quando Angélica surge no portão da casa, mais cedo do que o combinado. Está usando a camisa 10 da seleção brasileira de futebol e a mochila roxa nas costas.

A garota corre para abrir o portão com mais empolgação do que deveria.

— Minha mãe foi dispensada mais cedo. Parece que uma vendedora que trabalha com ela entrou em coma enquanto limpava umas estantes. — Angélica segue Dominique pelas escadas.

— Ouso dizer que isso está saindo do controle.

Angélica ri, incrédula.

— Eu acho que já saiu do controle faz muito tempo.

Ela nem espera Dominique guiá-la. Entra na casa e segue direto para o quarto dela, como se já tivesse feito aquilo um milhão de vezes, e a garota não consegue segurar o sorriso e a empolgação.

Dominique tem amigos. Fazia tanto tempo que não cultivava uma relação como essa! O que mais quer é que tudo acabe de uma vez para que eles possam fazer festas do pijama decentes, assistir a filmes de terror ruins e comer muita pipoca. Quer reunir seu Clube do Pesadelo para jogar *Banco Imobiliário*, fazer os testes idiotas da *Capricho* e responder cadernos de perguntas.

Ok, talvez já tenha passado da época de fazer esse último item, mas é revigorante ter pessoas com quem pode conversar sem se sentir uma alienígena. Pelo menos, não cem por cento do tempo.

Ela segue Angélica até o quarto e, quando chega, a garota já está tirando a mochila das costas.

— Beleza, onde estão as coisas da sua mãe?

Dominique indica uma caixa ao lado da cama.

— É só isso?

— É o que tem guardado na casa, de quando ela morava aqui com a minha vó. O que a gente tinha em São Paulo acabou sendo doado ou jogado fora quando nos mudamos.

Angélica faz uma careta, mas se senta no chão ao lado da caixa e começa a tirar os itens dali de dentro.

Por mais curiosa que esteja, por mais que tenha sido ela a dar a ideia, Dominique não está empolgada para descobrir o que tem ali. Sua relação com a mãe nunca foi das melhores.

Não, corrigindo: ela nunca teve uma relação com a mãe. Chamá-la de mãe é quase uma hipérbole, porque tem certeza de que a mulher nem se lembra de ter uma filha. Nunca pareceu maternal.

Dominique descobriu sobre sua ascendência chinesa por parte de pai por causa da pressão da avó sobre a mãe, e fugia das poucas cartas de fim de ano e das ligações de aniversário como o diabo foge da cruz.

Ela percebe, com amargura, que nem sabe onde a mãe está morando agora. Antes, achava que o problema era com a família. Que a mãe queria ser independente, que não gostava da avó e nem da ideia de ter uma filha. Mas, depois de tudo isso, ela se pergunta se a situação não tem a ver com o demônio. Se a mãe tem medo de atrair a coisa caso fique próxima demais.

O que é irônico, se for verdade. Passar a vida fugindo de um mal que está se infiltrando nos sonhos de todo mundo. O único lugar de onde ninguém pode escapar.

— Que lindo. — Angélica folheia uma pasta preta.

Dominique se aproxima e espia por cima do ombro dela; são os rascunhos da mãe.

— Ela parece talentosa.

Angélica ergue a cabeça para encará-la, mas ela continua observando os rascunhos. Retratos de todos os tipos.

— Onde ela está?

Dominique não ergue os olhos. Não sabe se vai conseguir falar sem chorar, caso encare a garota.

— Não sei. — E dá de ombros, esticando-se para tirar mais cadernos e revistas de dentro da caixa. — Da última vez que recebemos uma caixa dela, estava na Bélgica. Mas já deve ter se mudado. Ela faz isso sempre que nos manda alguma coisa. Pra não ser encontrada.

Angélica fica em silêncio, e Dominique encara as revistas no chão. Não tem muito mais dentro da caixa além de uma camiseta de uniforme velha, toda rabiscada — assinaturas e votos de sucesso dos seus colegas de escola.

— Sinto muito. — A mão da garota cobre os dedos esguios de Dominique. — Perder uma mãe ou um pai... É horrível.

— Ela se perdeu de mim de propósito. E ela nunca foi uma mãe. — Dominique encara seus dedos entrelaçados. — Pra ser sincera, não me lembro de um momento que passamos juntas. Então, acho que não faz falta.

— Você vai me desculpar, Domi, mas não acho que é verdade.

— O quê?

— Que ela não faz falta.

— Não faz. — Dominique tenta soar mais tranquila com a conversa do que realmente está. — Eu tenho a minha avó, tá tudo certo.

— Todo mundo quer uma mãe. — Angélica afasta sua mão da dela e abraça os joelhos contra o peito. De repente, não parece que estão falando apenas da mãe dela. — E tem diferença quando eles se vão porque querem.

A compreensão cai sobre a garota.

— A minha mãe escolheu ir embora. Ela olhou para mim e pensou que não valia a pena ficar comigo. — Dominique sente sua voz ficar embargada, mas continua mesmo assim: — Aí eu decidi que não valia a pena sentir falta dela. O seu pai... Seu pai não escolheu te deixar. Ele estava tentando te salvar.

— Me traumatizando? Me deixando para encontrar o corpo dele? — Angélica suspira, a voz entrecortada. — Eu acho que essa merda toda consumiu tanto ele que, no fim, ele nem estava pensando direito.

Dominique não sabe o que dizer. Então apenas se inclina e abraça os ombros de Angélica, inspirando o cheiro de chiclete do seu xampu e sentindo o calor de sua pele. Em resposta, ela estende os braços e a envolve de forma calorosa, apertando os dedos em suas costas. O toque é ansioso, como se estivesse agarrando mais do que apenas uma amiga.

Dominique não tem coragem de soltá-la. Não até que Angélica esteja pronta. Então, continua ali, abraçando a menina mais bonita que já viu na vida, em seu quarto, no meio de uma investigação paranormal, depois de abrir seu coração e mostrar a ferida mais profunda que guarda nele.

Angélica se afasta, fungando enquanto limpa uma lágrima no canto do olho. Ela sorri ao olhá-la, e depois diz:

— Desculpa. Eu não achei que ia falar tanto, mas eu me sinto à vontade com você.

Dominique sorri, daquele jeito que as pessoas fazem quando querem tranquilizar e passar conforto, e comenta:

— Espera até você descobrir os meus segredos mais obscuros. Tipo o fato de o meu filme favorito da vida ser *O bebê de Rosemary*.

— Não é tão obscuro assim. É a sua cara, na verdade.

— Como é que esse filme traumático pode ser a minha cara?

— Você é esquisita, Domi. De um jeito fofo.

O sorriso de Angélica é encantador. E quando Dominique se lembra de ter feito esse mesmo elogio para ela, não consegue esconder todo o rubor que se espalha em seu rosto.

Mas, de alguma maneira, não se sente disposta a desviar do assunto com algum comentário bobo. Ela resolve continuar, porque também está se sentindo à vontade.

— Tem muita coisa escondida aqui. — Bate o dedo sobre o peito.

— Ah, é? E o que mais você pode me contar?

— São segredos. Não vou te contar todos de uma vez, tem etapas de amizade pra chegar aos mais profundos.

— Mas nós já somos amigas. Você sabe sobre os palavrões, eu sei o seu filme favorito. — Angélica se ajeita sobre o carpete, a expressão curiosa. — Me conta outro segredo.

— Eu fingia dormir pra enganar minha vó e ia pra sala assistir a *Sai de baixo*.

— Também é a sua cara.

A garota sorri. E o fato de ela achar que mais alguma coisa tem "a cara de Dominique" arranca um sorriso bobo da garota.

— Agora me conta outra coisa sobre você.

— Eu costumava ter pesadelos com a *TV Colosso*.

A outra faz o possível para não rir.

— Com a Priscila ou com o Gilmar?

— Com o Borges, na verdade. O buldogue, sabe? No meu pesadelo, ele estava saindo da TV pra me pegar e me devorar.

— O pobre do buldogue.

— Ele era esquisito. Meu irmão era pequeno e me obrigava a assistir ao programa com ele, acabou me traumatizando. — Angélica faz uma careta. — Que bom que não foi esse o pesadelo que a Mabê encontrou na minha cabeça.

— Teria sido bonitinho. — Dominique sorri. — Medo da *TV Colosso*. Por essa, ninguém esperava. Vale outro segredo.

— Então me conta qual foi a sua primeira paixonite.

— Hã... Vale paixão esquisita? Porque eu jurava de pé junto que ia casar com o Bobby. — Angélica parece confusa. — Da *Família Dinossauro*.

— E o meu medo da *TV Colosso* era absurdo?

— Qual é, o Bobby tinha um charme. Mas depois eu percebi que nem gostava de garo... — Dominique para a frase ali. Se continuasse, diria ter descoberto uma paixonite pela Pequena Sereia, o que é absurdo, porque ela não pode sair contando essas coisas.

— Não gostava do quê? — Angélica sorri, provocativa.

Dominique hesita. Não consegue pensar em nada inteligente para dizer. Sua eloquência e sua e velocidade de resposta travam, e Angélica estreita os olhos. Compreendendo o que a hesitação significa.

— Não gostava de garotos?

Não tem mais provocação na voz dela, só curiosidade.

Dominique gela dos pés à cabeça. Pensa em algum ator bonitinho que pode citar para desconversar, porque é claro que ela gosta de caras, tipo... tipo...? Não, nada. Ela só consegue pensar em Julia Roberts e Lucy Liu, e em como descobriu que queria beijar garotas porque sonhou que estava namorando a Alessandra Negrini.

A porta do quarto se abre em um rompante, e as duas são interrompidas quando a sua avó aparece carregando uma travessa com uma fornada quentinha de cuca de morango. Angélica se distrai o suficiente para não voltar ao assunto durante a refeição e deixa Dominique com um vazio estranho.

Ela se sente aliviada por não ter contado a verdade. Isso poderia arruinar tudo; não se sai por aí dizendo que é lésbica. Deveria ser fácil, mas não é. Ao mesmo tempo, se sente decepcionada, porque bem que queria ter dividido isso com a garota que gostaria de beijar.

♠

Mabê fez questão de mandar Joyce para a casa da vizinha assim que a mãe saiu, já que era mais barato do que ter que suborná-la com revistas e CDs. Isadora também não tinha demorado muito em casa. Depois do almoço, ela partiu toda apressada para o comitê emergencial de aniversário da cidade, com o aviso de que ficaria fora a tarde toda. Aparentemente, os comas têm assustado algumas pessoas, então cabe a ela fazer com que o foco da comunidade mude o mais rápido possível para as comemorações.

O que é só mais um ponto na teoria da garota de que, tal qual qualquer outro ser humano, seus pais não são perfeitos. Só estão tentando fazer o que é melhor para eles.

Joyce não reclamou quando foi despachada. A vizinha acabou de ganhar um cachorrinho — o que elas são proibidas de ter, porque destruiria as begônias no jardim e acabaria com o tapete da sala, que a mãe gosta de frisar para todo mundo que é assinado por algum designer famoso de quem Mabê nunca ouviu falar.

Por isso, ela nem espera a campainha terminar de tocar antes de apertar o botão no interfone para abrir o portão. Fica parada na porta de casa enquanto Jonathan e Fábio sobem a pequena rampa da garagem e depois atravessam a varanda.

— Tirem os sapatos, mas tragam eles aqui pra dentro. Não vamos correr riscos. — Ela acena para que os dois entrem logo.

Mabê nota como Jonathan tenta disfarçar, mas observa tudo com uma careta desconfiada, e diz a si mesma que o frio na barriga que sente é medo de ser pega pelos pais e não por ele estar ali, onde jamais imaginou que fosse vê-lo.

Ele gira, observando a sala de estar, com o sofá bege em que só as visitas podem se sentar, o vaso grande com a costela-de-adão perto da janela e o bar no canto mais afastado, com as taças penduradas de ponta-cabeça e a prateleira de espelhos onde ficam as bebidas; bem maior do que a maioria dos bares que as pessoas têm em casa. Porque é claro que os Fachini têm que ter tudo maior e melhor que os outros.

Pegando-a no pulo, Jonathan desce o olhar até o dela, de repente, e torna o fato de ele estar ali ainda mais real.

— Eu não achei nada. — Fábio olha de Mabê para Jonathan.

É só nesse momento que ela se vira e percebe que eles pararam no meio da sala.

— Na minha casa — acrescenta ele, tentando forçar uma conversa.

— Tem certeza que você olhou tudo? Podemos dar um pulo lá e te ajudar a procurar — sugere Mabê.

Jonathan continua olhando para ela, como se analisasse como a garota se encaixa em todo aquele cenário.

— Não acho que vale a pena. Meu pai faz uma limpa nos documentos todo ano, fica a madrugada inteira triturando papel. Ele é muito comprometido com a confidencialidade. — Fábio revira os olhos. — Duvido que vá ter qualquer coisa guardada que entregue ele.

Fábio não parece nem um pouco abalado com a ideia de os pais terem atraído algo tão horrível assim para a cidade. E Mabê entende por quê: quando o acidente aconteceu, a maior preocupação deles foi evitar que boatos se espalhassem pela cidade, subornando os policiais para que ninguém ficasse sabendo que Fábio estava bêbado. Ou que estava dirigindo sem ter uma carteira de motorista nem idade suficiente para isso. Para a população de Enseada dos Anjos, Simone causou aquele acidente irresponsável. Toda a culpa que deveria ter recaído sobre Fábio foi transferida para ela, porque garotas mortas não contam a verdade para a mídia.

Fábio começou a se drogar logo que saiu do hospital e não parou mais.

— E você? — Mabê endireita os ombros ao encarar Jonathan da maneira mais objetiva possível. Ele apenas dá de ombros.

— Só tem roupa velha lá em casa. Minha tia disse que, o que não se perdeu na enchente de 1989, minha mãe levou embora.

— Beleza, então isso significa que a gente tem que achar alguma coisa aqui ou nas coisas da Domi. — A voz de Mabê perde o embalo enquanto Jonathan começa a andar pela sala, observando a decoração de novela das oito que a mãe insiste em manter.

— Você acha que seus pais guardariam alguma coisa? — Fábio soa um pouco incrédulo, abrindo uma caixa decorativa sobre a cristaleira.

— Não dentro dessa caixa — retruca ela, ansiosa, apressando-se para fechá-la.

Jonathan parece uma peça errada no quebra-cabeça do lugar. Com a calça jeans escura e a camiseta do zumbi da banda Iron Maiden, ele gira nos calcanhares e se deixa guiar até o escritório do pai dela.

Jonathan cruza as mãos às costas enquanto Mabê destranca a porta do cômodo.

— Coisas incriminadoras funcionam de dois jeitos, né? Podem te colocar em problemas, mas também podem te tirar deles — comenta ele.

Mabê cruza os braços.

— Você acha que meus pais são chantagistas?

Jonathan dá de ombros.

— A gente ainda não sabe qual o envolvimento deles com esse demônio. — Fábio abre a porta do escritório. Aquele costumava ser um quarto de brinquedos dela e de Joyce quando eram crianças. — Mas não vou colocar a mão no fogo por ninguém.

Ela suspira com o eco das palavras.

— Beleza, anda logo. Mas se lembrem de colocar tudo de volta no lugar. Meu pai é muito chato com essas coisas, vai saber que alguém fuçou aqui.

Os garotos concordam e começam a busca. Fábio vai até a mesa, abre pastas com documentos e gavetas com cuidado. Lê as coisas por cima, em busca de informações, e parece mais concentrado do que Mabê jamais o viu.

Jonathan levanta o tapete e se ajoelha, checando o chão de taco em busca de alguma coisa solta ou algum esconderijo sob o assoalho.

Mabê foca a estante. Tem alguns livros de direito, edições em encadernações muito velhas, e objetos de decoração. O primeiro que ela pega é uma estatueta da Virgem Maria, que fica no meio da estante. Como se o pai fosse muito devoto. A santa é surpreendentemente leve e, quando olha a base, entende: é oca. O coração de Mabê dispara ao abrir o fundo, mas um bufo se segue, porque não tem nada dentro.

Ao puxar os livros, ela se lembra das manhãs de sábado assistindo a *Scooby-Doo* com Joyce, quando ela era bem novinha e ainda gostava da irmã mais velha. Mabê enchia duas tigelas com leite e Choco Krispis, e elas se sentavam em frente à televisão enquanto os pais dormiam um pouco mais e a casa ficava silenciosa. Nesses momentos, ela tinha certeza de que eles eram perfeitos. De que sua vida era perfeita.

Quando percebe que já olhou em todos os cantos, assim como os garotos, e não encontraram nada, Mabê volta para a estante. Não é possível que o pai, um homem tão organizado e tão controlador, não tenha guardado alguma coisa sobre o que fez.

Agora, em vez de apenas puxar os livros para procurar fundos falsos ou coisa do tipo, ela presta atenção nas encadernações. Remove a sobrecapa daqueles que possuem uma capa extra por cima da capa dura. Verifica, com cuidado, o conteúdo de uma pasta de plástico que encontra dentro de um deles — mas só acha fotografias velhas tiradas de longe, de homens que ela não conhece apertando as mãos.

Está quase desistindo, mas puxa a cadeira para alcançar o topo do móvel. Passa a mão com cuidado no fundo da estante e arfa quando seus dedos esbarram em um objeto preso à superfície de madeira.

— Tem alguma coisa aqui.

Suas palavras atraem Jonathan e Fábio até ela. Fábio segura a cadeira, e Jonathan fica ao lado da estante. Mabê estica os dedos no espaço pequeno entre o fundo da estante e a parede, e puxa até que o negócio cai no chão.

Jonathan se abaixa para pegá-lo e o entrega nas mãos dela. Ela desce da cadeira com um salto, o coração acelerado. É uma pasta sanfonada, parda e grossa.

Quando a abre, dá de cara com passaportes, um envelope com dinheiro (não parecem notas de real; Mabê reconhece uma cédula de um cruzeiro entre elas) e um pequeno livro, com a capa marrom detonada. Abre o primeiro passaporte e tem a sua foto ali, de uns cinco anos antes, com outro nome.

— Bonito o aparelho — brinca Jonathan, os olhos arregalados para o que estão vendo.

— Não é o seu nome. — Fábio aponta para o documento.

Mabê lança um olhar nervoso na direção dele, devolve o passaporte para a pasta e retira o livro.

— Parece um kit de fuga. — Jonathan pega a pasta da mão dela. — Tipo aqueles que os espiões têm em filmes.

— Mas espiões não costumam levar livros. — Mabê estremece ao abrir a primeira página.

Ele não foi impresso. Foi escrito à mão. As folhas estão amareladas e amarrotadas pelo tempo, a letra é um pouco difícil de compreender, mas, na primeira página, está escrito em uma letra cursiva muito elegante: *Hoje é o seu dia de sorte.*

— Eu acho que é isso.

Ela vira mais algumas folhas e vê alguns diagramas semelhantes aos que o pai de Angélica desenhou, com páginas e páginas falando sobre eles. Ao folhear o caderno, nota que algumas parecem ter sido arrancadas, mas é a primeira folha que chama a sua atenção. Tem o que parece ser a receita para um ritual, enumerando coisas como formar um círculo, acender uma vela vermelha e dormir depois que a vela estiver quase se esgotando, para garantir a entrada no Mundo dos Sonhos. A última coisa está grifada: *leia em voz alta, com intenção*, seguida de um texto em uma língua que eles não conhecem.

Jonathan pega o livro de sua mão, sem cerimônia. Quando Mabê ergue a cabeça para brigar com ele e pedir o livro de volta, nota um carro entrando na garagem.

— Merda, a minha mãe voltou.

Em pânico, ela fecha a pasta, sobe na cadeira e a empurra para trás da estante.

— Vem, pro meu quarto. — Ela agarra o pulso de Jonathan, os dedos firmes sobre as pulseiras de couro, e começa a arrastá-lo para fora do escritório em direção ao corredor, onde uma porta branca está entreaberta. — Entra e se esconde.

Ele para em frente à porta, perdido.

— E o Fábio?

— Ele pode estar aqui; você, não. — Mabê o empurra quarto adentro. — Se esconde.

Jonathan olha em volta, absorvendo toda a informação do cômodo cor-de-rosa. Mabê gesticula com pressa e o garoto responde com uma careta, e é a última coisa que ela vê antes de fechar a porta atrás de si.

Chega à sala um minuto antes da mãe. Fábio já está sentado no sofá, com os pés sobre a mesinha de centro e uma latinha de Guaraná na mão, vendo TV. Mabê fica surpresa pela displicência e naturalidade dele. E pela rapidez.

Isadora atravessa a porta de supetão, as chaves tilintando entre suas unhas vermelhas. Ela olha para a filha e então para o convidado.

— Fabinho! — Um sorriso ilumina seu rosto quando se recupera da surpresa. — Por favor, sem colocar os pés na mobília, querido.

Continua sorrindo, mas tem um leve tremelique no músculo da bochecha. Um sinal de que está tendo um colapso interno.

— Foi mal, tia.

Fábio se endireita e dá uma piscadela para Mabê.

Isadora observa os dois por um momento, como se estivesse desconfiada de algo, e então se vira para a filha.

— Maria Betânia, achei que você tinha que estudar pro vestibular da UFSC. Não foi pra isso que você dormiu na casa da Fernanda ontem? E já trouxe visita pra cá?

Por um minuto, ela não sabe do que a mãe está falando. Precisa vasculhar o cérebro até lembrar a mentira que contou para poder dormir fora. Vestibular é a última coisa na sua lista de prioridades no momento, ainda mais com o esculacho que estão seus estudos.

— Foi, sim — Mabê arregala os olhos quando a mãe toma a direção do escritório, disparando atrás dela. — A gente só veio matar um tempo enquanto o pessoal reúne tudo pra continuar. Estudando, no caso.

— Hum, tudo bem. Acho bom que esteja fazendo amizades com pessoas mais... normais. — O comentário de Isadora é cuidadoso, já que Fábio está escutando.

Mabê apenas sorri, como se estivesse feliz por fazer algo certo aos olhos da mãe, mas seu coração bate na garganta enquanto Isadora procura alguma coisa dentro das gavetas. Nada parece fora do lugar, mas a mulher vai reparar se, por acaso, a Virgem Maria estiver um centímetro mais para a direita.

— Quer ajuda? — Mabê se escora na parede ao lado da porta. Sua mãe ergue o rosto, confusa. — Pra encontrar o que você precisa.

— Ah, não. — Isadora sorri quando encontra o que procurava: um molho de chaves. — Seu pai trancou o carro com as chaves dentro. Vim buscar as reservas.

Ela volta apressada para a porta e espera que Mabê passe na frente, porque o escritório não é território permitido para as filhas. E elas sabem disso.

— Vou deixar dinheiro pra pizza na cozinha. Eu e seu pai vamos chegar bem tarde e... Cadê a Joyce?

— A dona Alice tem um filhote de cachorro agora, a Joyce queria ver — a mãe faz uma careta. — Acho que ela vai querer dormir lá. Você sabe como ela gosta de cachorros.

— Nunca vou entender. Não fique andando sozinha pela rua tarde da noite, me ouviu? Me liga se precisar de carona. E vê se não vai até aquele bairro de novo. — Ela para na entrada da sala e aponta para Fábio. — E você, mocinho, é bom que esteja estudando muito.

Mabê só volta a respirar tranquila quando escuta o portão se fechar.

— Se prepara, a gente vai sair daqui a pouco.

Fábio assente e desliga a TV. Mabê corre para o quarto, mas, quando abre a porta, ele está vazio. Por um segundo, hesita. Será que Jonathan deu um jeito de sair dali e ir embora?

Ela espia pela janela entreaberta, mas não tem nenhum sinal dele.

— Achei que você gostasse dos Backstreet Boys.

Mabê pula de susto com a voz que vem de baixo de sua cama. Jonathan apoia a mão na estrutura de madeira e se arrasta pelo tapete felpudo com um sorriso bem-humorado.

A garota esconde o sorriso. Jonathan é quase uma antítese do seu quarto. É um pouco desconcertante vê-lo em meio às paredes e aos lençóis cor-de-rosa, aos bichos de pelúcia felpudos e aos pôsteres de *boy bands*.

Ele aponta para o cartaz das Spice Girls que Mabê colou perto da janela. Ela sorri e dá um passo para trás, para abrir a porta do roupeiro. Ali, tem um pôster dos Backstreet Boys.

— Tenho uma reputação a zelar — brinca ela, as mãos cruzadas às costas.

Nervosismo corre por suas veias porque Jonathan está ali. Encarando-a. Dentro do seu quarto.

— Uma aparência a manter. — Ele cruza as mãos às costas também, o sorriso provocativo. — Quem você é de verdade está debaixo da cama.

Mabê sente o rosto esquentar e desvia os olhos.

— Meus pais me matariam se me vissem usando aquelas camisetas e escutando aquelas músicas. — A garota solta um suspiro. — E lendo aqueles livros. Se minha mãe soubesse que eu que costurei a fantasia de Carnaval da Joyce e não que "eu comprei de uma costureira renomada de Floripa", ela surtaria.

Porque a filha do prefeito não foi feita para se ocupar com trabalhos manuais. Até consegue imaginar o guincho histérico da mãe perguntando se ela quer que a cidade inteira pense que eles não têm dinheiro para comprar as próprias roupas. Porque só pobretões costuram suas roupas em casa.

Mabê não entende o sorriso no rosto dele.

— Que foi?

— Você costurou a fantasia da sua irmã?

— É. — Mabê engole em seco, ciente da facilidade com que contou aquilo. — Ela queria muito ir fantasiada de Winifred Sanderson, porque ficou obcecada pelo filme, no fim do ano passado, aí eu meio que... fiz.

— Você costura?

— Não precisa ficar tão surpreso. — Mabê revira os olhos, porque o sorriso dele está maior, mais adorável. — Aprendi com a minha avó. Em segredo, claro, porque minha mãe odiaria ver a filha dela espetando os dedos e ficando vesga pra acertar o fio na agulha da máquina. Daí eu aproveitei que era uma delinquente e já comprava CDs em segredo e comprei umas revistas de costura também. A máquina foi presente da minha avó.

— Sem sua mãe saber — acrescenta ele.

Parece estar se divertindo à beça.

— É por isso que ela tá embaixo da cama. Junto com todo o resto...

Jonathan continua sorrindo quando baixa os olhos para encarar suas meias, afundadas no tapete felpudo do quarto.

— Então a princesa de Enseada dos Anjos gosta de Stephen King.

Ela crispa os lábios pela provocação.

— A princesa de Enseada dos Anjos leu quase tudo dele. — A resposta vem com um sorriso.

— Qual o seu favorito?

Mabê ergue uma sobrancelha.

— Por que isso é relevante?

— Porque eu quero saber.

Ele dá de ombros, e alguma coisa no fato de Jonathan estar interessado nessa informação sobre ela dá um frio na sua barriga. Mabê pega o exemplar surrado de *Christine* de sua caixa de sapatos e entrega nas mãos dele.

— Foi o primeiro que eu comprei. É sinistro. E meio que... maneiro. Porque tem um carro assassino.

Jonathan observa o livro desgastado com interesse, os dedos passando pelas páginas amareladas. Mabê observa seus movimentos com uma curiosidade quase científica.

— Nunca li esse.

— Eu te empresto.

Ela hesita diante da implicação. Eles não são mais estranhos estudando na mesma escola, cruzando o caminho um do outro em festivais secretos e festas da igreja. São pessoas investigando um demônio, falando sobre talentos secretos e emprestando livros favoritos um para o outro.

— Eu vi a sua edição da *Showbizz* com a Estrela da Morte na capa.

Mabê abaixa o rosto, porque, mesmo que Jonathan não demonstre, pode ver que ele segura o livro com mais força quando diz isso.

— É... Eu meio que gosto muito delas.

— Era delas a camiseta, então. No festival. — Johnny inclina um pouco a cabeça para o lado, curioso.

— Eu... que fiz. — Mabê testa o terreno. É estranho demais falar sobre isso com tanta naturalidade. — Desde que escutei "Odeio te amar", nunca mais parei de ouvir.

E, porque todo esse cenário é sem pé nem cabeça e Jonathan está ouvindo cada palavra sua com muita atenção, ela continua, toda empolgada:

— É tão cheia de raiva e amor e frustração! Não sei explicar, mas é como se elas tivessem entrado na minha cabeça pra escrever essa música sobre mim.

Mabê morde o lábio inferior quando para de falar, porque é idiotice ficar tagarelando sobre a mãe dele assim. Espera que Jonathan feche a cara e vá embora, mas, em vez disso, tem um pequeno sorriso começando a se formar em seus lábios.

— Você gosta dessa música? — Os olhos dele passeiam por seu rosto.

— É a melhor de todas.

É estranho, mas o sorriso do garoto parece triste, ao mesmo tempo em que cresce ainda mais em seu rosto.

— Eu que escrevi.

Mabê leva um momento para entender.

— Espera, você escreveu uma das músicas de maior sucesso da Estrela da Morte? — Ela hesita quando o sorriso dele vacila. — Não tô duvidando, só... Como?

— Minha querida mamãe... Parece que o pacto não foi suficiente pra dar talento pra ela, só as oportunidades. Ela precisou da minha ajudinha com a melhor música da banda. — Ele aperta os lábios.

Mabê fica dividida entre deixar o queixo cair até o chão e hesitar diante do amargor no tom dele.

— Foi ela que me ensinou a tocar guitarra, quando passou um fim de ano aqui e fingiu ser minha mãe — diz Jonathan. — E me deu a minha primeira guitarra também.

— Aquela vermelha?

Mabê desvia o olhar quando o sorriso dele cresce de novo. Claro que ela lembra a cor da porcaria da guitarra, e claro que disse isso em voz alta.

— É. Eu compus a música porque pensei que, se compartilhasse os meus interesses, sei lá... Quem sabe ela fosse gostar de mim. Quem sabe ela fosse querer ficar. Ou ao menos pensar em ajudar a gente. Meus tios estão ficando velhos, doentes. Não deveriam estar lutando pra sobreviver quando tem quem possa ajudar. Ela deve a eles. À gente. Daí eu escrevi a música e mandei pelo correio pra gravadora dela. Foi só mais uma carta não respondida. E aí, quatro meses depois, bum, apareceu no rádio. Como se ela tivesse escrito.

Mabê franze as sobrancelhas diante da dor na voz dele.

Jonathan se senta na cama para pegar um caderno dentro da mochila surrada, e a garota vive um instante de nervosismo, porque ele está sentado em sua cama. Mabê se aproxima quando o caderno é estendido a ela, e o reconhece porque já viu o garoto escrevendo nele várias vezes durante as aulas de reforço. É o mesmo em que Jonathan escrevia quando ela foi falar sobre o tio dele. Mabê sente o peso de pegá-lo nas mãos.

Seus olhos correm pela expressão séria de Jonathan até pararem no caderno. Com cuidado, Mabê se senta ao lado dele e folheia as páginas amarrotadas. Em algumas, Jonathan escreveu com tanta força que marcou o papel atrás. Em outras, há garranchos suaves. A letra dele é um horror, mas Mabê já leu trabalhos do Fábio o suficiente para conseguir reconhecer o que tem escrito ali.

Algumas músicas falam sobre corações partidos, outras, sobre sombras e sonhos, sobre raiva e destruição e recomeços. A última que ele escreveu fala sobre cabelos vermelhos e olhos castanhos vibrantes, e Mabê fecha o caderno com o coração acelerado, porque parece invasivo demais. Quando ergue o olhar, Jonathan está olhando em sua direção. Com intensidade.

— Eles deviam prestar mais atenção na gente — sussurra ela, as sobrancelhas franzidas em irritação.

Jonathan sorri com amargura, o sentimento compartilhado. Em um impulso, ela avança e o abraça. É um gesto desajeitado, com os dois sentados na cama, mas também é forte. Por ele, por ela, pelos cinco.

Jonathan retribui, os dedos apertados em suas costas, o queixo sobre seu ombro, o cabelo comprido fazendo cócegas em seu pescoço. É quase involuntário. E ela só percebe isso quando escuta o telefone tocar.

Mabê arregala os olhos e se afasta, mas não muito. Jonathan ainda a está segurando, as mãos em sua cintura. Ela nota a sensação gélida e arrepiante dos anéis que ele está usando contra o pequeno espaço de pele entre a camiseta e a barra da calça. O telefone toca mais duas ou três vezes antes de parar.

— Sinto muito. — Ela entrega o caderno de volta.

Jonathan sacode a cabeça. Quando se afasta para guardá-lo, Mabê engole em seco.

— Só queria que você soubesse...

— Por quê?

— Porque eu vi sua cara quando encontrou aqueles passaportes e o dinheiro... Queria que soubesse que seus pais também podiam ter fugido há muito tempo, mas ao menos eles nunca pensaram em deixar você e a sua irmã pra trás.

Mabê ergue o rosto para responder. Mais uma vez, Jonathan está tão perto que ela consegue sentir a respiração quente sobre seus lábios. Os olhos escuros dele recaem sobre os dela, e parece haver anseio ali, principalmente quando ele respira fundo.

Antes que um dos dois diga alguma coisa, ou faça alguma coisa, a voz de Fábio vem do corredor:

— A Domi acabou de ligar.

Jonathan se afasta dela e contrai os dedos ao fechar os punhos. Ele enfia as mãos nos bolsos das calças, sem conseguir encará-la.

— Por que você atendeu meu telefone? — Ela ergue a voz.

— Porque eu sou de casa, ué. Enfim, elas não acharam nada. Falei da pasta do seu pai, e a Domi mandou a gente arrumar as coisas. Ela vai dar outra festa do pijama — anuncia Fábio ao abrir a porta do quarto.

Mabê suspira e concorda, ignorando o friozinho na barriga quando esbarra o olhar em Jonathan. Sob a atenção dos dois, ela pega a mochila da escola e vira o conteúdo sobre a cama. Guarda algumas mudas de roupa, o pijama e o nécessaire de volta dentro dela. Por último, pega o livro da mesinha de cabeceira e o abraça junto ao peito.

— Vamos lá.

CAPÍTULO 18

MABÊ, A ESTRANHA

O LIVRO ESTÁ ABERTO SOBRE A CAMA DE DOMINIQUE COMO O PRÓPRIO *Necronomicon*. Os cinco estão reunidos ao redor dele, olhando para a página do ritual com os dizeres "leia em voz alta, com intenção", o que eles sabiam que não podiam fazer.

— Bom... A ficção já ensinou a gente que ler em voz alta o que está escrito num livro sinistro não pode acabar bem. — Angélica é a primeira a quebrar o silêncio tenso.

Uma trovoada ressoa lá fora, da chuva que começou a cair, só para contribuir ainda mais para o cenário aterrorizante.

— Pelo menos a gente não precisa fazer a primeira parte do ritual — replica Johnny.

— Como assim? — Angélica franze o cenho.

Ele aponta para Mabê.

— Ela é a nossa vela vermelha.

— Deixa de ser ridículo! — Mabê revira os olhos.

Johnny mostra a língua para ela.

— Ô, galera! — Dominique chama a atenção de todos. — Foco! Esse livro sinistro é a nossa única pista.

— Você já tentou ler as palavras esquisitas só na sua cabeça? — É Fábio quem dá a ideia.

— Não faz sentido — diz Mabê, baixinho, soando frustrada.

— É quase como se as palavras quisessem ser lidas em voz alta. — Johnny está com as sobrancelhas franzidas em concentração.

— E se a gente ler no sonhar? — propõe Angélica.

— E como você pretende levar um livro para o sonho? — Johnny coça o queixo.

— São dez linhas, né? — Angélica pega o livro de cima da cama e todo mundo prende a respiração, quase como se esperasse que alguma coisa saltasse dele. Ela faz uma careta diante do medo deles. — Cada um de nós memoriza duas linhas.

— Tem muitas variáveis nessa situação que podem dar errado — diz Dominique.

— Tipo o quê?

— Eu vou esquecer. Não consegui memorizar a fórmula de Bhaskara até hoje, acha mesmo que eu vou me lembrar de um ritual satânico? — Ela ergue as mãos em frustração.

— Talvez a gente não precise memorizar. — Os olhos de Mabê estão fixos no livro, e alguma coisa parece se acender em seu rosto. — Eu sempre entro nos sonhos com a roupa que estou usando, e o penteado também. Exceto no sonho do Jonathan...

Ela para e arregala os olhos, e seu rosto pálido fica todo corado. O garoto faz o mesmo, do outro lado da cama, envergonhado.

Angélica e Fábio se entreolham e é quase impossível para Dominique não rir.

— Enfim. Uma vez, eu cortei a mão antes de ir dormir e o corte apareceu no sonhar.

— Você quer marcar o ritual na pele? — Dominique fica horrorizada.

— Com tinta, Domi — responde Angélica, a expressão incrédula com o tom dela.

— Ah! Faz sentido.

— A gente precisa encontrar esse demônio, se quiser lidar com ele. Nossos pais podem estar com medo ou podem estar fingindo que não lembram, mas a gente vai descobrir — continua a dizer Mabê. — O ritual parece um jeito de chegar até a coisa, então vamos usar ele. Como a Angélica disse: ler coisas sinistras em voz alta não é bom, mas o que acontece num sonho sempre fica no sonho. A intenção dos nossos pais foi invocar a coisa. Por isso eles tiveram que fazer o ritual aqui fora. A nossa é mandar ela embora, então talvez a gente precise... fazer isso onde ela está. — Ela engole em seco. — Então... acho que não vai ter problema ler o livro lá.

A falta de certeza na voz dela é evidente, mas Dominique precisa encorajar o grupo. Não pode deixar que os ânimos afrouxem. Eles precisam ser corajosos.

— Que tal uma pizza pra gente se preparar pra confrontar o capeta?

Mabê faz o mesmo que fez antes: toca cada um deles em seus pesadelos e os afasta da tormenta que o sonhar criou. Segura a mão de Jonathan e de Fábio para atravessar até o pesadelo de Angélica, e eles se seguram nela para serem arrastados até o último. Quando chegam ao de Dominique, a entidade não está costurando sua boca; há apenas uma sombra estranha, que se dissipa assim que Mabê toca o ombro da garota, e o quarto escuro onde ela estava se desfaz em uma nuvem de nada.

O plano funcionou. Assim que abriu os olhos e começou a andar, notou as palavras escritas em seus braços. As mesmas do livro, que Angélica fez o possível para anotar sem tremer.

— Acho que é isso. — Dominique esfrega as mãos.

— Vamos nessa, Clube do Pesadelo. — Angélica sorri.

Mabê começa a andar. Os outros a seguem. É normal caminhar pelos sonhos, mas é estranho demais ter companhia. Ainda assim, continua, olhando por cima do ombro enquanto atravessam a paisagem onírica que tomou forma.

Fábio parece embasbacado. Os braços estão cruzados, os olhos, arregalados para as sombras ganhando vida ao redor deles. Angélica tem um olhar curioso e ergue os ombros, sem saber como reagir. Mabê entende. Dominique é pura euforia. E Jonathan... parece amedrontado. Ele está próximo de Dominique, apertando os dedos e estalando as juntas para ter o que fazer com as mãos.

— Acha que a coisa vem até a gente? — Angélica quebra o silêncio. Sua voz parece um relâmpago.

De repente, não é mais o nada ao redor deles, mas uma floresta densa e escura. Do tipo que sairia direto de um conto de fadas, com direito a árvores gigantescas e corredores pequenos entre as raízes altas.

Angélica arregala os olhos e sussurra um "foi mal" quase inaudível.

Mabê não reconhece o sonho — ou pesadelo. Não se lembra de ter andado por um cenário como o da Chapeuzinho Vermelho, por isso fica alerta. Talvez Angélica tenha atraído o troço até eles; o que é bom, porque é o que eles querem, mas também é ruim, porque Mabê não quer encarar aquelas sombras.

Entre as árvores, quase como se conjurados por seus pensamentos, tentáculos de escuridão começam a espreitá-los, se movendo sobre os galhos e troncos de árvores, atravessando os corredores e as raízes.

Mabê tropeça em uma delas, e é Jonathan quem a impede de cair. A mão dele em sua cintura, os dedos em contato com seu braço: a sensação é como uma âncora. Ela encontra seu olhar preocupado e assente para garantir que está bem.

As sombras se avolumam à distância. Um vórtice sombrio que parece procurar por eles.

Todos param de andar ao mesmo tempo.

— É isso — murmura Mabê.

Dominique estende uma das mãos para Angélica e a outra para Mabê, que entrelaça os dedos aos de Jonathan, que segura a mão de Fábio. O círculo se fecha em Angélica de novo, e os cinco se encaram em meio ao bosque sombrio.

Expressões que variam entre confusão e vergonha tomam cada um deles. Dominique não parece se importar. Ela olha para o braço de Mabê e repete as palavras da primeira linha. Diferentemente de lê-las em pensamento, pronunciar cada uma delas no sonhar causa uma sensação estranha. Uma comichão nos nervos, como se alguém a estivesse beliscando.

Mabê olha para os outros e percebe o mesmo incômodo no aprumar de ombros e nas caretas. Quando uma sombra espreita por trás dos ombros de Angélica, ela aperta as mãos de Jonathan e de Dominique e repete sua parte do ritual, tentando colocar nas palavras um tom que imagina ser mais importante: o de livramento. É por isso que eles estão fazendo o ritual. Diferentemente dos pais, que convocaram a entidade.

Quando eles chamam pela coisa, nenhum deles a quer ali. Mas querem se livrar dela, e isso é poderoso o bastante para que uma sombra comece a se materializar ao seu redor. Fumaça espessa se espalha pelo vazio do pesadelo desfeito e então aquela gosma sangrenta de antes aparece. Mabê sente a palma da mão de Jonathan suando, grudada na sua. Sente os dedos de Dominique tremerem junto aos seus. Sabe que está reagindo de forma semelhante, porque, no fim das contas, são só adolescentes desajeitados tentando lidar com um pesadelo.

Fábio enuncia as últimas palavras e, de repente, todo o texto faz sentido. Não é uma simples invocação, mas um pedido de ajuda. Uma súplica para a escuridão e o que se esconde nela. Não é um demônio, mas uma coisa mais antiga, que caminha sobre o mundo desde que se fez luz nele. O ritual fala sobre os terrores que a coisa invoca e a sorte que ela pode trazer.

O bosque escuro se desfaz, e eles voltam ao nada do sonhar.

A entidade aparece bem atrás de Fábio, com a forma humanoide de antes. O garoto fecha os olhos quando as garras passam por seu ombro, indo em direção à bochecha, deixando um rastro de sangue.

— Foi seu pai quem chamou meu nome primeiro — sussurra ela para o garoto. — Uma pena que a sorte dele não tenha se estendido até você e sua namorada, não é?

— Aí, coisa feia! — Mabê ergue a voz.

A criatura perde o interesse em seu amigo e se esquiva como um sopro até o meio do círculo, frente a frente com a garota estranha que caminha por sonhos.

— A gente te chamou pra conversar. Vai responder nossas perguntas?

— Essas palavras não pedem respostas — zomba a entidade.

— Essas palavras são antigas e pedem por mim e pelo que eu posso dar a vocês.

— O que é você? — pergunta Dominique.

Mas a coisa não responde. Continua olhando para Mabê, a forma esfumaçada tremeluzindo sob seu olhar.

— Não vai responder a gente? — Angélica soa indignada.

Ela respira fundo. Jonathan aperta mais a sua mão em apoio.

— O que é você? — repete Mabê.

— Eu já disse. Tenho muitos nomes, para muitas pessoas. Vinte e cinco anos atrás, eu fui a esperança de seis adolescentes desesperados. Eles fizeram esse ritual e me invocaram querendo tudo porque sabiam que a vida não daria nada a eles, mas eu poderia dar. Nós fizemos um acordo.

— Você é um demônio, então? Eles venderam a alma?

A entidade começa a rir, e a gargalhada parece ressoar através deles.

— Demônios, almas... vocês humanos são tão simplórios. — Ela inclina a cabeça para o lado. — O acordo era simples: eu daria a eles a minha bênção, cinquenta anos de toda a sorte e fortuna que pudessem almejar. Em troca, eles precisavam me dar uma vida, mas fugiram daqui antes de cumprirem sua parte. Me deixaram presa neste lugar, que não é nem aqui e nem lá, onde eu só consigo me alimentar uma vez por ano. Fiquei rastejando pelos sonhos das pessoas em troca de migalhas de energia vital, sem ter como voltar para casa... até agora.

A criatura desaparece e surge atrás de Angélica, os olhos pálidos ávidos sobre ela.

— Seu pai tentou pagar a dívida com a própria vida, mas não era assim que o nosso acordo funcionava.

Angélica empalidece, entreabre os lábios para dizer alguma coisa, mas não parece encontrar palavras. Seu olhar é de puro terror. Ao lado dela, Fábio aperta sua mão, traz a atenção dela até ele com um aceno simpático.

— Além disso, a dívida aumentou.

— E então o quê? Você mata a gente e ficamos quites? — questiona Mabê.

— Não, porque isso seria vingança. E eu quero reparação. Veja bem, menina que gosta de quebrar as regras do sonhar: eu dei tudo a eles. Tudo o que conquistaram, tudo o que continuam conquistando, é por causa da minha bênção. No meu mundo, palavra é tudo o que temos, e a minha se mantém mesmo neste umbral. Um acordo é um acordo, e agora todos vão pagar pela covardia dos seus pais. Metade da bênção deles já foi, e estou cada dia mais forte por isso. A fortuna que eu dei, o azar e o horror vão tomar de volta.

— Você é só um sonho e vai continuar sendo — rebate Mabê.

A entidade se aproxima dela, tão perto que parte da fumaça parece engoli-la. Os olhos são chamas pálidas que ardem sem parar.

— Você não pode me impedir. — Um tentáculo escuro tenta se enrolar no tornozelo da garota, e ela dá um passo para trás.

— A gente pode tentar. — Mabê encara Dominique. — Você leu o trecho sobre medos, né? Repete.

Dominique se empertiga toda, recitando o trecho que antes era numa língua estranha, mas agora parece ter sido traduzido pelo ritual. A entidade recua com suas palavras, fumaça espiralando à frente deles.

— Eu não tenho medo de você — mente Mabê com firmeza.

Ela está morrendo de medo, mas o texto fala sobre o terror que essa entidade traz para equilibrar com a fortuna que oferece, o horror que caminha com ela. Se querem dissipá-la, precisam mostrar que os pesadelos não são tão fortes assim. O pesadelo termina quando alguém acorda.

Dominique fecha os olhos, e fios começam a costurar sua boca, mas ela murmura bravamente:

— Não tenho medo de você, coisa feia.

— Não tenho medo de você. — Fábio, do outro lado, está ensanguentado e machucado, como no acidente.

O rastro de sangue que a entidade deixou ainda está nele, mas o garoto aperta as mãos dos amigos, os olhos verdes fixos em Mabê, buscando apoio nela, que oferece um sorriso. Um aceno.

A fumaça continua se desfazendo e refazendo, espirais de gosma espirrando pelo chão. A entidade aparece atrás de Fábio mais uma vez, forma uma sombra sobre o garoto.

— Não tenho medo de você. — Angélica se segura em Jonathan e em Fábio porque o chão debaixo dela começa a escorrer, areia movediça tentando devorá-la. — Não tenho!

— Ninguém aqui tem medo de você. — Jonathan está cinzento e desbotado como no seu pesadelo, mas os olhos incisivos na criatura, ainda que ela mantenha a atenção sobre Mabê.

— Você é só um sonho — sentencia Mabê, trincando os dentes pela dor que sente em sua perna direita. O eco daquele puxão.

As espirais de fumaça tremem, a criatura urra e grita e geme, sons aterrorizantes aos quais nenhum deles se agarra. A fumaça se desfaz e, como em um *glitch*, o pesadelo acaba.

Mabê está sozinha em um jardim florido, sentada em um dos balanços. Fica de pé e estranha a calmaria ao redor. O som de água corrente da fonte, o canto dos pássaros. Ela fecha os olhos e os reabre para o canto dos pássaros de novo. Mas ele vem do lado de fora, porque agora ela está deitada no sofá da sala de Dominique. Seu corpo está descansado. Não tem suor escorrendo por suas costas, nenhuma tremedeira em suas mãos. Quando ela se senta, vê que é a única que acordou.

Em pânico, Mabê estende a mão até Jonathan, deitado no colchonete abaixo do sofá.

Jonathan abre os olhos pelo susto, mas é a única alteração nele. Não tem suor molhando seu rosto, sua respiração está tranquila. Ele estava dormindo como se nada tivesse acontecido em seu sonho.

— Você se lembra? — Mabê estende a mão para ele, com medo de que tenham feito alguma merda. Que a entidade tenha apagado a memória daqueles que não costumam despertar nos sonhos. Com medo de que ela tenha apagado tudo das últimas semanas.

— De confrontar aquela coisa monstruosa? — Jonathan segura seus dedos. — Lembro.

Mabê respira fundo, aliviada. Os dois soltam as mãos quando Fábio geme ao se levantar da poltrona. Dominique se espreguiça, o cabelo frisado uma bagunça completa, e seu olhar amuado demora a se ajustar sob as lentes dos óculos.

Angélica vem do banheiro e apoia as mãos na cintura.

— É isso, então? Acabou?

— Bom... A gente enfrentou Fortuna e parece que deu certo, né? — Mabê estranha dar nome ao troço.

— Eu também achei. — Dominique boceja. — E vou te falar: fazia um tempão que eu não dormia tão bem assim.

— Não tem nenhum arranhão no meu rosto. E eu não sonhei — sussurra Fábio, tocando a bochecha. — Depois que você me encontrou, eu não voltei pro pesadelo. Só fiquei num lugar tranquilo.

— Eu também. — Jonathan estreita os olhos. — Será que o sonhar tá em paz, então?

Mabê esconde o sorriso quando ele usa mais uma vez o termo que ela inventou.

— A gente venceu a coisa! — Dominique começa a rir. — Caralho, a gente enfrentou o enigma de outro mundo e venceu.

Mabê se deixa levar pelo clima leve que cresce sobre eles. Aceita as palavras de Dominique e se lembra da tranquilidade do sonho, do jardim e do canto dos pássaros. O dia lá fora parece ensolarado, diferente da tempestade de ontem. Um amanhecer que não oferece perigo algum, porque eles fizeram o que precisavam fazer.

A entidade se foi, os pesadelos acabaram.

Pelo menos, é o que ela se obriga a acreditar que aconteceu.

CAPÍTULO 19

A CIDADE DOS AMALDIÇOADOS

J OHNNY QUER VISITAR O TIO NO HOSPITAL, PARA CONFERIR SE ACORDOU, e Fábio acha uma boa ideia, para o caso de Pedro também ter acordado. Depois de ouvirem que a avó de Dominique também teve uma ótima noite de sono e de a garota prometer que voltaria a tempo de ajudar com o almoço, eles vão até a Kombi.

Mabê assume o banco do passageiro, e Dominique nem pensa em questionar. Em vez disso, ela se senta na parte de trás, com os outros, e sorri para a tranquilidade nas feições da sonhadora superpoderosa.

Johnny dirige com calma até o hospital, talvez pelo clima ensolarado da manhã ou porque a cidade está tranquila, sem muitos carros pelas ruas. Depois de olhar nos olhos pálidos de uma entidade antiga e dissipá-la ao encarar seus medos, todos eles se sentem energizados. Por isso, quando Mabê liga o rádio, é quase irônico que esteja tocando "Fácil", do Jota Quest. É quase cômico, na verdade.

Mabê olha por cima do ombro, na direção de Fábio, assim que começa a cantar. Angélica ri e a acompanha:

— *Um dia feliz às vezes é muito raro. Falar é complicado, quero uma canção!*

Johnny começa a batucar no volante, acompanhando o ritmo. Fábio revira os olhos quando Dominique abraça seus ombros por cima do banco e, de repente, dentro da Kombi, o refrão da música desaparece sob as vozes deles.

— *Fácil, extremamente fácil! Pra você, e eu e todo mundo cantar junto!*

Johnny encaixa a Kombi numa vaga na esquina do hospital porque, para a surpresa deles, o estacionamento está lotado. Dominique desce e encara os carros parados lá. Troca um olhar com Mabê, que acabou de fechar a porta da Kombi.

Ela pensa que pode ser um bom sinal que tanta gente esteja lá. Talvez todas as vítimas do coma tenham acordado.

Eles se separam na recepção. Johnny recebe permissão para entrar e ver o tio, e Fábio, para ver o amigo, acompanhado de Mabê. Angélica e Dominique se sentam nos únicos bancos vazios, porque todo mundo ali quer visitar as vítimas do coma; a última continua sendo a colega de trabalho da mãe de Angélica. O que é um bom sinal, porque não teve mais vítimas, mas também desanimador, porque ninguém acordou.

— É meio de novembro, e o coma continua — cantarola Angélica, as mãos cruzadas sobre o colo, mexendo na cutícula de uma das unhas.

— Hum?

— É uma besteira que inventaram na escola. No mesmo ritmo da musiquinha das meninas sinistras de *A hora do pesadelo*, sabe?

— Não gosto muito da ideia de associar o que a gente viu com o Freddy Krueger. Já são sete filmes pra provar que aquele bicho não morre de jeito nenhum.

— Mas a gente afastou a coisa. — Angélica soa um pouco receosa. — Né? Não sei se a gente matou ela, nem sei se uma entidade antiga pode ser morta. Mas ela foi embora. Nós não tivemos pesadelos depois que ela desapareceu. Tem que ser um sinal.

Dominique sorri de leve, porque, agora, quem está falando sem parar é ela. De um jeito muito encantador. O sorriso se desfaz sob o olhar profundo de Angélica, e a garota precisa lembrar que, da última vez que ficaram sozinhas, uma pergunta ficou sem resposta. E seu olhar e seu sorriso dizem muito sobre a resposta que deveria dar.

— Afastamos, sim. — Dominique também precisa se certificar de que acredita nisso.

— Graças a você.

— Foi mais a Mabê, na verdade.

— A Mabê enfrentou a coisa com os poderes psíquicos dela, com certeza, mas você fez a gente chegar aonde a gente chegou. Se você não fosse tão cabeça dura, a maldição teria continuado.

Dominique se divide entre a vergonha e a admiração. Especialmente por causa do sorriso que está iluminando o rosto de Angélica.

— Acho que você tentou me elogiar.

— Foi um elogio.

— Ser chamada de teimosa tem os seus altos e baixos.

— Domi. — Quando ela diz o apelido, a voz vem carregada de algo mais. De novo, uma intensidade que Dominique não consegue entender, mas quer decifrar. — É um elogio. Por ser você e tal.

Ela pensa em quebrar o momento com uma piada. Uma provocação, que seja. Mas não quer perder o olhar profundo de Angélica e as rugas suaves que se formam nos cantos dos olhos dela.

— Quer saber? Hoje é sábado. A gente devia aproveitar. Que tal estender a noite do pijama lá em casa? Fazer uma noite de cinema. A gente pode passar na locadora e alugar uns filmes de terror!

— Você quer mesmo ver filme de terror depois de tudo isso?

— Claro! A gente derrotou um Balrog, eu quero me tornar o mago branco!

— Tá. — Angélica sorri. Um sorriso animado, de quem está pronta para deixar o pesadelo para trás. Um sorriso que ilumina seus olhos e a deixa ainda mais adorável. — Acho que a gente merece.

Mabê cruza os braços ao parar na porta do quarto. Deixou Fábio lá dentro com a família de Pedro, que não acordou ainda, e seguiu para o andar inferior até o quarto compartilhado onde está o tio de Jonathan. O garoto está sentado na cadeira ao lado da cama, e o tio, assim como todas as outras pessoas internadas no hospital, continua em coma.

Jonathan apoia a mão sobre a de Roberto Oliveira, que parece ainda mais pálido coberto com lençol branco. O bipe repetitivo do medidor de batimentos cardíacos garante que está tudo bem; ele está vivo.

— Talvez demore um pouco... — diz Mabê, e Jonathan olha em sua direção por cima do ombro, a expressão desolada. — ... pra maldição acabar. Talvez a gente precise esperar uns dias até todo mundo voltar ao normal.

O garoto assente, se vira para o tio, e Mabê aperta as mãos sobre os braços. Queria ter alguma coisa mais animadora para falar, mas a verdade é que estão lidando com o incerto. Eles nem ao menos sabem se as pessoas vão voltar do coma, agora que a entidade se dissipou.

— Você foi corajosa — comenta ele ao se levantar. Mabê admira sua silhueta contra o sol que entra pela janela, seu semblante calmo. — No sonho.

— Ah. — Ela desvia o olhar. — Eu tentei ser, mas quase fiz xixi nas calças.

Jonathan dá uma gargalhada ao parar sob o batente da porta, bem ao lado dela.

— Não parecia.

— Eu sou uma ótima atriz.

— O que a gente vai fazer agora?

Ele cruza os braços às costas para se apoiar na parede.

— Agora, tipo, neste momento?

— Não. Mas ainda tem duas semanas até novembro acabar, e a gente vai continuar na escola até o meio de dezembro, porque estamos no Fundo do Poço. — Ele sorri. — O que vamos fazer?

Mabê aperta os lábios, pensativa. Um pouco entusiasmada com as possibilidades. Porque é um "O que vamos fazer?" e não um "O que você vai fazer?". De repente, a ideia de chutar o balde não parece tão ruim. De sair por aí ao lado dos esquisitos e de abraçar a verdade de que também é uma. De que importa o que seus pais vão achar? Eles trouxeram um monstro para Enseada dos Anjos. Mabê está pouco se lixando para o que pensam.

— O que você quer fazer?

O olhar do garoto escorrega até sua boca. É rápido e discreto, mas Mabê está presa a cada movimento dele e, por isso, percebe. Suas bochechas esquentam, mas ela sorri, porque, de novo, eles estão próximos, mas não parece perto o bastante. Não depois do abraço. Não depois de atravessar um pesadelo com a mão dele na sua.

A respiração dela sai entrecortada pela mera possibilidade e Jonathan está sorrindo, aquele sorriso com covinhas.

Aí Fábio se aproxima.

Mabê abaixa o rosto e suspira em frustração. Já perdeu a conta de quantas vezes alguma coisa quase aconteceu entre eles, sempre abruptamente interrompida.

— Podemos ir? — pergunta Fábio.

Ela se sente um pouco mal por ter se deixado levar pelo momento descontraído, porque a voz de Fábio está arrastada. Mabê reconhece bem a beira de um colapso, por isso vai até ele e enlaça seu braço, trazendo o corpo do amigo para perto.

— Eu e o Jonathan estávamos conversando...

— Hum?

— Acho que todos merecemos um descanso.

Eles vão até a recepção do hospital para encontrar Dominique e Angélica, eufóricas com os preparativos para uma noite de cinema — mas não no cinema da cidade, porque só tem porcaria passando lá.

Dominique insiste para Jonathan levá-los até a locadora, e ele não resiste. Aí estão a distração e o descanso merecidos. O resto do dia é de visitas ao mercado e à videolocadora, e de telefonemas para os pais para avisar que eles vão dormir fora de novo, porque ainda têm muito que estudar para o vestibular da próxima semana — Jonathan e Angélica citam uma universidade pública; Fábio e Mabê falam da Acafe; e Dominique não menciona nada além de provas da escola, porque tem certeza de que vai repetir o ano.

Mabê quase pensa em não ligar, movida pela raiva, mas a mãe já deve estar surtada a essa altura. Então é melhor morder a língua e fingir. Só para não ter que voltar para casa ainda. Para ter tempo de digerir um pouco mais a raiva. Para conseguir disfarçar melhor quando chegar em casa.

É fim de tarde quando a avó de Dominique sai de casa para ir ao bingo da igreja. A garota sorri e se despede. A senhorinha não está cem por cento feliz com a casa cheia de adolescentes por mais um dia, mas a neta desenvolveu um discurso sobre a importância de ter amigos durante a adolescência e sobre como mandá-los embora agora seria condená-la a uma vida miserável, o que, no fim, acabou vencendo a avó pelo cansaço.

Mabê se concentra na panela cheia de milho que pretende estourar. Na cozinha apertada, os outros pegam copos, separam tigelas, abrem sacos de salgadinho e de doces de qualidade duvidosa e se preparam para uma maratona.

Dominique contrariou as expectativas ao alugar *Sexta-feira 13*, mas escolheu esse só porque, no fim das contas, não tem vilão sobrenatural sinistro nenhum (ainda) e a velha perde a cabeça. Ela garantiu que seria um incentivo para deixar os ânimos lá em cima.

Fábio passa por Mabê com uma bandeja de latinhas de Coca-Cola, o baseado pendurado na boca. Se nota que ela o observa, não diz nada. A garota crispa os lábios. A consciência pesa com a ideia de deixá-lo se entorpecer, mas deu pra ver que toda a situação ainda é demais para ele. E ela está ali para cuidar dele, não é? Que seja, então.

CAPÍTULO 20
TURNO DA NOITE

PASSA DAS DEZ DA NOITE QUANDO O FILME TERMINA. DOMINIQUE E ANGÉLICA caíram no sono na metade — a primeira com a cabeça apoiada no ombro da outra —, e Fábio dormiu no finzinho. Mabê observa o amigo esparramado no tapete da sala e sorri. Parece um sono tranquilo. Ela só pode torcer para que não envolva a rodovia nem o acidente.

Mabê se levanta para ir ao banheiro e para na porta do corredor porque Jonathan está terminando uma ligação. A postura dele não é das mais animadas, em contraste com o clima de festa que tomou a sessão de cinema. Os ombros baixos, a cabeça tombada. Ela aperta os lábios e cruza os braços. Jonathan se levantou antes de os créditos começarem para fazer a ligação, e nada em sua linguagem corporal indica que a tia deu boas notícias.

Mabê finge estar muito distraída com a ponta da meia raspando o carpete quando ele coloca o telefone no gancho.

— Nada ainda — avisa antes de se virar, surpreendendo-a.

Ela tem certeza de que foi muito silenciosa.

Jonathan esconde as mãos nos bolsos da calça de moletom e caminha em sua direção, e de repente a garota se dá conta de que os dois estão sozinhos no corredor escuro enquanto o resto da turma está roncando na sala.

Essa percepção a enche de nervosismo. O que não faz o menor sentido, porque não tem nada para acontecer. Nada aconteceu até agora. Alguns olhares, dedos entrelaçados, os sorrisos dele. Mas não significa nada... certo?

— A entidade era bem forte — comenta Mabê para se esquecer da própria inquietação. — A gente só entendeu um pouquinho sobre ela. Eu procurei alguma coisa no livro dos nossos pais, mas, depois das anotações sobre o ritual, não tem mais nada de útil. Algumas páginas foram arrancadas, também. Eles só a trancaram naquele mundo e não se importaram com as consequências. Acho que ainda vai levar um tempo até todo mundo acordar.

— *Se* acordarem. — Jonathan ecoa os pensamentos que ela não verbaliza. — Não. A gente veio aqui pra esquecer isso, né?

— Eles esqueceram.

Ela aponta com a cabeça para a sala, para os roncos de Dominique que vêm do sofá. Jonathan sorri, e Mabê acaba sorrindo pela leveza no rosto dele.

— Pra alguém que queria tanto ver o filme, a Domi dormiu bem rápido.

— Eu não acho que seja do terror que ela gosta — confessa Mabê. — Acho que é da adrenalina, dessa caça ao monstro com os amigos. Quando tudo se estabilizar, aposto que vai querer fazer uma maratona de *Guerra nas estrelas*.

Ele ergue as sobrancelhas.

— Alguma coisa contra?

— Se a gente puder ignorar o terceiro filme, não.

Ele leva a mão ao peito de maneira dramática.

— Você quer pular a vitória dos mocinhos?

— Eu quero pular a vitória dos ursinhos carinhosos sobre o Império — retruca ela, e depois solta uma gargalhada baixa.

— Eles são parte da resistência, você deveria mostrar um pouco de respeito.

— Eu respeito o Lando, não os Ewoks.

— Com essa sua atitude, aposto que você não chorou quando um dos ursinhos morreu.

— Claro que não! — Ela baixa a voz em seguida, os olhos estreitados. — Eu fiquei aliviada. Um a menos.

— Você, Mabê Fachini, é muito diferente do que eu achei que fosse.

Jonathan dá um passo à frente ao dizer isso, e a sensação de antes volta. Aquele nervosismo que mais parece uma comichão sob sua pele. Mabê não se sente assim tem um bom tempo; desde aquele dia no cinema, no ano anterior, com o bonitinho do segundo ano. Se for honesta consigo mesma, até mais. É diferente, porque toda a situação é diferente. Porque ela é parte de um clube de sonhadores que enfrenta entidades antigas e faz maratonas de filmes macabros.

— Diferente como?

— Assustadora. — Ele arregala os olhos com bom humor.

E o suspiro que se segue, junto com a expressão, dizem muita coisa a Mabê.

— Você também é diferente do que eu achei que fosse.

— Em que sentido?

Parece haver uma leve hesitação no sorriso dele, e por isso Mabê prolonga o silêncio.

— Você é bem charmoso pra alguém que gosta dos ursinhos carinhosos.

— E agora você quer me beijar por causa disso. Pode admitir.

Jonathan se inclina um pouco na direção dela, em meio ao riso descontraído e à provocação e a toda leveza do momento. É um movimento mínimo, que não seria perceptível se ela não estivesse tão absorta em cada detalhe do garoto.

Mabê curva os lábios em um sorriso. Fecha os olhos. Fica na ponta dos pés. E aperta os lábios nos dele.

O beijo tão rápido quanto o *tum-tum-tum* repetitivo em seu peito, e ela hesita quando ele não faz o mesmo.

Talvez tenha sido estúpida em achar que Jonathan se interessaria por ela depois de tudo. Foi só uma piada idiota. Ela ainda é a patricinha da cidade, não importa o que esconda nas caixas debaixo da cama. Agora que a entidade se foi, esse dia de comemoração vai terminar e, de volta à vida normal, eles não vão continuar juntos.

Mas aí Jonathan faz o impensável. Ele a beija de volta.

O garoto segura a lateral de seu pescoço, os dedos quentes e delicados em sua pele. Mabê se deixa levar quando ele abraça sua cintura, e solta um suspiro quando, de repente, percebe as costas se apoiando na parede do corredor. Jonathan entreabre a boca, cada movimento tão vagaroso que arranca os pensamentos racionais dela.

Mabê não se lembra de já ter sido beijada assim. Não se lembra de ter sentido um arrepio tão forte percorrendo seu corpo, com uma respiração pesada sobre o rosto. Ela abraça a cintura dele, seus dedos percorrendo o cós da calça de moletom e a barra da camiseta e a pele quente debaixo dela, que esconde uma tatuagem.

Jonathan sorri, ainda de olhos fechados, com os lábios nos dela. Tudo ali parece certo. A firmeza da parede atrás dela e o corpo dela contra o seu. A intensidade de suas respirações e o jeito como eles se movimentam.

De repente, Jonathan se afasta, os olhos muito escuros perdidos na penumbra do corredor.

Mabê respira fundo e engole em seco, como se tivesse corrido uma maratona. Seu coração é um tambor ressoando por toda a casa. Ela se pergunta se os amigos conseguem ouvi-lo da sala.

— Eu acabei de te beijar.

A garota ergue uma sobrancelha para a constatação. Para o sorriso incrédulo dele.

— Na verdade, *eu* acabei de te beijar.

— Mabê Fachini acabou de me beijar. E eu beijei ela de volta. — Ele morde o lábio, e o sorriso se expande para aquele de covinhas.

Mabê belisca a cintura dele.

— E também parou quando estava começando a ficar bom. — Ela estende uma das mãos, brincando com uma mecha de cabelo do garoto.

Sabe que seu rosto está em todos os tons de vermelho do mundo, mas não tem luz ali para fazê-la passar essa vergonha. Jonathan espalma uma das mãos na parede ao lado dela, o olhar intenso sobre o seu.

— Eu posso ter esse instante de euforia, por favor?
— Parece até que você queria me beijar há muito tempo.

Jonathan não responde, mas inspira fundo. A expressão dele vacila um pouco, quase em timidez. Mabê fica aturdida com a ideia. E encantada também.

— Então deixa eu continuar — diz ela.

Engancha os dedos na camisa dele e o puxa de volta, e dessa vez é mais frenético e mais intenso do que antes. As mãos dele escorregam por baixo de sua camiseta, e seus dedos, pelo pescoço dele, e Mabê tem a sensação de que este momento é certo demais.

— A gente podia ir pra sua Kombi. — A garota se afasta para sussurrar, mas ainda próxima o suficiente para que seus lábios rocem os dele ao fazer isso.

Jonathan ergue as sobrancelhas.

— Você tá sugerindo o que eu acho que está sugerindo?

Mabê dá de ombros, mas olha para baixo por um instante para esconder a vergonha.

— Achei que você fosse o tipo de garota que precisa de velas e músicas românticas.

— E eu achei que você já tivesse entendido que não sou a garota que pensava que eu fosse.

— E talvez eu não seja o cara que você pensava.

— Vai dizer que *você* precisa de velas e músicas românticas? — Ela morde o lábio para segurar o sorriso, mas Jonathan não se importa e sorri de volta para ela.

— Talvez.

— Que fofo da sua parte.

Jonathan coloca uma mecha de cabelo ruivo atrás da orelha dela.

— Então me surpreenda — pede Mabê, os olhos ansiosos dela fixos nos olhos tranquilos dele. — Me leva pra sair qualquer dia desses.

— Você sabe que a cidade inteira vai falar.

— Eu não me importo mais.

Mabê se sente livre com a verdade nessas palavras. Sua família perfeita nunca foi nada além de uma farsa, um monstro terrível estava rondando os sonhos das pessoas e ela pode andar pelo sonhar. Por que se preocuparia?

— A não ser que você se importe de ser visto por aí com a princesa de Enseada dos Anjos...

Jonathan balança a cabeça, parecendo quase eufórico com a conversa, com toda a situação.

— Vão dizer que eu te corrompi. — Ele sorri ao abraçar a cintura dela.

— Mal sabem eles que eu me corrompi sozinha. — Ela sorri de volta.

▲

Dominique resmunga ao notar que os ponteiros do relógio da sala marcam cinco e meia da manhã. É domingo, mas seu corpo está tão acostumado a acordar cedo que é instintivo se levantar e achar que perdeu a hora. Ela olha em volta, para os amigos espalhados pela sala, e sorri porque sua avó, em algum momento da madrugada, cobriu cada um deles.

Ergue as sobrancelhas ao notar que, na poltrona, Jonathan e Mabê estão deitados juntos. Juntinhos mesmo, as pernas dela jogadas sobre as dele para dividir o pouco espaço. Dominique tem certeza de que eles não estavam assim quando foi dormir.

Ela se levanta, coloca os óculos e vai até a cozinha. Quem sabe um copo de água a ajude a lembrar que é domingo, que a entidade dos sonhos se foi e que ela pode voltar a dormir em paz.

Porque se foi mesmo, pelo jeito. Dominique teve uma noite de sono tranquila. Acha que sonhou com legumes e vegetais falantes, mas não tem nada de assustador nisso. É um sonho bizarro como qualquer outro, sem influência de um ventríloquo do mal. E uma prova disso é que seu anel está azul-royal agora. Significa calma. É uma cor que não vê há dias.

Ela se senta à mesinha redonda da cozinha, os pés batucando o piso de azulejo. Observa os ladrilhos na parede formando um padrãozinho de cores bregas e desenhos antiquados de galinhas coloridas. É o tipo de decoração que bem que gostaria de ter dinheiro para mudar.

— Tem café? — pergunta Angélica em meio a um bocejo.

Um dos olhos está fechado de tanto sono, a expressão pesada de cansaço. O cabelo é uma confusão de cachos finos, e Dominique engole em seco, porque ela está mais bonita do que nunca.

— Dormiu bem?

— Dormi. O que é uma surpresa. — Angélica ri. — Eu estava esperando aquele troço aparecer pra comer o nosso cérebro assim que a gente caísse no sono.

— Sério? Você não pareceu muito preocupada ontem.

— A gente finge pelo bem do grupo, né?

Angélica se espreguiça. Dominique desvia o olhar quando a camiseta dela se ergue e deixa à mostra a pele da cintura.

— Você nem aproveitou o filme — comenta para se distrair.

— Ah, eu já vi umas quinhentas vezes. Meu pai adorava.

Angélica arrasta a cadeira em frente à de Dominique e apoia os cotovelos no tampo de madeira. Debaixo da mesa, os joelhos dela roçam nos seus. E a outra não consegue deixar de pensar que tem bastante espaço e, ainda assim, Angélica escolheu se aproximar mais do que o necessário.

Com o queixo apoiado nas mãos, Dominique a encara quando Angélica pergunta:

— E aí, com o que você sonhou nessa primeira noite de liberdade?

— Legumes e verduras. — Dominique faz uma careta. — Acho que é um sinal de que a gente deveria almoçar um yakissoba vegetariano.

— Eu nem tomei café e você tá falando de almoço. — Angélica fecha os olhos e joga a cabeça para trás.

— Minha avó acabou de sair pra padaria, relaxa.

— Cedo assim até no domingo?

— Sim, e nem precisa de relógio. Seis em ponto tá lá ela, de pé e desperta. — Dominique boceja.

— Ela é bem legal. — Angélica sorri ao encontrar seu olhar.

— É, sim. E é toda a família que eu tenho, o que significa que é uma família bem legal.

Dominique sorri de volta e a imita, apoiando o queixo sobre uma das mãos. Uma das lentes dos óculos está embaçada e ela deveria limpá-la, mas a visão da garota à sua frente é tão agradável que não quer que se torne um borrão.

— Você me contou sobre os problemas com a sua mãe, mas e o seu pai? — Angélica inclina a cabeça em curiosidade. E então arregala os olhos ao acrescentar: — Se não tiver problema perguntar! Eu posso estar sendo uma otária intrometida. Desculpa. Foi mal.

— Não precisa se desculpar. Amigas conversam sobre tudo, né?

— Amigas.

A garota estala os lábios ao dizer isso. Lábios que Dominique passa tempo demais observando. Para desviar do assunto, ela volta para os problemas familiares.

— Eu não sei quem ele é. — Ela dá de ombros. — Tudo o que sei é que ele é chinês. Ou que a família dele veio da China. Eu não entendi os pormenores nem tentei decifrar, pra ser bem sincera, e minha mãe nunca falou dele.

— Que merda.

— Ela é assim, atenciosa — debocha com rancor.

Angélica estende a mão até o braço dela, segura seu pulso, e Dominique afasta o rosto para que o gesto prossiga; para que os dedos esguios dela apertem os seus.

— Que bom que você tem a sua avó.

— E vocês. — Ela sorri com leveza. — Gosto de pensar que amigos são tipo uma segunda família. E agora eu tenho vocês.

Angélica sorri de volta, o que ilumina todo o rosto dela e causa rugas delicadas nos cantos de seus olhos escuros. É uma gracinha.

— Você ainda tá me devendo uma resposta, sabia? — Angélica brinca com a toalha de crochê sobre a mesa.

As unhas curtas, sem esmalte, remexem em um dos corações que a avó crochetou.

Dominique se finge de desentendida.

— Sobre o quê?

— Gostar de garotas.

Ela a encara com intensidade. Os outros estão dormindo, tem uns minutos até a avó voltar. O mundo parece estático, e é desse tipo de momento que Dominique precisa para revelar segredos como aquele.

Com o coração acelerado, porque pode significar uma ruptura com uma garota tão incrível, ela assente.

— Eu gosto. Só de garotas — acrescenta, porque precisa que fique bem claro.

Se é para chutar o balde, vai fazer isso com estilo. Angélica não é tão popular assim na escola para espalhar boatos sobre ela. E, se fizer isso, bom… Dominique já foi uma pária antes. Pode ser de novo.

— Hum. — É tudo o que recebe como resposta.

Dominique hesita. Esperava qualquer tipo de reação, e não recebe nenhuma além de um sorriso discreto no canto da boca de Angélica. Do tipo que desperta uma comichão em seus nervos e a deixa ansiosa para entender o que significa.

Antes que consiga questionar, elas escutam o barulho de alguma coisa se quebrando na sala e correm naquela direção. Um dos porta-retratos numa das mesas de canto caiu, porque Fábio se levantou de repente, os olhos arregalados na direção do corredor de onde elas vêm.

— Fabinho? — A voz de Mabê sai em um tom tão amedrontado que causa estranheza em Dominique.

A garota se levanta da poltrona, as mãos esticadas à frente, tentando tocá-lo com cuidado.

— Fábio? — Ela tenta de novo.

O garoto ofega, os olhos reviram nas órbitas, desaparecendo, e Angélica arfa com a expressão horrorizada que toma o rosto do garoto.

— Simone? Acorda, por favor.

Dominique arregala os olhos. Johnny continua sentado, a expressão em choque diante do que está assistindo. Porque é só o que eles podem fazer.

Assistem enquanto Mabê sacode o amigo pelos ombros, gritando o nome dele. Assistem enquanto Fábio treme sem parar, as mãos apertadas ao lado do corpo. Assistem quando ele implora para que Simone acorde, para que alguém o ajude, para que tragam ela de volta.

— Por favor, não leva ela. Mabê, não deixa ela ir embora

Mabê recua ao ouvir isso, as mãos sobre a boca, lágrimas escorrendo pelo rosto.

Fábio começa a chorar. É o choro de alguém que perdeu o que lhe era mais importante, de quem está preso nessa visão. Ele fecha os olhos e despenca. Mabê tenta segurá-lo, mas o gesto é desajeitado. Consegue impedir que sua cabeça bata no chão, o corpo mole sobre o tapete da sala.

Toda a comemoração não serviu para nada. Foi ingênuo demais da parte deles achar que conseguiriam lidar com um monstro. Que um bando de adolescentes desajustados conseguiria espantar uma entidade antiga.

Agora, ela tem o filho de um dos invocadores. Um de seus amigos. Outra vítima. E Dominique não faz a menor ideia de como tirá-lo daquele pesadelo.

CAPÍTULO 21

O MUNDO DA RAINHA DOS HORRORES

Do lado de fora da casa de Dominique, eles descobrem que coisas estranhas aconteceram com o amanhecer. Os telefones não têm linha, as televisões não pegam mais. Aparelhos eletrônicos por toda a cidade deram curto-circuito, e até mesmo algumas sinaleiras pararam de funcionar.

O que significa que precisam levar Fábio na Kombi até o hospital, porque não tem como ligar para a ambulância. Mabê segura a cabeça do amigo no colo enquanto Jonathan dirige da maneira mais responsável e rápida possível. Eles passam por uma batida de carros, resultado da sinaleira com defeito.

O clima dentro da Kombi é desconfortável.

Jonathan e Mabê carregam Fábio até a emergência, que está um completo caos. Mais pessoas entraram em coma durante a virada de sábado para domingo; sete, se Mabê ouviu direito.

Ela tenta acompanhar o amigo emergência adentro, mas uma das enfermeiras a proíbe. Vai ter que esperar o horário de visitas, isto é, se o pessoal do hospital conseguir organizar quartos o suficiente para isso. Com a bagunça que está a cidade toda e a unidade médica, não tem garantia de nada.

— Os pais dele... — começa a dizer Mabê.

A enfermeira balança a cabeça.

— Sei que é o filho do dr. Tadeu, mas ele e a esposa foram pra Floripa a trabalho. O problema é que os telefones também pararam de funcionar, então não tem como avisar. A gente vai notificar os parentes assim que as linhas voltarem.

— Eu vou...

Jonathan segura sua mão, afastando-a da enfermeira de expressão ranzinza.

— Ei, por que a gente não vai até a padaria comer alguma coisa?

Ela pensa em refutar, mas encara Angélica e Dominique, que largaram tudo para segui-los até ali, e crispa os lábios. De nada adianta ficar andando em círculos. Eles precisam se reunir e pensar.

Mabê se deixa guiar até a padaria. Seus movimentos parecem estranhos, seu corpo todo parece descolado da realidade. Escuta Dominique falando sobre outros comas que aconteceram na noite anterior, que a enfermeira nunca viu tanta gente internada junto e que, se continuar assim, vão ter que começar a transferir pacientes para outros hospitais. Escuta os passarinhos cantando pelas árvores no caminho até a padaria, carros passando pela rua esburacada, conversas ecoando ao seu redor sobre como "várias coisas estão parando de funcionar".

A única parte de seu corpo que não está dormente é a mão que Jonathan continua segurando. Quase como uma âncora, para lembrá-la de que ainda está ali.

Ela se senta numa das mesinhas de ferro do lado de fora e espera enquanto os outros vão comprar o café da manhã. Batuca as unhas sobre o tampo, rói uma delas, corre os olhos pelas pessoas que atravessam a rua e seguem suas vidas acreditando no apocalipse tecnológico e não no pesadelo que devora a cidade.

Tantos inocentes que não fazem ideia do que os pais deles fizeram...

— Não sabia se você gostava de presunto, então trouxe um sanduíche de queijo. — Dominique entrega um prato a ela e se senta.

Tem uma porção de pães de queijo numa cumbuca e dois pães na chapa. Mabê só percebe como está faminta quando começa a comer. O suco de laranja está um pouco aguado, mas qualquer coisa serve para ocupá-la.

— Doideira o que tá rolando. A moça não conseguiu fazer o caixa funcionar. Teve que calcular o troco na calculadora — diz Dominique.

— Falaram que as sinaleiras no Centro pararam de funcionar.

— Mabê estreita os olhos. — E teve a coisa com os telefones também.

— Vão culpar o fim do ano. — Jonathan sorri com amargura. — A virada do milênio chegando. Mas eu acho que o problema tem outro nome.

— Falando no diabo... — Angélica olha em volta. — O que a gente faz agora?

— Acho que irritamos a coisa — Dominique morde a parte interna da bochecha, parecendo receosa. — Só isso explica ela ter vindo atrás do Fábio assim, de repente.

— Ela ficou rodeando ele no sonho, lembra? — Jonathan bebe um gole de Toddynho. — Parecia só provocação, mas talvez fosse um sinal. A gente devia ter se tocado que foi fácil demais.

Ele aperta os dedos sobre a ponte do nariz e fecha os olhos em frustração.

— No desespero, a gente aceita qualquer coisa — replica Dominique. — E já que estamos em outro momento de desespero: o que vamos fazer?

— Quero entrar no pesadelo do Fábio.

Pares de olhos assombrados se viram para ela, mas Mabê mantém a atenção fixa sobre a mesa.

— Vou tirar ele de lá.

— A gente... sabe como fazer isso? — Angélica olha para os outros, confusa.

— Não. — Mabê bufa. — Tem que ter um jeito. Eu nunca tentei, mas tem que ter algum gatilho que acorde ele. Alguma coisa que eu consiga fazer. Esses poderes idiotas têm que servir pra mais do que um passeio pela pesadelolândia!

— Tudo bem, eu gosto do seu entusiasmo. — Dominique aponta para Mabê ao dizer isso e inclina o corpo sobre a mesa, como uma policial prestes a começar a revelação das pistas de um crime. — Se você, por acaso, conseguir tirar ele de lá, significa que consegue tirar os outros, né? E aí a criatura vai ficar sozinha, sem força.

— Sem força? — questiona Angélica.

Dominique espalma as mãos sobre a mesa.

— Segue o raciocínio: essa entidade queria um sacrifício dos nossos pais. Eles não fizeram e trancaram ela no sonhar, o que fez ela ficar fraca. Ela mesma disse que não era de lá.

— Acha que, se tirarmos os prisioneiros dela, ela perde o poder? — Angélica arqueia as sobrancelhas.

— Bom, a Nancy falou para o Freddy que não tinha medo dele, e ele virou uma fumaça espectral. A gente fez o mesmo e não adiantou nada, o que significa que a lógica da nossa criatura é outra.

— Ela disse que estava rastejando pelos sonhos das pessoas em busca de migalhas de energia vital ou algo assim, não? Era dos sonhadores que entraram em coma que ela estava falando — murmura Mabê.

— Provavelmente. — Dominique tamborila os dedos no tampo da mesa. — E ela disse que estava ficando mais forte, então isso explica estar devorando mais pessoas esse ano.

— Ela tinha mencionado cinquenta anos de prosperidade — relembra Mabê, a voz carregada de assombro. — Será que...?

— Ela está ficando mais forte porque a fortuna deles está com prazo pra acabar? Acho que sim. Pra gente, vinte e cinco anos são uma vida. Mas, pra um capeta do outro mundo, é um piscar de olhos, né? — Dominique engole em seco e olha em volta. — Acho que ela já tem o suficiente para começar a aumentar a linha de sequestros mentais. Por isso começou a devorar mais sonhadores. Por isso está afetando tanto as pessoas daqui.

— A coisa com os insetos também. Com o compasso e com a sombra na escola. Ela pode estar afetando a natureza, mexendo com a realidade. Aos poucos — diz Johnny.

— Tipo as pragas que antecedem o apocalipse. — Os quatro se entreolham com o comentário de Angélica, como se tivessem encontrado uma descrição para aquilo tudo.

— Então é isso. Eu preciso tirar o Fábio de lá. Tirar *todo mundo* de lá. Se ela não tiver mais de quem se alimentar, a gente ganha tempo para descobrir como destruir ela de uma vez por todas — diz Mabê, por fim, resoluta.

A pior parte é ter que esperar a noite chegar. Mabê tenta correr em círculos e fazer polichinelos para cansar o corpo e adormecer mais rápido, mas o medo por Fábio, a raiva dos pais, da entidade, tudo isso faz com que seja difícil sentir sono. Então Angélica vai até sua casa para catar alguns comprimidos para dormir que a mãe tem usado nos últimos anos.

Uma hora antes de encerrarem o horário de visitas noturno, eles voltam ao hospital. Ao quarto de Fábio. Ninguém conseguiu avisar os pais dele ainda, mas os empregados da casa já receberam a notícia. A secretária do pai dele também está ciente, tentando contatá-lo.

Ainda bem que não estão ali, porque Mabê não conseguiria garantir a própria compostura se os visse. Afinal de contas, é culpa deles. É tudo culpa deles, e ela está cansada.

— O horário de visitas termina às oito — avisa a técnica de enfermagem, quando está saindo do quarto, depois de trocar o soro de Fábio.

Mabê assente com a cabeça. Quando a mulher se afasta pelo corredor, os quatro se apressam.

— Ainda bem que o plano de saúde dele garante um quarto individual. — Dominique olha em volta e recebe uma careta confusa dos demais. — Tudo isso seria muito estranho se ele estivesse na enfermaria ou com outras três pessoas no quarto, né?

Mabê respira fundo ao encarar o amigo. O rosto pálido dele parece descansado, a expressão, serena, o que é desconfortável. Porque ele não está bem, não está descansando.

Ela se acomoda na cama ao lado de Fábio e segura a mão que não está com o acesso ao soro. A pele fria dele sob a sua causa um arrepio.

— Eu estou chegando, Fábio. Aguenta firme. — Mabê aperta os dedos do amigo ao se virar para os demais. — Não importa o que aconteça, o quanto eu grite... Não me acordem.

Dominique e Angélica concordam, mas o olhar de Jonathan se fixa no dela, sem piscar. Como se não soubesse o que responder. Ele cruza os braços, incomodado.

— Promete — pede Mabê, incisiva. — Por todo mundo, promete.

Jonathan suspira, derrotado.

— Prometo.

Mabê solta o ar e lança um último olhar às amigas e ao garoto de que gosta antes de engolir um dos comprimidos de Angélica e se deitar ao lado de Fábio. Encolhe o corpo para caber no pouco espaço da cama e leva a mão dele até seu colo. Observa o perfil do amigo, a pele pálida e o vazio de sua expressão. Ela fecha os olhos e se lembra do sorriso dele; do riso, das piadas, da postura irreverente. Enquanto adormece, pensa em Fábio vivo.

Quando Mabê chega ao sonho, o acidente ainda não aconteceu. Ela está parada na curva da rodovia, e então os faróis recortam a penumbra a distância. A luz forte a cega por um instante, e o carro faz um leve zigue-zague pela estrada até bater contra uma das guardas metálicas. O veículo sai capotando pela pista, parando quando acerta em cheio a mureta rochosa à esquerda da rodovia.

Os vidros estão estilhaçados; o capô, todo amassado; e a porta do motorista, afundada de tal maneira que não é possível abri-la. Ela espera, o coração na boca, até ver Fábio se arrastar pela janela.

— Simone! — grita assim que cai no asfalto.

Sua voz está arrastada, e ele tem dificuldade de ficar de pé, não só porque está bêbado, mas porque está com um corte grande na cabeça, de onde escorre sangue espesso.

— Simone! — chama mais uma vez, dando a volta pelo carro.

Quando chega ao lado da porta do passageiro, Fábio consegue quebrar o vidro. Simone estava sem cinto de segurança, e por isso seu corpo está todo torto, inclinado na direção do para-brisa, a testa sobre o painel. Sangue escorre da cabeça dela. Ele começa a chorar enquanto luta para tirá-la dali. Os olhos da garota estão abertos, e o cabelo loiro, encharcado de sangue.

— Simone! — grita de novo quando o corpo dela cai sobre o dele. — Simone! Acorda.

Ela vê o amigo se sentar no chão, acomodando a garota nos braços. Segura o rosto dela, mas Simone já está morta, o olhar vítreo sob o dele.

— Não, não, não. Simone, não! Não leva ela, por favor.

Mabê sente sua mão tremer ao se aproximar. Ela toca o ombro do amigo e espera.

Os gritos não param de imediato, nem o choro. Fábio continua abraçado à namorada, balançando o corpo dela para a frente e para trás, com a mão de Mabê em seu ombro.

Mabê se ajoelha ao lado dele, buscando sua atenção, e o garoto para. A névoa desvanece dos olhos deles, verdes e brilhantes sob as luzes dos faróis.

Fábio está acordado.

— Ela me pegou.

Mabê concorda com a cabeça.

— Mas eu vou te tirar daqui.

— Como?

Mabê olha em volta, procurando qualquer sinal de Fortuna. Nada.

— Ainda não tenho certeza. Mas vem, vamos embora. Vou procurar alguma parte frágil, alguma fissura no sonho. Tenho certeza de que a gente consegue.

Mabê se levanta, estendendo a mão para que Fábio a siga, mas ele não sai do lugar.

Fábio coloca o corpo de Simone no chão com delicadeza, fecha seus olhos e acaricia seu cabelo, descendo os dedos pelo rosto dela e deixando uma trilha de sangue fresco, assim como Fortuna fez com ele.

— Você não sabe se consegue fazer isso. — Fábio não a encara ao enunciar as palavras.

— Eu vou conseguir.

— Você nunca fez isso antes.

— Foda-se, Fábio. Eu vou dar um jeito. O que eu não vou fazer é ficar parada enquanto essa coisa te usa! — Ela bate o pé e sacode a mão para que ele a segure e se levante de uma vez.

Fábio passa as costas da mão pelo rosto, limpando lágrimas e sangue, antes de se levantar. Mas não segura a mão dela ao fazê-lo, e tem algo de absoluto em sua postura ao encarar Mabê. Parece tão irritado quanto ela, mas talvez não pelo mesmo motivo.

— E aí? Você me tira daqui *e aí*?

— Eu tiro todo mundo.

— Ah, claro. Então, toda vez que alguém entrar em coma, você vai passear pelo sonho da pessoa e tirar ela de lá?

— Vou. — Mabê cruza os braços, teimosa.

— Até quando?

— Até o fim.

— Você nem sabe as consequências de fazer isso. — Ele ergue as mãos, frustrado. — Pode te esgotar. Pode te colocar em coma! Qual vai ser o preço de me salvar?

— Não importa.

— Importa *pra mim*, Mabê. E se ela pegar você? E se você morrer? E se você não conseguir acordar os outros? E se você não conseguir tirar ninguém daqui? — Fábio devolve a mesma teimosia.

— Eu preciso tentar! — esbraveja Mabê, a voz embargada de medo.

— Você não tem tempo de tentar! — Fábio agarra seus ombros com força. — Eu não acho que essa coisa vai te deixar sair viva uma segunda vez.

— Mas a gente só se livra de um pesadelo quando acorda — Mabê se afasta do aperto. — Eu acho que, se não tiver nenhum prisioneiro, ela não tem força.

— Você não tá entendendo? São muitas vítimas em potencial, a qualquer momento. E você vai fazer o quê, morar na cidade para sempre? Não vai ter uma vida? Vai viver no mundo dos sonhos?

Mabê fecha as mãos em punhos, apertando as unhas contra a palma para manter a concentração, para manter o medo afastado. Ela sabe que tudo isso faz sentido, mas não está com tempo para ser racional.

Quase como se seus temores fossem um chamariz, as sombras vivas surgem no horizonte. Agora, a fumaça se parece um pouco com uma aranha, com pernas (ou braços?) de tamanhos diferentes, o caminhar torcido enquanto atravessa a penumbra. Os rasgos brancos na cabeça se destacam junto com uma bocarra cheia de dentes.

Mabê segura a mão de Fábio e o puxa para perto.

— Você de novo, criança enxerida… — A voz gutural da criatura ecoa por todo o pesadelo.

Fábio aperta a mão dela.

— Vem comigo — implora ao amigo, lágrimas quentes escorrendo por seu rosto.

Um soluço escapa quando ele nega com a cabeça.

— Meu sonho pode parecer um pesadelo para você, mas, na verdade, eu posso ver a Simone de novo, antes do acidente. Posso ouvir a risada dela uma última vez, para sempre. Se você me tirar daqui, a entidade vai me pegar de novo amanhã. Não vai mudar nada. Não adianta salvar os sonhadores, Mabê. Você precisa tirar ela daqui. — Fábio indica a criatura com o queixo. — Enquanto ela estiver presa no sonhar, ela tem força.

— Não achou que tinha me destruído, não é? — zomba a voz. — Este mundo passou a me pertencer depois que seus pais me deixaram aqui. Você não pode me machucar nos sonhos.

A silhueta de Fortuna pisca. Entra e sai de foco. As pernas se endireitam e então se deformam.

— Pesadelos acabam quando você acorda — murmura Mabê, os olhos presos ao monstro, mas aperta a mão de Fábio de novo, porque não pode deixá-lo para trás.

Não pode ir embora sem ele. A ideia de deixar seu melhor amigo, seu único amigo por tanto tempo, sozinho em um pesadelo sem fim faz seu coração querer parar de vez.

— Fábio...

Mas ela não pode continuar, porque a criatura se ergue sob a luz dos faróis.

— Você chegou tarde demais. Seu amigo já é meu.

A gargalhada de Fortuna lembra o eco de vilões de desenhos animados, mas os sons são distorcidos como fitas que não rebobinam mais.

Quando bate as pernas — que parecem braços e também tentáculos — no pavimento, lança uma rachadura por ele. Uma fratura no tecido do sonho, que lança Mabê e Fábio de encontro ao chão. E, dessa vez, como quando o tentáculo a agarra, a queda machuca. Esfola seus joelhos e suas mãos.

— O seu pesadelo começa agora.

— Mabê. — O amigo estende a mão para ela. — Mostra que os pesadelos perdem força quando a gente acorda.

A entidade avança sobre Mabê, escurecendo todo seu campo de visão, engolindo-a em um nada. Ela tenta gritar, mas está sozinha naquele vácuo. Nada existe, com exceção da dor dos machucados e do vazio.

Mabê tenta gritar de novo; não consegue ouvir a própria voz. Ela se agarra à escuridão quando a mão de Fábio dá lugar aos tentáculos. O que não deveria ser tangível se torna sólido sob suas mãos, uma gosma asquerosa que escorre entre seus dedos enquanto ela grita para si mesma em pensamento: *acorda, acorda, acorda*.

Um toque familiar em seu ombro a empurra para fora do vácuo. Ela olha por cima do ombro para o rosto ensanguentado do seu melhor amigo, e Fábio sorri quando Mabê despenca junto com a escuridão.

Dominique abraça os joelhos contra o peito, apoiando o rosto neles enquanto encara Angélica. As duas estão sentadas no chão do lado de fora do quarto do tio de Johnny, só por garantia. Queriam ficar de olho nas outras pessoas também, caso Mabê conseguisse fazer o que pretendia.

— Tudo bem? — Ela observa a forma como Angélica se remexe.

— Tudo... — Angélica não parece muito certa ao responder. — Quer saber? Na verdade, não. Estou com uma sensação estranha. Olha... — Estica o braço para mostrar o arrepio que não se dissipa. Desta vez, a voz sai mais esganiçada: — Por que eu tô arrepiada?

— O ar frio do hospital? — sugere Dominique.

— Você acha que isso vai funcionar?

— Acho. — Dominique se apressa em dizer. — Precisamos ser positivas, né?

Angélica suspira e se vira para a porta do quarto de novo.

— Precisamos. Mas não sei, algo me diz que a responsabilidade de salvar o mundo não deveria ficar na mão de adolescentes. — Ela abraça a si mesma.

— A turma do Scooby-Doo resolve mistérios desde que eles eram crianças. Os protetores do Capitão Planeta também são adolescentes.

Angélica ri, o que faz com que Dominique fique muito feliz consigo mesma.

— Na verdade, acho que só adolescentes podem salvar o mundo mesmo. Adultos estariam brigando para ver quem ficaria com a glória e com o tesouro. — Ela faz uma pausa, e está prestes a continuar quando um grito agudo corta o ar.

As duas ficam de pé em um pulo.

— O que foi isso?

— Parece que veio lá da recepção — sussurra Angélica. Quando Dominique faz menção de ir para lá, ela segura seu braço. — Tá louca? É assim que as pessoas morrem em filmes de terror.

— Isso não é...

Ela é interrompida. Tem mais gritaria, e o som de máquina de cortar grama vem da área da recepção. Ou é uma motosserra?

— Que porcaria é essa?! — Angélica enterra as unhas no braço de Dominique, tão forte que arranca um gritinho da garota.

As portas no fim do corredor se abrem quando uma enfermeira se joga contra elas, segurando o cotoco do braço e guinchando, com o pescoço cortado. As duas assistem, em choque, à mulher escorregar no próprio sangue, caindo de cara no chão.

Dominique agarra o braço de Angélica de volta quando uma criatura amorfa aparece atrás da enfermeira. É uma silhueta feita de carne e de ossos, toda gosmenta e malformada; o tipo de monstro que estampava as capas dos VHS de terror trash dos anos 1980 pelos quais Dominique ficava igualmente fascinada e amedrontada.

A criatura ergue uma das mãos e aponta uma agulha de crochê enorme na direção da garota.

— Isso não é o seu pesadelo? — A voz de Angélica sai histérica enquanto ela começa a recuar na direção oposta à da criatura, puxando uma Dominique em choque.

A enfermeira continua caída, gemendo e sangrando e se arrastando pelo chão. Da sombra vinda direto do pesadelo de Dominique, uma revoada de morcegos vermelhos se ergue e cai sobre a mulher, em um banho de sangue. Tudo que as garotas podem fazer é gritar e correr.

— O que que a Mabê fez?! — O grito de Angélica sai estrangulado.

Elas correm como se suas vidas dependessem disso, porque dependem. Uma cacofonia de gritos horrorizados, sons de serras elétricas, guinchos engasgados e ossos se quebrando vêm da recepção.

Angélica agarra a mão de Dominique e as duas derrapam pelo chão quando a porta de um dos últimos quartos se escancara e uma das visitantes, uma mulher de meia-idade usando um vestido florido, sai correndo dele. Um palhaço com balões no formato de animais que parecem vivos corre atrás dela.

As garotas se abraçam e esperam pelo fim, mas o maníaco parece bastante determinado a pegar *aquela* mulher. Os animais de balão também, com dentes afiados cortando o ar enquanto tentam devorá-la.

Elas disparam pelo corredor até a escada e são empurradas para o lado quando uma revoada de pombos de olhos vermelhos passa por elas e sobe até o segundo andar, os bicos pingando sangue.

A ala dos quartos particulares está uma zona completa. As duas veem sangue esguichando sem parar de dentro de um quarto, escutam o que parece uma britadeira abafando os berros de alguém e ficam paralisadas quando uma pessoa sai de dentro de um dos cômodos. É uma paquita da Xuxa, só que a roupa cheia de franjas está toda suja de sangue, o chapéu alto está caindo sobre a testa e o rosto é o de um zumbi de pele macilenta e esverdeada.

Angélica e Dominique passam correndo por ela, seguindo a lógica dos outros horrores. A paquita-zumbi lança a elas um olhar curioso, mas volta para dentro do quarto para terminar o que quer que tenha começado.

Dominique pensa em intervir, mas quem é ela para enfrentar um zumbi?

Escorregam pela entrada do quarto de Fábio, os tênis sujos de sangue. Johnny está abraçando uma Mabê histérica.

— Chama um médico! — grita ela assim que vê as duas.

Angélica está paralisada, os olhos fixos nos aparelhos apitando e na linha reta do monitor cardíaco. Dominique passa pela porta, mas o único médico à vista parece ter saído de uma releitura aterrorizante de Frankenstein.

Ela arregala os olhos quando um espectro aparece no fim no corredor e solta um guincho agudo, as mãos trêmulas estendidas à frente. Dominique bate a porta e arrasta a única poltrona do quarto até a maçaneta, para tentar impedir a passagem do horror lá fora.

— Ninguém vai vir.

— Não! Vai lá fora, arrasta alguém até aqui. — Mabê está aos prantos enquanto tenta empurrar Johnny para longe.

— Mabê...

Angélica se aproxima, os lábios trêmulos em um choro contido.

De repente, o surto de adrenalina se vai e a compreensão do que está acontecendo se abate sobre Dominique. Fábio parece estar dormindo. Ela nunca vira o garoto tão sereno quanto agora. O medidor cardíaco continua uma linha reta.

— Alguém sabe fazer massagem cardíaca? Por favor? — Mabê se vira para eles, desesperada, mas Dominique sabe tanto quanto qualquer um deles sobre primeiros socorros: nada.

— Mabê...

— Para de falar! Faz alguma coisa! — Lágrimas escorrem pelo rosto dela. — Por favor.

Seu choro é profundo, o rosto desfigurado por uma dor que Dominique nunca sentiu.

O caos lá fora composto por gritaria e perseguições parece se abater sobre eles.

Mabê cai de joelhos no chão, ainda chorando enquanto se arrasta até o colchão. Johnny a ajuda a ficar de pé, as mãos trêmulas em sua cintura, a expressão tomada de medo. A garota alcança as mãos de Fábio, inertes, e soluça sobre elas.

— Ele disse... pra tirar Fortuna de lá... — Ela aperta uma das mãos de Fábio.

Dominique espia pela janelinha no topo da porta e arregala os olhos quando um velociraptor passa correndo atrás de um garotinho. Não sabe o que sentir; tristeza pelo garoto, medo pelo que tem lá fora, incerteza pelo destino de todos eles.

— Eu acho que você trouxe o pesadelo de todo mundo pra cá — sussurra Dominique.

Mabê ergue o rosto para encará-la, os olhos amuados, os soluços ainda sacudindo seu corpo.

— O quê?

— Acho que os pesadelos de todo mundo estão por aqui, atacando eles. — O tom de Angélica é cuidadoso, os olhos estão um pouco vermelhos. — A gente passou por todo tipo de horror lá fora.

— Mas... — Mabê parece aturdida, olhando de Dominique e Angélica para Johnny e, depois, para Fábio. — Pesadelos não existem no mundo real. Eu achei que, se trouxesse a entidade pra cá, ela desapareceria. Achei que era isso que o Fábio queria dizer.

— Talvez existam agora porque ela ficou forte o suficiente — sugere Johnny, cuidadoso. — Quando você trouxe ela pra cá, trouxe as criações dela junto. Ela mesma falou, lembra? Que toda a fortuna que deu seria tomada de volta pelo horror e pelo azar.

Ele estende a mão na direção da garota, mas não chega a tocá-la, apenas fecha os dedos e aperta o punho ao lado do corpo.

— Mas este é o mundo real — repete Mabê.

Dominique sente um frio no estômago. Gostaria de oferecer apoio, de se sentar ao lado de Mabê e consolá-la, mas não sabe o que dizer para alguém cujo melhor amigo acabou de ser devorado por um pesadelo. Não sabe o que dizer a si mesma, olhando para o garoto na cama. Parece irreal demais que Fábio esteja morto bem na frente deles.

Mas tem um espectro faminto e um palhaço assassino e uma paquita-zumbi e um amálgama de membros e sangue com uma agulha de crochê lá fora. Eles precisam sobreviver primeiro, para depois ficar de luto.

— Mabê, a gente precisa sair daqui. — Dominique ergue a voz.

Entende que é a única ali com força suficiente para tomar essa decisão, porque Angélica está à beira do choro de novo e Johnny parece perdido.

— Aquelas coisas lá fora podem vir atrás da gente, Mabê. — Angélica faz o possível para apoiá-la.

— Este é o mundo real. Pesadelos não existem no mundo real.

— Você já falou isso. — Johnny mantém o tom tranquilo ao encará-la.

Dominique pensa que ele está muito apaixonado por essa garota para se concentrar e manter a calma em um momento desses.

— Sim, é isso! — Mabê se vira para ele, a expressão determinada em contraste com as lágrimas que brilham em suas bochechas.

— Vocês não entenderam? Pesadelos não existem no mundo real. Só a realidade existe aqui.

— Aquela agulha parecia bem real pra mim — sussurra Dominique.

— Real, tipo, em carne e osso? — Angélica parece estar chegando à mesma conclusão de Mabê.

— Então pode ser destruída — completa Johnny.

Dominique sente a descarga de adrenalina voltar com tudo.

— Era isso que o Fábio queria. — Mabê encara o corpo imóvel de Fábio. — Ele disse que salvar os sonhadores era inútil. Aqui, a entidade pode ser morta.

— No estilo Freddy Krueger. — Dominique se anima.

— Beleza, calma! Pra lidar com Fortuna, precisamos sair do hospital. Então vamos pegar qualquer coisa que a gente possa usar como defesa, porque a situação lá fora tá feia! — Angélica esfrega uma das bochechas enquanto diz isso, e Dominique sente o coração pesar ao ver o rastro de uma lágrima ali.

— E depois, vamos pra onde? — questiona Johnny.

Ele se afasta de Mabê, os movimentos frenéticos enquanto começa a revirar os armários do quarto.

— Vamos precisar de armas de verdade, não de coisas improvisadas. Para poder encarar Fortuna. — Mabê não solta a mão de Fábio ao dizer isso.

— Vamos precisar de chumbo grosso pra chutar a bunda dela até Marte — completa Dominique.

— E onde a gente encontra armas de verdade? — Angélica olha para Johnny.

Um instante de silêncio perdura sobre eles enquanto as outras garotas seguem o seu olhar.

Johnny estala os dedos.

— Na loja de ferramentas! Tem martelos e machados, até uma motosserra, se alguém quiser. E eu sei que meu tio tem uma espingarda guardada no escritório.

— Ok. Então a gente sai daqui direto pra loja. E aí vamos atrás da Fortuna.

— Já podemos chamar ela de Azarada. — Dominique sorri.

CAPÍTULO 22

TRIPULAÇÃO DE PESADELOS

Fugir do hospital acaba sendo mais difícil do que eles pensavam. Dominique se sente como em *A noite dos mortos-vivos* no exato momento em que os personagens saem da casa em busca dos carros e são rodeados por zumbis.

Eles abrem a porta do quarto do hospital à espera de um ataque, mas não tem mais nenhum espectro no corredor.

— Não importa o que aquelas máquinas dizem — afirma Mabê. — Talvez, quando o pesadelo terminar, o Fábio volte. Talvez a gente só precise matar Fortuna para ele voltar.

Ninguém responde.

Dominique sorri quando Johnny estende a mão, e Mabê a segura. Depois, ela estende a mão para Dominique, que agarra também a de Angélica, e eles seguem em fila, espiando de quarto em quarto em busca de qualquer arma improvisada que possam usar.

O que encontram pelo chão é um guarda-chuva torto, uma bengala de madeira maciça e um bisturi. Mabê fica com o guarda-chuva, Dominique pega a bengala e Johnny faz uma careta ao alcançar o bisturi, que está coberto por uma gosma esverdeada.

Quando chegam ao salão do hospital, não dá para ser furtivo. A maioria dos pesadelos está focada em suas vítimas, e nem todos estão tentando matar alguém. Tem casais brigando; uma mulher ajoelhada próxima a uma árvore que nasceu no meio da recepção, chorando; uma adolescente berrando para o resultado do vestibular que tem em mãos; e outra mulher petrificada à beira de um abismo que se abriu na porta do banheiro feminino.

Os problemas são as pessoas em chamas correndo sem parar e aquelas sendo perseguidas por assassinos mascarados e monstros asquerosos. Esses são a pior parte. Dominique vê um Fofão com facas afiadas de todos os tipos no lugar da cabeça. Tem uma Cuca com a peruca loira desgrenhada e dentes afiados avançando sobre um enfermeiro aterrorizado. O palhaço com os animais de balão conseguiu alcançar a sua vítima, e abre um sorriso sangrento na direção dos recém-chegados bem no instante em que um buldogue vestindo um terno de apresentador de televisão os ataca.

Angélica grita, e Dominique parte para cima do animal com a bengala. O cachorro, que na verdade é uma marionete, é pequeno, mas tem dentes afiados, e a madeira não é páreo para ele.

Mabê o ataca com o guarda-chuva, enquanto Johnny tenta chutá-lo para longe. A comoção faz com que um grupo de visitantes tente escapar pelas portas da frente, mas o pesadelo da *TV Colosso* parece determinado a não deixar nenhuma vítima fugir e arreganha os dentes na direção das cadeiras da recepção. Sangue e pedaços de carne começam a voar do homem no qual o cachorro salta em seguida.

— Corre! — grita Dominique, e o Clube do Pesadelo obedece.

Eles precisam desviar de alguns arbustos em chamas, e Dominique se recusa a procurar de onde vem o cheiro de carne queimada. Pensa que, quando tudo isso acabar, não vai existir terapia no mundo inteiro capaz de limpar sua mente.

Johnny luta com o próprio bolso para alcançar as chaves da Kombi quando alguma coisa pesada pula na cabeça de Dominique e rola para o chão.

— Mas que porra... Ah, que nojo! — Ela se esgoela ao ver um sapo gordo e verruguento pulando para longe. — Eca, eca, eca!

— O quê...? — Mabê guincha, sacudindo as mãos quando um sapo pula em cima dela também.

Johnny destranca a porta da Kombi e salta para o lado quando outro sapo cai na direção deles.

— Chuva de sapo! — Angélica faz uma careta de nojo.

Os quatro entram na Kombi e fecham a porta bem a tempo de evitar a tempestade de sapos que desaba lá fora.

— Quem é que sonha com uma chuva de sapos, porra? — choraminga Dominique.

— Alguém com medo das sete pragas do Egito? — Angélica está segurando o riso nervoso.

A gargalhada se espalha pelos quatro, quase como um vírus, e de repente eles estão rindo tanto que lágrimas tomam os cantos dos seus olhos e Dominique se dobra para rir.

Até que o riso se transforma em choro e, por um longo minuto, ela acha que está ficando louca. Porque nada daquilo faz sentido. Parece um pesadelo do qual nunca vai acordar. E é ridículo porque, considerando a realidade atual, é bem possível que não acorde mesmo. Ou que morra tentando.

— Eu não quero morrer — confessa Dominique, entre soluços e lágrimas.

Ela nem beijou uma garota ainda! Como pode morrer sem ter completado o básico da vida de uma jovem-lésbica-quase-adulta?

Quando a chuva de sapos passa, o choro dentro da Kombi diminui, mas Dominique ainda consegue ouvir os outros fungando, tentando controlar a respiração.

— Aí, Domi? — Johnny apoia um dos braços no encosto do assento e encontra o olhar dela em meio àquela confusão emocional. — Ninguém vai morrer. Tá me ouvindo?

— Quando tudo isso acabar, nós cinco vamos pegar essa Kombi e fugir pra algum lugar por um fim de semana inteiro — afirma Mabê.

Ninguém a corrige. Dominique não tem coragem de tirar a esperança da garota, porque está se agarrando a ela também.

— Temos uma entidade maligna para destruir, Clube do Pesadelo! — Angélica estende a mão à frente.

Dominique dá um sorriso trêmulo para a garota e coloca a mão sobre a dela.

— Vamos lá.

— Vamos lá. — Mabê abre um sorriso reconfortante ao apoiar a mão sobre as delas.

— Clube do Pesadelo. — Johnny é o último.

Eles sacodem as mãos juntos e, em silêncio, cada um volta para o seu lugar. Johnny dá a partida e sai da vaga com cuidado.

As ruas não estão melhores. Tem um rio de lava correndo pela rua principal, recortando o asfalto com bolhas de fogo que explodem para o alto, então Johnny precisa dar a volta pela ponte para tentar chegar à loja do tio.

— A gente devia passar nas nossas casas. — Mabê está com o olhar preso em uma fila de zumbis tentando a todo custo derrubar uma cerca de ferro. — Não me importo com os meus pais, mas quero ver a minha irmã.

— Seria uma boa dar uma olhada na minha avó.

— Minha tia também.

— Meu irmão e minha mãe... — O tom de Angélica é soturno.

Tem todo tipo de pesadelo ao seu redor: pessoas correndo sem roupa, usando apenas sapatos sociais. Monstros peludos e gigantes, outros pequenos e esqueléticos. Carros batidos, discos voadores sobre telhados. Crianças gritando "Mas eu já sou adulto!" e animais vagando. Sem falar do ocasional vilão mascarado de filme de terror e dos locais sombreados que parecem engolir quem quer que passe por perto.

Dominique tenta pensar em alguma coisa engraçadinha para aliviar a tensão. Algo positivo, tipo: "Pelo menos fechamos a porta a tempo de fugir dos sapos!" Ou então: "Que bom que meu maior pesadelo não é descobrir que estou pelada na frente de toda a turma!"

Mas, em vez disso, se vê arrancando a cutícula até sair sangue, batendo o pé no chão. Sente o corpo inteiro tremer e precisa focar em ser forte pelos outros. Ela consegue se concentrar quando está ocupada com alguma coisa, mas assim, esperando, seus pensamentos divagam. E já dizia o ditado: mente vazia, oficina do diabo.

Seu corpo só para de vibrar quando sente alguém segurar sua mão, impedindo-a de continuar. Quando ergue o rosto, Angélica está olhando em sua direção.

— Tá tudo bem. Nós estamos bem — sussurra ela, bem baixinho, para que só Dominique escute.

Angélica segura sua mão entre as dela com força, embalando-a perto do coração, e isso faz com que a garota respire um pouco. O foco que procurava se torna esse gesto, e o medo fica para trás para se concentrar no calor das mãos dela e em como o cheiro de chiclete do xampu está tomando todo o seu espaço pessoal.

— Vai ficar tudo bem. — Angélica sorri.

Dominique fecha os olhos por um momento e respira fundo.

— Como você não tá surtando? — pergunta, também em um murmúrio.

— Porque não tenho tempo. Eu tô sobrevivendo há muito tempo pra parar agora.

Ela tenta lançar mais um sorriso reconfortante para Dominique, que se recosta no banco da Kombi e fecha os olhos por apenas alguns segundos antes de ouvir a voz de Johnny anunciando que chegaram.

Jonathan abre a porta da loja de ferramentas e a tranca de novo quando todos entram. Lá fora, Mabê nota uma tempestade se formando sobre a cidade. Estalos de raios tomam as nuvens, e relâmpagos emanam delas.

— Beleza. Hora de fazer o Rambo! — Dominique bate as mãos, que estão trêmulas, e avança pelos corredores.

Eles vestem coletes e cintos para carregar ferramentas e guardam tudo que pode ser usado nos bolsos. Mabê encontra uma garrafa debaixo do balcão de atendimento, joga o conteúdo na pia do banheiro e a enche com álcool, depois rasga mais um pedaço de sua camiseta para colocar no gargalo, garantindo que parte do tecido esteja mergulhada no líquido inflamável.

Ela espera ter aprendido o suficiente com os filmes de brucutus, porque tampa e guarda o protótipo de molotov no bolso do colete, junto com um isqueiro. Então vai até o banheiro para lavar as mãos e encara seu rosto no espelho. As olheiras fundas continuam ali, intensas e marcantes na palidez da pele. Mabê faz uma careta, porque o apocalipse não é momento para se importar com a aparência, então prende o cabelo em um rabo de cavalo alto e firme.

Jonathan aparece na porta e Mabê sorri ao ver a bandana familiar, a mesma do festival e dos sonhos, amarrada à testa dele. Antes que diga alguma coisa, ele abraça sua cintura, os lábios sobre os seus em meio a um suspiro.

O beijo é quase um reflexo do fim do mundo lá fora: intenso, desesperado, sôfrego. Mabê se afasta para encará-lo e encontra todo o seu medo compartilhado no olhar dele.

— Só pra garantir — sussurra Jonathan, ofegante.

Ela sorri, passa o polegar pela bochecha dele, escorrega em direção à linha da mandíbula e para sobre o pescoço. Sobre o pulsar acelerado do coração que consegue sentir ali.

— Só pra garantir. — Mabê o beija de novo.

Seus lábios estão dormentes quando se afastam, e Mabê só consegue pensar que não pode ser uma despedida. Não importa o horror que encontrem lá fora, ela quer mais disso. Precisa de mais disso. Toda uma vida espera por eles, por Fábio, e Mabê não vai deixar que um pesadelo tire isso deles.

— Aqui, galera. — Dominique está carregando uma pilha de machados e martelos. — Desculpa interromper esse momento adorável que demorou uma eternidade pra acontecer, mas a pegação fica pra depois que a gente matar o chefão da fase.

Mabê sorri enquanto pega um dos machados. Dominique fica indecisa entre um martelo e uma pistola de pregos enquanto Jonathan se afasta até o escritório, destranca a porta e some lá dentro por um tempo. Tempo suficiente para a garota decidir que vai ficar com as duas armas.

— Essa porcaria dessa droga de infortúnio de cinto! — Angélica aparece no corredor, com dificuldade para prender a peça à sua cintura. — Que inferno!

— Nem mesmo com o mundo acabando lá fora você deixa um palavrão escapar, né? — Dominique se aproxima dela com um sorriso divertido.

Mabê assiste enquanto ela ajuda Angélica a prender a fivela. Nota a tremedeira nas mãos da colega e encontra o olhar dela em seguida.

— Foi mal pelo jogo — diz Angélica, de repente.

— Tudo bem. Não ia dar em nada mesmo. Eu ainda vou precisar de um ano de cursinho depois desse caos todo.

Angélica franze as sobrancelhas de repente.

— Ah, já que a gente tá se desculpando, foi mal por ter jogado a bola na sua nuca.

— Foi você? — Mabê cai na gargalhada.

Angélica a acompanha. É um momento leve que contrasta bastante com os raios e trovões crescendo lá fora. O prelúdio do horror.

Angélica mantém o olhar no da amiga mais um instante. Quase em um apoio silencioso. Quase como se dissesse que entende o medo dela, que compartilha dele. Mas que estão juntas nessa, como em tudo. Do jogo perdido ao apocalipse a ser evitado.

Quando Jonathan volta, está com uma espingarda em mãos.

Mabê não sabe nada sobre armas, mas aquela parece poderosa o suficiente para enfrentar uma entidade demoníaca. Ele a estende em sua direção, e ela arregala os olhos.

— Troca comigo. — Ele abre a outra mão à espera do machado.

— Por que eu? Não sei atirar!

— Você é quem tem mais chance de chegar perto da coisa — Jonathan abre um sorriso. — Meu tio me mostrou como funciona, então eu te ensino.

— Tem que posicionar direito pra não quebrar nenhuma costela com o recuo. — Dominique ganha um olhar de surpresa de todos eles. — Que foi? Meu avô gostava de caçar pombos com uma espingarda de chumbinho.

— Pega, Mabê — insiste Angélica. — É você que tem que mandar aquele monstro de volta pro inferno.

Começa a chover quando a Kombi estaciona na frente da casa de Johnny. Eles decidem que o melhor a fazer é mandar seus familiares se esconderem nas próprias casas, contanto que nenhum pesadelo as tenha invadido.

Mabê vai atrás dele, e Angélica vai atrás de Dominique, que atravessa a rua correndo para procurar a avó.

Não tem nada apocalíptico naquela rua sem saída, mas Dominique espera avistar algum pesadelo quando destranca o portão e a porta da frente. É com surpresa que ela e Angélica encontram Anabela adormecida no sofá, com um livro aberto sobre o colo. A televisão está ligada, mas na tela azul.

— Vovó? — Ela cutuca seu ombro, um pouco amedrontada.

A avó resmunga, mas abre os olhos.

— Dominique? Que horas são?

— Hã...

— A porcaria da TV parou de funcionar tem um tempão.

— Eu sei. Escuta, vó, a senhora não viu nada estranho?

— Estranho como?

— Tipo um pesadelo — explica Angélica, e a senhorinha parece atordoada.

Então, aparenta entender a visão à sua frente: os machados presos aos coletes e a postura delas de quem está indo para a guerra. Ou voltando dela.

— Tem umas coisas sinistras acontecendo pela cidade — diz Angélica.

— Tranca tudo, tá bem? Assim que eu sair.

— Assim que você sair... Dominique, explica direito o que tá acontecendo.

— Não dá.

Ela vai até o corredor para checar as janelas dos quartos. Por sorte, a avó é friorenta e quase nunca as deixa abertas, mas Dominique reforça cada uma antes de trancar a porta do corredor. Tranca a da cozinha, também, enquanto Angélica confere as janelas.

Sua avó está de pé, com as mãos na cintura, quando as duas garotas param, ofegantes.

— Alguém vai me explicar o que está acontecendo aqui?

— A senhora confia em mim?

— Não quando você está agindo igual louca, Dominique.

— Eu te garanto que amanhã você vai pensar diferente. Agora, eu só preciso que fique em segurança.

— E você vai sair por aí, se é tão perigoso?

— Tenho que ajudar meus amigos.

A sentença parece ressoar pela sala. Angélica lança a ela um olhar de soslaio, mas Dominique continua encarando a avó.

— Por favor, confia em mim.

Anabela suspira e olha em volta, para o breu da sala e as portas trancadas.

— Onde mais vocês têm que ir?

— Para a casa da Angélica.

Ela está prestes a falar sobre a casa de Mabê também quando a avó solta:

— Então entra no carro.

— Vó?!

— Eu levo vocês. Se tem alguma coisa muito perigosa lá fora, eu não vou deixar vocês sozinhas.

— O Johnny e a Mabê estão esperando a gente.

— Mais razão ainda pra vocês terem uma adulta acompanhando. — Ela pega a chave do carro sobre a mesinha de canto e encara Dominique com uma sobrancelha arqueada. — Vamos?

Johnny e Mabê dividem olhares de susto quando veem a Brasília amarela saindo da garagem. A chuva está apertando e Dominique faz uma careta ao abaixar o vidro do passageiro para falar:

— Cadê a sua tia?

— Você recrutou a sua avó pra enfrentar o apocalipse? — Johnny soa indignado.

Dona Anabela responde:

— Eu não sei o que está acontecendo nem como vocês estão carregando uma espingarda por aqui, rapaz, mas não vou deixar a minha neta sozinha.

Ele faz uma careta, atordoado. Dominique acena com a cabeça, incitando-o a responder a sua pergunta.

— Ah, a minha tia se trancou no banheiro. Tá com um espeto de churrasco na mão, caso alguma coisa tente entrar.

— Tem certeza de que ela não quer vir?

— Ela não vai botar os pés para fora de casa.

— Foi o que ela disse pra gente — acrescenta Mabê.

— Tá bem, então. — Dominique faz uma careta e se inclina na direção da garota ruiva. — Leva a sua irmã pra casa da Angélica em quinze minutos ou a gente vai atrás de vocês.

Ela assente, um pouco desnorteada.

🎃

Mabê batuca os pés no chão da Kombi enquanto Jonathan dirige. Ela se recusa a olhar para fora, com medo do que vai encontrar. Aqueles tentáculos de escuridão ainda não apareceram, mas podem surgir a qualquer momento. Do céu, da terra. Das paredes, que seja.

Tudo porque Mabê trouxe uma entidade sinistra para o mundo e todos os pesadelos vieram atrás.

Jonathan estende a mão até seu joelho e o aperta com leveza, para que ela pare de se sacudir. Mabê ergue o olhar para o perfil dele, que está concentrado em não bater a Kombi, e respira fundo.

— A gente pode ir no cinema — diz ela, tentando aliviar a tensão, e Jonathan ergue uma sobrancelha em questionamento. Então, explica: — No nosso encontro.

— Você não é do tipo que gosta de restaurantes finos e passeios ao luar na orla da praia?

— E você é o tipo de cara que leva garotas a restaurantes finos e passeios ao luar?

Isso arranca uma risada dele.

Mabê vê uma revoada de pombos gigantescos atravessando a rua pela janela do motorista, e a escuridão que os molda parece viva. Um tremor toma todo o seu corpo, porque a coisa está cada vez mais próxima; talvez esteja procurando por eles.

— Mabê?

Ela arregala os olhos para Jonathan, que encontra o seu olhar em meio a esse calafrio.

— Alguma ideia de filme?

Mabê sorri.

— Você me conhece um pouco mais agora. Me surpreenda.

— Beleza. Alguma história de terror cheia de sangue e vísceras.

Um sorriso surge no canto da boca de Jonathan enquanto ele vira o volante, e a leveza na expressão de Mabê se desfaz ao reconhecer a sua rua.

O inferno caiu sobre ela também.

Em cima de uma das casas, está chovendo sangue. Soldados-zumbis marcham em direção a um dos muros, insetos gigantes escalam outro. Jonathan estaciona a Kombi em frente à casa da família dela, e os dois param lado a lado na calçada.

Partes da casa parecem feitas de papel. Pedaços dela se soltam com o vento da tempestade, outros estão encharcados pela chuva. Quando Mabê abre o portão, ele se desfaz sob seus dedos.

— Que doideira. — Ele acompanha a garota pela rampa da garagem.

Os dois atravessam a porta, que ainda é real, e encaram uma versão de papelão do interior da casa. Gritos estrangulados vêm do segundo andar, e é para lá que eles correm. Jonathan parece apreensivo ao pisar nas escadas de papelão, mas nada acontece. Lá em cima, eles param em frente à última porta, contemplando o quarto dos pais.

Isadora está em frente ao espelho, gritando. Mabê ofega de horror ao entender o motivo: a mãe se tornou uma anciã. O rosto está castigado por uma infinidade de rugas e olheiras fundas; os olhos, esbranquiçados pelo início de uma catarata e pela idade avançada. O cabelo, sempre tão perfeito, se transformou em um monte de fios finos e quebradiços, que escorrem por seus ombros curvados e pelo corpo franzino.

— Puta merda. — Jonathan e toda sua eloquência ecoam pelo quarto.

O comentário chama a atenção da mulher, que gira nos calcanhares para encarar a filha.

— O que vocês fizeram?

Mabê recua e esbarra no garoto. A mãe se vira em direção ao som, procurando, desesperada, com os olhos que pouco enxergam.

— Você e suas perguntas, Maria Betânia. O que foi que você fez?!

— Mãe...

— Eu mandei você ficar longe daqueles garotos! Eu mandei... — grita ela, de forma lamuriosa, como se estivesse perdendo a sanidade. — E agora você estragou tudo! Tudo! Ah, bom Deus, está tudo acabado. Tudo arruinado...

Cai de joelhos em frente ao espelho de corpo inteiro, buscando no reflexo, desamparada, sua imagem real.

Isadora grita, com as mãos sobre o rosto, como se pudesse alisar a pele para voltar à juventude com os dedos.

Mabê tenta falar, mas sente o bolo se formando na garganta, misturando-se com o gosto amargo da decepção. Sem pensar muito mais, ela bate a porta do quarto, com o grito esgarrado que escapa da mãe.

— Minha irmã.

Os olhos de Mabê encontraram os de Jonathan, e ele não questiona. Só assente e a segue.

Não é difícil encontrar a garota. Joyce está em seu quarto e, para a surpresa dos dois, parece se divertir à beça enquanto bate com a mochila na boneca da Xuxa em tamanho real. O brinquedo está com a cabeça virada para trás, cantarolando "Ilariê" ao contrário.

Isso ganha um olhar horrorizado dos dois.

— Joyce?

A garota ergue os olhos altivos.

— Vem comigo — sussurra Mabê, a voz amedrontada.

— Eu tô terminando de matar a boneca. — Joyce aponta.

O estado deplorável do brinquedo não é tão assustador quanto o fato de ela estar tendo tremeliques. E de continuar cantando, as palavras todas do avesso.

— Bem que a vovó avisou que isso era coisa do cape...

— Vem logo. — Mabê agarra o braço da irmã sob os protestos dela.

— Aí, você não é o cara da banda que a minha irmã fugiu de casa pra ver? — questiona Joyce ao passar por Jonathan.

Mabê não olha na direção dele, o rosto escarlate de indignação pelas palavras da pirralha, mas escuta a risada do garoto.

— Acho que sim. Bora, a gente tem um apocalipse pra parar.

Os três descem as escadas com cuidado. Quando chegam ao térreo, Mabê escuta o pai gritando. Ela para por um momento. Os gritos vêm do escritório, mas a porta está fechada. Por um instante, a garota sente o impulso de correr até lá.

Diferentemente dos gritos da mãe, o pai não soa desolado, mas sim amedrontado, suplicante. Como se estivesse falando com alguém, tentando barganhar.

Seu coração se aperta, porque, em um mundo não tão distante, Mabê foi a filha perfeita de uma família perfeita que, mesmo de forma torta, ela amava.

Jonathan segura seu braço, os dedos firmes, mas gentis.

— Pelo Fábio, Mabê.

Mabê respira fundo e se afasta em meio a outra súplica do pai, correndo em direção à porta com a irmã e Jonathan. Se tudo der certo, eles logo vão acordar desse pesadelo coletivo.

((🎃))

A expressão indignada da avó se transforma em pânico assim que o primeiro pesadelo entra em seu caminho.

— Dirige, vó! — grita Dominique, porque o carro desacelera.

Quase como em reflexo, a avó pisa no acelerador e deixa a criatura aberrante de seis pernas para trás.

— O que era aquilo?

— Tem coisas sinistras acontecendo pela cidade — repete Angélica, se inclinando do banco de trás e apoiando a mão sobre o ombro de Dominique. — Mas a gente vai acabar com isso de uma vez por todas.

A avó se deixa guiar pelas instruções da garota e parece quase em estado catatônico enquanto dirige. Um mar de pesadelos passa por eles. Dominique tem quase certeza de que vê um professor pendurado de ponta-cabeça em um andaime quando chegam ao bairro de Angélica.

A rua dela não está em paz. Alguma coisa arrancou o portão de sua casa das dobradiças, e elas correm, sob os protestos da avó, para a casa. Mas param na porta, porque o monstro peludo de dentes afiados que fez aquele estrago na entrada está caído no chão, vertendo gosma verde, com um cabo de vassoura enfiado na goela.

À frente dele, com um crucifixo em uma das mãos, a mãe de Angélica arregala os olhos para a filha. O irmão está abraçado à cintura da mulher, aterrorizado. Angélica corre até os dois para um abraço apertado.

— Era o seu monstro, não era, Júnior? — Angélica olha para baixo.

— A mamãe matou.

— Eu vi. — Ela troca um olhar arregalado com a mãe. — Escuta, vai pro quarto. Leva a avó da Dominique junto. A Mabê tá chegando com a irmã, cuida dela também.

— Angélica, que conversa é essa?

— O papai estava tentando impedir isso, mãe. Tudo o que ele fez foi pra proteger a gente.

Dona Larissa agarra as mãos da filha e aperta o crucifixo entre elas, o olhar marejado.

— Isso não faz o menor sentido, filha.

— Confia em mim, por favor?

O tom é de súplica e parece surtir efeito, porque a mãe assente, mesmo em meio ao terror e ao crucifixo que insiste em passar para as mãos da garota.

— Fica lá em cima com eles. Coloca a cama contra a porta pra fazer uma barricada e protege todo mundo — Angélica hesita e faz uma careta ao recusar o objeto: — Reza um terço. Talvez ajude. E fica com isso pra te ajudar.

— Filha, e você? Eu não vou te deixar sair daqui!

— Mãe, eu preciso terminar o que ele começou.

Angélica está de costas para Dominique, mas qualquer coisa na expressão dela é suficiente para a mãe anuir. A mulher dá um beijo demorado na testa da filha, faz o sinal da cruz em seu peito e se afasta, agarrada a Júnior.

— Cuida dela. — Dona Larissa se vira para Dominique.

Ela bate continência, porque não sabe como reagir. Ao lado da mãe, Angélica sorri.

— E a senhora cuida da minha avó, por favor. Ela é teimosa. Pode usar força, se precisar.

— Dominique! — ralha Anabela.

— O quê? É verdade.

Sons de pneu cantando vêm da rua e todo mundo se vira para ver a Kombi mal-estacionada na frente da casa. Mabê sai dela com a irmã pendurada em seu braço.

— Eu matei uma boneca possuída! — Joyce soa toda animada enquanto as duas correm até a porta. — Foi irado, Juninho! Você tinha que ver!

Dominique troca um olhar confuso com Angélica.

— A gente já volta — Mabê garante à caçula, e faz um cafuné no cabelo desgrenhado dela antes de começar a se afastar. — Fiquem em segurança!

Antes que as adultas responsáveis pensem melhor sobre toda aquela situação absurda, as garotas fecham a porta da casa e correm na direção da Kombi. Dominique está pensando em filmes com seus brucutus favoritos, tentando encarnar a sua melhor performance de Jean-Claude Van Damme, quando Angélica segura seu pulso.

Mabê continua correndo, desembestada, mas Dominique para na base da varanda e encara o gesto, os dedos delicados dela ao redor do seu pulso magrelo, e então desvia o olhar até a garota.

A expressão de Angélica é de expectativa. O cabelo crespo está preso no coque usual, mas os cachos que se soltaram dele combinam com o caos ao redor. A chuva continua forte sobre elas, e pingos se prendem aos cílios longos da garota, escorrem por sua pele negra e contornam os lábios cheios.

Angélica respira fundo.

— Eu vou me arrepender se não fizer isso agora.

— Isso o quê?

Angélica a beija.

É exatamente como Dominique imaginou que seria, só que muito melhor. É macio e atencioso, os lábios frenéticos sobre os seus. É delicioso, porque o brilho labial que Angélica está usando tem gosto de menta, e os dentes dela raspam em sua boca antes que ela a abra, e a garota não sabe se segura o rosto ou a cintura dela e então acaba com as mãos em seus ombros, desajeitada ao extremo.

Angélica, no entanto, parece saber o que fazer. Os dedos dela traçam o contorno do rosto de Dominique, brasas contra a pele fria da garota.

Arrepios sobem pelos braços de Dominique quando a mão de Angélica enlaça seu pescoço, quando se inclina contra o seu corpo, e consegue sentir cada curva daquele corpo macio.

Elas se beijam sob a chuva do apocalipse, com urros monstruosos ecoando ao redor. Dominique arfa nos lábios dela, o rosto inclinado sobre o de Angélica, e tem certeza de que está fazendo tudo errado, porque a garota começa a rir ao se afastar. Mas é um riso encantado, do tipo que não combina muito com o fim do mundo.

— Eu fiz alguma coisa errada? É a primeira vez que eu tô beijando uma garota. Uma pessoa, na verdade. Eu já testei no espelho do banheiro, mas acho que não é a mesma coisa...

— Cala a boca, Magda — brinca Angélica, os dedos tamborilando em seu pescoço.

Dominique sente as bochechas doerem ao sorrir diante da referência; por ela ter lembrado; por elas terem se beijado.

— A gente vai sair amanhã. — O tom de Angélica deixa claro que não vai aceitar uma recusa.

— Amanhã? Segunda-feira?

— Sim. A segunda-feira depois do apocalipse. A gente vai na minha sorveteria favorita, porque provavelmente vai estar vazia depois de tudo isso.

É uma promessa, e Dominique quer muito que seja cumprida. E, porque todo o seu corpo parece energizado, a beija de novo. Dessa vez, segura o rosto de Angélica com as duas mãos, e é muito mais cuidadosa do que desajeitada. Desta vez, beija a garota com toda a emoção que guardou no decorrer daquelas semanas.

— Aí, galera! — grita Johnny do banco do motorista. Mabê, sentada ao lado dele, esconde um sorriso quando as duas se afastam para encará-los. — Tá tudo muito bonito, mas a gente tem um monstro pra matar!

CAPÍTULO 23

NOVEMBRO DE 1999

ELES NÃO SABEM ONDE PROCURAR UMA ENTIDADE QUE COMANDA AZAR E pesadelos, então Johnny dirige. Atravessa ruas e mais ruas, cruza avenidas, e um padrão começa a se formar. Enxames de pesadelos seguem em uma mesma direção, apesar dos desgarrados que caçam as próprias vítimas. Todas as ruas que levam até o bairro velho estão abarrotadas de horrores.

Onde eles encontram a rainha dos pesadelos? No lugar onde tem mais pesadelos.

Chega um momento em que ele precisa estacionar. O rio de lava que viram antes atravessa a avenida da escola, e não tem como seguir com a Kombi por lá.

Eles descem sob a chuva pesada e apertam as armas nas mãos. À frente, veem uma mulher correr de uma nuvem de insetos mutantes. À distância, aranhas gigantes, que parecem ter saído de *Aracnofobia*, atravessam os telhados do supermercado e desaparecem atrás dele. Um homem corre aos berros de um dragão-de--komodo que tem o tamanho de um dragão dos livros de fantasia. Um palco vazio toma a entrada principal da escola, e Mabê olha para Johnny por cima do ombro, uma comunicação que Dominique não entende.

Atrás do palco, a Escola de Educação Básica Marquês dos Anjos os espera. Raios e trovões ressoam sobre o prédio com mais intensidade, quase um aviso sonoro e visual de que o que eles procuram está ali, no olho da tempestade. No lugar onde o compasso se moveu sozinho, onde luzes piscavam e sombras espreitavam pelos corredores.

Quando começam a andar, os pesadelos entram em seu caminho.

Dominique derruba uma fila de bonecas de porcelana demoníacas enquanto Angélica luta contra o que parece uma declaração de Imposto de Renda em formato humanoide.

Johnny ergue o machado e acerta em cheio a cabeça de um palhaço de dentes afiados; do pescoço da criatura, explodem serpentina e confete.

Mabê grita quando um cachorro sarnento cai sobre ela, mas Angélica está ali para acertar uma martelada na cabeça dele antes que os dentes se fechem no braço da garota.

Moradores do bairro passam correndo por eles, gritos desesperados ecoam pela rua. Sob um dos carros em chamas, eles veem uma reunião de canibais sanguinários apontando garfos e facas na direção da merendeira, que se equilibra no capô do veículo.

Os quatro apertam o passo e atravessam a entrada da escola, e é nesse instante que o palco se acende.

Johnny para. As meninas fazem o mesmo.

No palco, uma mulher está tocando guitarra. Ela parece um manequim com rosto, e Dominique fica horrorizada ao ajustar os óculos sobre o nariz e entender que é um manequim com um rosto. Mais especificamente, o rosto da mãe de Johnny.

Ela para de tocar, de repente, e abre um sorriso de dentes afiados na direção dos quatro. Corpos e mais corpos de plástico duro surgem do absoluto nada e caem sobre eles, como uma chuva de manequins. Dominique se agarra à sua arma enquanto é soterrada por aquelas coisas, gritando sob braços e pernas de plástico.

Ela se apoia em um dos manequins inertes para se levantar, e escala o mar de membros artificiais para procurar os amigos. Angélica caiu perto do palco; Johnny e Mabê se levantam juntos.

Quando olha para baixo, Dominique só vê o rosto da mulher do palco. Todos os manequins são iguaizinhos a ela, uma imagem horrenda o suficiente para que Johnny comece a se afastar, os olhos arregalados de terror.

A garota sente um calafrio na espinha. Uma sensação estranha que corre por seu corpo e a faz olhar por cima do ombro. Para contemplar uma silhueta que se aproxima pelas sombras do fim da rua.

A coisa amorfa e gosmenta de antes, com a agulha de crochê, começa a escalar os manequins. Dentes afiados despontam de pedaços do que deveria ser o rosto da coisa, mas não há um rosto. É só uma forma monstruosa determinada a pegar quem sonhou com ela.

Angélica consegue alcançar Dominique e dá um puxão para tirá-la daquele torpor aterrorizado, então as duas escorregam e tropeçam e correm da melhor maneira possível sobre os corpos de plástico que cobrem o pátio. Johnny e Mabê se adiantam para ajudá-las.

A criatura que quer pegá-la grita, lá de trás, e Dominique tem certeza de que ela não vai desistir.

— A maioria dos pesadelos estava correndo atrás dos seus sonhadores, né? Foi o que deu para perceber nesse circo todo — diz Dominique, histérica.

Johnny concorda, nervoso.

— E daí?

— Aquela coisa ali vai vir atrás de mim. Não vai parar até me alcançar. — Ela aponta para trás. — Esses manequins são seus. Angélica...

— Algum horror da *TV Colosso* pode vir atrás de mim a qualquer momento, saquei.

— Mabê. — Eles encaram a garota que caminha pelos sonhos, que parece muito pálida sob a tempestade. Muito assustada. — Não tem nada atrás de você.

— Ainda.

— Ótimo. Então corre.

Dominique dispara na direção oposta, passa pelo palco e pelos manequins inertes, tropeça quando alguns deles tentam agarrá-la, e olha por cima do ombro para garantir que seu plano suicida está funcionando. O monstro nojento se desvencilha do caminho que estava tomando e só tem olhos para ela.

Um já foi. Ela só precisa ficar viva até os outros acabarem com isso.

Mabê agarra a mão de Jonathan porque os manequins ainda não conseguiram pegá-lo, e ela não vai deixar isso acontecer.

Angélica toma a dianteira para começar a correr e arregala os olhos, porque os manequins se levantam. Um a um, com os membros tortos e alquebrados, eles se endireitam, braços fora de lugar, pernas faltando. E tal qual uma horda de mortos-vivos, os corpos de plástico com o rosto da mãe de Jonathan começam a segui-los. Sem pressa, mas os passos pesados ecoam o aviso de que estão no encalço deles.

Atravessar o pátio até o prédio da escola não costuma demorar tanto, mas o percurso parece se esticar enquanto eles correm. Nunca chegam aos corredores, e Mabê está ofegante, olhando em volta em busca de perigos. Ela grita quando um corvo fedendo a carniça voa sobre eles e acerta em cheio a cabeça de Angélica, jogando-a no chão.

Jonathan ergue o machado bem a tempo de acertar o próximo rasante, e corta o corpo da criatura enquanto Mabê ajuda a amiga a se levantar.

O rasgo fundo na testa da garota verte sangue espesso sobre seu rosto, mas Angélica balança a cabeça quando a outra abre a boca. Não podem parar. Nada pode pará-los.

Infelizmente, quando passam pelas portas, os pesadelos continuam vindo.

Angélica afunda no primeiro degrau da escada que vai para o segundo andar. Seu grito estrangulado interrompe a corrida de Jonathan e Mabê, e eles agarram as mãos dela para tirá-la dali. O fantoche monstruoso da *TV Colosso* não era o único pesadelo de

Angélica. Ela também afundava em meio a uma corrida, sem conseguir se mover.

— Puta que pariu! — Os gritos dela ecoam pelo corredor. O fato de Angélica ter gritado um palavrão é tão assustador quanto o pesadelo em si.

Seus pés desapareceram sob um chão de areia movediça e, não importa o quanto Mabê a puxe, ela não se solta.

Jonathan cai para trás alguns degraus acima, os olhos arregalados para a porta no fim do corredor, para o mar de corpos pálidos com o rosto de sua mãe, para os baques dos punhos dos manequins contra as janelinhas da porta, tentando abrir caminho.

Ele encara Angélica, e os dois trocam um olhar significativo. Um olhar que Mabê não entende, porque está ocupada demais tentando salvar a garota.

Jonathan salta os dois degraus e para em frente a Angélica, cujos tornozelos começaram a afundar. Ele segura o machado com as duas mãos, firma a postura e encontra o olhar exasperado de Mabê.

— Vai lá. — Ele aponta para a escada.

— Não. — Ela puxa a espingarda. — Vocês vêm comigo.

— Você vai salvar a gente quando matar aquela coisa! — exclama Angélica, a expressão dolorida conforme o cimento devora suas panturrilhas. — Vai, Mabê. Você pode andar pelos sonhos. Atravessa esse pesadelo e acaba com ele!

— Mas eu não sei se consigo fazer isso.

— Claro que consegue. Desce a porrada naquele monstro! — Angélica sorri, mesmo em meio ao pânico.

— Pelo Fábio. — Jonathan encara a garota por um longo segundo.

— Eu vou no seu show, quando tudo isso terminar — promete Mabê, e ganha o sorriso de covinhas dele.

Todo o seu corpo treme de medo e nervosismo, mas ela ajeita o colete, com o coquetel molotov bem guardado dentro de um dos bolsos, aperta as mãos na arma, encaixa o dedo no gatilho como Jonathan ensinou e corre.

Agora é a hora, então. Ela dispara escada acima, de dois em dois degraus, e escuta um estrondo quando os manequins conseguem derrubar a porta. Grita, enfurecida, para o alto:

— Fortuna! Cadê você?

Tentáculos de sombras gosmentas escorrem pelo chão em sua direção, mas ela se desvia deles. Com rapidez, continua andando. É o que faz em sonhos; é o que vai fazer neste pesadelo.

Ela não sabe o que a move em direção ao escritório do diretor, no terceiro andar. Pensa no pai de Angélica fazendo de tudo para acabar com a maldição e imagina seis adolescentes, vinte e cinco anos atrás, começando tudo aquilo. Reunindo-se nas aulas de reforço, conversando sobre poderes além de sua compreensão, convocando uma entidade sobrenatural para dar a eles fortuna e prosperidade, sem medir as consequências. Sem se importar.

Mas o pai de Angélica se importou. Ele deixou uma pista para a filha, uma pista que levou Mabê até aquele lugar.

Ela encara o corredor do segundo andar: as sombras vivas que espreitam cada canto, os tentáculos que se arrastam pelas paredes, seguindo cada passo seu. Eles se transformam em um rio de sangue, escoando por toda a dimensão do corredor, uma cascata escarlate que desaba sobre a garota.

Mabê afunda na enchente de sangue antes de chegar à escada, mas nada até alcançar a superfície. Tosse e cospe aquele gosto de metal horrível e volta a nadar, sem temer. As braçadas são desajeitadas com a espingarda na mão, mas Mabê agradece ao time de basquete pelo seu condicionamento. Por fim, seus pés esbarram em um degrau que não afundou sob o maremoto sangrento.

No terceiro andar, quase como uma prova visual, paredes e chão estão cobertos de espinhos. Sombras vertem do teto, tentáculos vivos que tentam alcançá-la a cada passo que dá. A porta do escritório está escancarada no fim do corredor, e Mabê caminha até lá.

Ela pensa em Dominique, correndo do seu maior pesadelo. Pensa em Angélica, afundando em seu horror, e em Jonathan confrontando aquela plateia com os sorrisos perversos da mãe. Pensa em Fábio, sozinho lá no hospital, preso para sempre no pior dia de sua vida. Mabê aperta a espingarda contra o corpo, do jeito certo para que o impacto do tiro não a machuque demais.

Fortuna está no escritório, observando o mundo lá fora por uma das janelas. Quando nota a aproximação de Mabê, a silhueta se molda em uma forma humanoide. Por um instante, parece muito seu pai, e então pisca e se transforma em sua mãe, pisca de novo e é uma mulher de cabelo arrepiado e jaqueta de couro, então é um homem com um jaleco de hospital, um homem com as feições bonitas que Angélica herdou, uma mulher toda suja de tinta.

— Eu nunca pensei em conhecer o seu mundo, mas o horror e o caos lhe caem bem, não acha? Agora que você me trouxe para cá, tenho muitas ideias do que fazer com ele. — A entidade se vira por completo para encará-la. A voz é o eco do pesadelo. Os olhos claros recaem sobre a arma. — Acha que pode me matar com isso? Eu sou Fortuna.

— Eu te trouxe até esse mundo. Eu posso te mandar embora dele.

Mabê aponta a espingarda na direção dela, próxima o suficiente para não errar o tiro.

Um tentáculo de espinhos agarra sua perna direita no instante em que ela dispara, acertando a parede. Sua concentração se desfaz, e o pesadelo a afeta. Mabê grita quando o tentáculo se fecha ao redor de sua panturrilha, os espinhos afundando em sua pele. É um eco do pesadelo no corredor. E a força com que sua perna é apertada dispara um estalo no silêncio da sala.

Um relâmpago de dor atravessa todo o seu corpo. Mabê cai de cara no chão com um grito agoniado, a visão embaçada com o torpor. O tentáculo se afasta da perna quebrada, e Fortuna se aproxima com toda a calma do mundo.

Mabê se arrasta até a mesa do escritório. Tenta alcançar a espingarda, mas Fortuna a chuta para longe, para baixo de uma das cadeiras de visita. Mabê ofega de dor e de medo porque, de repente, está cara a cara com o maior pesadelo de todos e não tem nada para usar.

Atônita, ela aperta a mão sobre o peito. Sobre o bolso do colete, onde guardou o molotov e o isqueiro. Quando a sombra de Fortuna paira sobre ela, Mabê estremece. Ainda tem um trunfo.

Fortuna segura seu pescoço e a ergue no ar, o sorriso macabro enquanto assiste a Mabê se engasgar. A sensação é a mesma de quando agarrou a escuridão, de quando Fábio as empurrou para fora de seu pesadelo, mas tem um toque mais real. Porque Fortuna *é* real, agora.

— Vocês, humanos, são tão frágeis. Carne, osso, sangue. Tão fáceis de destruir.

Um tentáculo de escuridão sobe até a bochecha da garota, faz um corte, e sangue escorre por sua pele.

Mabê olha bem fundo naqueles olhos brancos. Conjura todo o terror que está sentindo, todos os horrores que vivenciou nas últimas semanas, e deixa transbordar:

— Me solta.

A entidade parece surpresa. Ela inclina a cabeça para o lado, as sombras se movem junto. E então começa a rir.

— Por que eu faria isso?

Mabê começa a chorar. Em parte, é a prova de que sua professora de teatro do maternal estava errada e ela é, sim, uma boa atriz. Mas também é real; ela chora por causa dos amigos, da família, da cidade. Chora porque fez tudo isso acontecer, porque seus pais fizeram tudo isso acontecer. E porque vai usar isso a seu favor.

Ela continua engasgada, continua chorando, mas consegue balbuciar:

— Você é Fortuna, né? Pode dar às pessoas o que elas quiserem. Eu te trouxe até este mundo, não trouxe? Os pesadelos estão lá fora, você está livre. Só me deixa viver.

O argumento parece fazer alguma coisa com a criatura. O aperto ao redor do seu pescoço afrouxa, e Mabê despenca no chão, gritando quando sua perna quebrada recebe o impacto. Ela se arrasta em direção ao armário dos fundos, onde encontraram a pasta de Angélica, onde as informações e a verdade começaram a tomar forma.

Fortuna a encara de cima, à distância. Move os dedos longos, as unhas mortíferas, e as suas sombras acompanham o movimento. Elas se arrastam pelo chão lentamente, seguindo o rastro de sangue causado pelas roupas sujas de Mabê.

— Você não merece uma morte rápida, criança enxerida. Você merece experimentar todos os pesadelos que nunca conseguiu viver. Como ousa achar que eu me dobraria à vontade de outro humano?

Mabê geme ao tirar a garrafa de dentro do bolso. A adrenalina bate forte, o coração ressoa em seus ouvidos, mas suas mãos não tremem quando ela acende o pano na base da garrafa.

— Eu não achei, na verdade.

As sombras estão longe demais, com todo o drama que Fortuna fez. O mundo de Mabê não é território da entidade. Não é um lugar para sonhos e encenação. Fortuna não pode alcançá-la a tempo.

— Só queria te distrair.

Mabê arremessa a garrafa, e está próxima o bastante para não errar. O vidro se quebra no chão, e o álcool e o fogo produzem uma explosão, um leque de chamas que consome a silhueta de Fortuna, o calor forte o suficiente para incomodar a garota. Fortuna parece surpresa em um primeiro momento. Olha para as labaredas com estranheza. E então a compreensão se abate sobre ela. Quando grita, Mabê grita de volta:

— Sabe o que também é frágil neste mundo? Você.

Debaixo do fogo vivo e dos guinchos de dor da criatura, as chamas pálidas nos olhos dela tremeluzem. Os espinhos e as sombras desaparecem por um instante e então reaparecem com força total.

Fortuna tenta apagar as chamas, mas suas mãos atravessam o fogo e são consumidas por ele. No outro mundo, poderia se livrar da explosão de um coquetel molotov. Mas este é o mundo real, e o elemento vai devorá-la.

Mabê sorri. Pesadelos não deveriam existir fora do sonhar, não deveriam interagir com coisas que são reais.

— Você ainda pode desfazer isso! — grita Fortuna. A mistura de fogo e sombras é assombrosa. — Eu errei em te subestimar. Você pode ser gigante, Maria Betânia Fachini. Pode ter tudo o que seus pais não pediram! Deixe-me voltar para casa e tudo isso vai ter fim. Tem a minha palavra!

Mabê volta a se recostar contra o armário.

— A única coisa que eu quero agora é que você morra.

Ela encara aqueles olhos brancos, o horror que toma a expressão disforme da entidade. O fogo continua consumindo-a, e Mabê pensa nos pesadelos que nunca teve até aquela coisa começar a ganhar força, no medo que nunca experimentou até confrontar as sombras que seus pais colocaram no mundo. No horror que todos lá fora viviam até aquele momento.

Ela pensa em Fábio quando um relâmpago estoura no céu. A entidade guincha e seu corpo se curva, diminuindo e se dobrando para dentro, fumaça e gosma e chamas sendo engolidas por um vórtice vazio. Mabê abraça o próprio corpo quando a criatura olha em sua direção uma última vez, como um pesadelo que promete voltar. Sombras e espinhos desaparecem quando o som de uma bolha estourando desfaz tudo que tinha sido feito.

CAPÍTULO 24

NO LIMITE DA REALIDADE

DOMINIQUE NÃO SENTE MAIS AS PRÓPRIAS PERNAS, MAS SENTE O RETUMBAR dos passos rápidos da criatura atrás dela. Tem que continuar correndo, tem que continuar fugindo. Já contornou o supermercado no fim do quarteirão da escola e viu as aranhas gigantes perseguindo uma das funcionárias da padaria em que almoça. Ela se compadeceu antes de se desviar de um morcego-vampiro que tentou agarrá-la.

Então, tropeça em uma calçada arruinada e rala as mãos e os joelhos enquanto luta para ficar de pé. Seus óculos quase caem, mas ela os arruma sobre o nariz, porque não é hoje que vai dar uma de Velma.

À distância, um raio estoura sobre o prédio da escola. É tão forte que a cega por um instante, e Dominique para quando o relâmpago reverbera em sua direção. O som é poderoso e parece forte demais para um raio comum.

Ela pisca, aturdida, ao olhar para trás. E hesita.

Seu monstro sumiu. A calçada ainda está arrebentada, mas a fissura que estava cheia de lava agora é só um rasgo no asfalto. Um rasgo que vai dar um trabalhão para consertar, mas não terá o problema de ter se originado de um vulcão.

Dominique anda com cuidado, tremendo. Ela tem medo de que o chão se abra sob seus pés a qualquer momento, que a pior parte do pesadelo vivo esteja para começar.

Mas nada acontece quando atravessa a rua nem quando segue até o pátio de entrada da escola. O palco que tinha ali sumiu, e os manequins também. A merendeira sobre o carro está de joelhos, rezando para o céu; os canibais desapareceram.

Não tem nenhum sinal de palhaços de dentes afiados, de cachorros sarnentos sanguinários ou de pessoas peladas correndo com seus sapatos sociais. Todos ao seu redor estão usando pijamas e roupas comuns, abraçados uns aos outros. Estão rindo e chorando e balançando o corpo para a frente e para trás, em choque.

Dominique continua andando, atravessando o pátio em direção às portas da escola. Estão arrebentadas, as dobradiças estouradas com a força do que passou por ali. Ao cruzá-las, avista Johnny e Angélica no fim do corredor, apoiando-se um no outro para ficar de pé, e corre até eles, o coração em disparada.

Johnny está com alguns hematomas no pescoço, como se alguém tivesse tentado estrangulá-lo. Um corte na testa lhe rasgou a bandana, e sangue escorre sobre seu olho direito. Angélica está descabelada e com um corte na testa também, mas, fora isso, parece intacta. Com exceção das pernas, que estão sujas de cimento seco até a altura das coxas.

Johnny segura os ombros de Dominique quando ela para na frente deles, olha bem fundo nos olhos dela, depois para seu rosto, e só aí a puxa para um abraço apertado.

Ela sorri sobre o ombro dele e retribui o gesto com toda força, agarrando-se ao garoto esquisito que acreditou em suas teorias antes de todo mundo.

— Você se machucou? — Angélica senta-se no degrau.

Dominique se afasta de Johnny e mostra as palmas das mãos.

— Só uns arranhões.

Ela fica de joelhos em frente à Angélica e passa o polegar pelo canto do rosto da garota, sobre o sangue seco que manchou sua bochecha direita.

— Tá doendo?

— Não importa. — Angélica sorri ao estender a mão e segurar seus dedos.

Dominique retribui o gesto ao entrelaçá-los.

— Vem, gente — diz Johnny, a voz trêmula. — Vamos achar a Mabê.

— Minhas pernas estão dormentes. Toda aquela areia movediça nojenta... Achei que ia perder meus pés.

Então, eles passam os braços de Angélica sobre seus ombros para ajudá-la a subir as escadas.

Os três param no segundo andar. O chão e as paredes estão com marcas de umidade, e sangue empoça o chão. Dominique engole em seco quando dá um passo sobre a superfície gosmenta e escorregadia, evitando pensar nas pessoas reais que sangraram aquilo de forma muito real.

Angélica volta a andar na metade do caminho, resmungando enquanto troca os pés.

Quando eles sobem o último lance, Dominique tenta frear Johnny, mas ele se apressa.

Lá em cima, ela não sabe dizer o que passou pelo chão e pela parede, mas o lugar está cheio de furos e rasgos. A tinta parece ter sido raspada, e o chão foi todo arranhado. Tem coisas gosmentas pelo piso também, mas não parecem sangue. Parecem piche.

O escritório do diretor está intacto, com exceção da espingarda suja de gosma e de um tapete chamuscado. E de Mabê, que está com os olhos fechados, as costas apoiadas em um armário no fim do cômodo. Ela parece uma versão de Carrie, toda coberta de sangue. A perna direita está manchada de preto, mas o que mais perturba Dominique é o roxo quase sobrenatural que toma a panturrilha, onde sua calça jeans foi rasgada.

— Ela tá...? — Dominique empalidece, porque não dá para notar se a garota está respirando.

Johnny se abaixa ao lado de Mabê, as mãos trêmulas, e toca seu pescoço.

A garota arregala os olhos no mesmo instante.

Os quatro trocam um grito de surpresa, até que uma expressão de reconhecimento recai sobre as feições fantasmagóricas dela.

Mabê franze as sobrancelhas e olha em volta, como se procurasse por alguma coisa. Johnny se senta ao lado dela, segura sua mão e afunda o rosto em seus dedos, a respiração pesada de alívio.

Angélica arrasta a cadeira da escrivaninha e se joga nela. Dominique nem se importa com uma cadeira; ela se senta no chão, as pernas estendidas à frente, e se permite respirar com calma pela primeira vez em muitas horas.

No topo da escrivaninha, o telefone começa a tocar. O *trim-trim* cessa depois de um minuto, então se repete de novo e de novo, até Johnny se levantar, puxar o fio da tomada e voltar a se sentar.

— A gente conseguiu — sussurra Mabê.

Os olhos dela estão vermelhos e perdidos na direção do corredor, mas ela encara Johnny quando ele volta a segurar sua mão. Entrelaça seus dedos com força nos do garoto e deixa um sorriso leve tomar seu rosto.

— Caralho, a gente conseguiu. — Johnny começa a rir.

Ele apoia a testa na lateral do rosto de Mabê, que ergue a mão livre até o cabelo comprido dele, embrenhando-a ali.

Angélica olha para Dominique de cima, com um sorriso incrédulo, e a garota ajeita os óculos sobre o nariz.

Eles conseguiram.

Eles derrotaram o que seus pais trouxeram para este mundo. A entidade se foi.

E agora eles precisam muito ir para o hospital.

EPÍLOGO

A TEMPESTADE DO MILÉNIO

NTERVENÇÃO ALIENÍGENA? É O QUE MUITOS SE PERGUNTAM SOBRE o estranho fenômeno que se abateu sobre esta pequena cidade do litoral catarinense, quando os habitantes acordaram para encontrar as ruas em caos, os aparelhos eletrônicos em curto--circuito e as linhas telefônicas incomunicáveis. Essa é uma pequena amostra do que se espera para a virada do milênio ou foi só um problema na administração municipal? Acompanhem a reportagem no próximo sábado...

A jornalista para de falar quando Isadora desliga a TV.

— Não vamos dar audiência para essas reportagens tendenciosas — murmura ela ao deixar o controle remoto sobre a mesa próxima à porta.

Mabê arregala os olhos ao vê-la ali. Os pais não foram visitá-la muito nos sete dias em que ficou no hospital, entre a cirurgia na perna, a recuperação e tudo o mais. Joyce, que passou quase todos os dias no sofá do quarto do hospital até as aulas retornarem, falou que eles estavam enfrentando muitos problemas.

Maurício apareceu apenas no primeiro dia. Quando Mabê acordou, o pai estava sentado ao lado de sua cama, com os olhos perdidos no nada, e, quando percebeu que a filha tinha despertado, não disse uma palavra. Apenas a encarou com um misto de nojo e decepção que, Mabê tinha certeza, eram reflexo de seu próprio olhar.

Joyce também disse que, desde o incidente, ele passou todos os dias na prefeitura. Nem dormiu em casa. Dezenas de reuniões de emergência aconteceram por causa da reconstrução da cidade, que vai levar tempo, e a polícia estava no pé dele para investigar a quantidade de óbitos que tinha acontecido no dia do incidente.

Os pais também não estão conversando muito entre si, de acordo com a irmã. "O ar cheira a ressentimento", a mais nova disse. Um pouco porque eles nem parecem gostar um do outro, e também porque os jornais não param de falar que o que aconteceu foi um desastre natural sem precedentes, piorado pelo fato de o prefeito preferir gastar dinheiro na festa de aniversário da cidade do que com a manutenção e os serviços de emergência.

A boa fortuna do pai acabou.

Isadora apareceu mais vezes, sempre falando muito, como se não fizesse a menor ideia do que tinha acontecido. As rugas tinham desaparecido com o fim dos pesadelos.

Ela agia como se Mabê também não soubesse o que tinha acontecido — como se não tivesse sido a *responsável* por acabar com aquilo.

Ela age como se quisesse que tudo voltasse ao normal, mas Mabê nem sabe mais o que é normal. Sua família já foi normal, sendo que o normal deles existia por causa de uma maldição e de uma entidade de outro mundo? Ela carrega tanta raiva e desprezo pelos pais que nem sequer sabe como voltar para casa.

Nem ao menos sabe se quer voltar para casa.

Mabê encara a mãe, que está parada perto da porta, a cama de hospital entre as duas. A vontade de gritar com ela até seus pulmões ficarem vazios e sua garganta falhar é muito grande, mas só de pensar em trazer isso à tona seus olhos já se enchem de lágrimas. De raiva.

— Então, vai ficar aí? Anda logo. O médico já assinou sua alta, já podemos ir para casa.

Mabê funga, desviando a atenção da mãe enquanto enfia o último objeto dentro da mochila — uma edição surrada de *O cemitério* que Jonathan lhe trouxe.

— Não vou pra casa com você.

— Não seja ridícula, Maria Betânia. Para onde mais você iria?

— Qualquer lugar. Debaixo da ponte, que seja. Um lugar onde você e o papai não estejam.

A expressão de Isadora muda. O olhar amuado se estreita, e ela aperta a boca numa linha rígida.

— Você pare agora com isso, mocinha. — A mãe se aproxima, abaixando a voz, pois o hospital parece um formigueiro com um entra e sai incessante de gente pelos corredores. — Essa família já está lidando com coisa demais, e você...

— E de quem é a culpa?

— Como é? — A mãe recua, atordoada pela resposta.

— De quem é a culpa da nossa "família" estar lidando com coisas demais?

— Escute aqui...

— Não, escuta aqui você! — Mabê sente as lágrimas quentes brotarem em seus olhos. Ela mantém a voz baixa porque, apesar de tudo, não quer começar uma cena. — Tudo o que aconteceu aqui, desde a catástrofe na cidade até a minha perna... até o Fábio... — Sua voz fica engasgada quando fala o nome dele. — Tudo isso é culpa sua, de vocês. Vocês invocaram aquela coisa e não se importaram nem um pouco com o que ela estava fazendo.

— Ela estava presa — sussurra Isadora, e é a primeira vez que Mabê a vê admitindo alguma coisa.

— Não por muito tempo.

— Maria Betânia.

O rosto da mãe começa a ficar vermelho com a ira, mas Mabê não se deixa intimidar.

— Não, você não tem o direito de ficar brava comigo pela forma que a gente achou de consertar a merda que vocês fizeram. Eu limpei a sua bagunça, mãe. Já dei muito de mim para essa família. Não tenho mais nada a oferecer. Não me peça mais nada, nunca mais. Essa família nunca foi perfeita, e se você quer continuar mentindo para si mesma, problema seu. Eu tô fora.

A enfermeira escolhe essa hora para entrar no quarto empurrando uma cadeira de rodas, fingindo não ver como Isadora se recusa a encarar a filha e a força com que Mabê limpa as lágrimas do rosto.

— Vamos lá, eu te ajudo a ir até o carro. — A enfermeira dá um sorriso.

A garota joga a mochila sobre o ombro e pega as muletas ao lado da cama, sentando-se na cadeira de rodas que a enfermeira segura. Funga enquanto sai do quarto, sem olhar outra vez para a mãe. O gesso vai do pé até a parte superior do seu joelho, e Mabê o odeia, ainda mais com a perspectiva de usar aquilo por no mínimo oito semanas.

A enfermeira a empurra enquanto elas seguem pelo corredor — com exceção de duas janelas quebradas, não há indícios de que pesadelos atravessaram aquele lugar.

— Lá fora ainda está um pouco caótico, mas tente não se preocupar demais, tá? E não force a perna — avisa, simpática.

Tudo o que Mabê sabe sobre o mundo lá fora veio das visitas dos amigos. Angélica comentou, na última vez, que sua mãe estava organizando grupos para rezar o terço todos os dias às seis da tarde, e Jonathan mencionou que a tia tinha colocado um crucifixo em cada cômodo da casa. No quarto do tio havia dois porque, mesmo depois de acordar do coma, ainda levaria um tempo para ele se recuperar por completo.

Mabê observa a porta do quarto dezenove, agora vazio. As outras vítimas do coma acordaram depois que a tempestade passou, menos Fábio. Mabê despertou após a cirurgia da perna para descobrir que o funeral dele já tinha acontecido. A ideia de que seu melhor amigo estivesse sepultado a encheu de uma sensação bizarra e desconhecida. O tempo todo, Mabê olhava na direção da porta, esperando ele entrar no quarto e se jogar na poltrona desconfortável oferecendo um baseado, sem se importar com as placas de "não fume".

Ele foi a única morte do coma daquele ano. A vítima de 1999.

Outros morreram no ataque dos pesadelos, mas, segundo Dominique, a prefeitura e os jornais estavam chamando de acidentes decorrentes da catástrofe ambiental, o que só complicava o caso do prefeito. As pessoas se lembravam de tudo, mas não havia provas de que tinha acontecido mesmo, já que a grande maioria dos eletrônicos parou de funcionar e nada foi registrado.

O dia está ensolarado e quente quando ela sai pelas portas do hospital.

— Você sabe onde sua mãe estacionou o carro? — pergunta a enfermeira.

Mabê pega as muletas e fica de pé. Olha em volta, procurando, e sua expressão fechada se desfaz em um sorriso quando avista uma Kombi familiar.

Jonathan está apoiado na porta do motorista, com as pernas cruzadas à frente. Ele está rindo de alguma coisa que Angélica acabou de dizer, e Mabê tira aquele instante para relaxar.

Tem um curativo na testa do garoto, outro acima da sobrancelha de Angélica. Dominique está com o cabelo preso em duas tranças laterais e dá para ver um Band-Aid no queixo dela. Eles parecem adolescentes acidentados pelo cotidiano, não vítimas de uma entidade que queria espalhar seus pesadelos medonhos pelo mundo onde tinha sido solta.

— Tudo bem. — Ela sorri para a enfermeira e indica a Kombi com o queixo. — Meus amigos estão aqui.

Mabê olha para a entrada do estacionamento só para garantir que nenhum carro vá atropelá-la e começa a andar até os amigos.

Jonathan é quem a vê primeiro. A expressão dele se suaviza como ocorre — Mabê se permite acreditar — com alguém apaixonado, e ele se afasta da Kombi para correr até ela. Mabê aceita sua ajuda para levar a mochila, mas o quê de timidez entre os dois e os olhares envergonhados que trocam a impedem de roubar um beijo dele logo de cara.

— Vocês não sabem o alívio que é estar aqui fora. — Ela sorri para as meninas.

— Se você já tá feliz assim agora, espera até entrar na Kombi e ver que tem um balde de batata frita te esperando! — Dominique soa toda empolgada.

Mabê se vira para Jonathan, e ele dá de ombros.

— Ela estava crente que você ia ficar muito feliz de comer qualquer coisa que não comida de hospital.

— Pois ela estava muito certa. — O sorriso de Mabê aumenta.

— Claro que eu estava. Somos melhores amigas.

— São? — Angélica arqueia uma sobrancelha, e Dominique abana a mão no ar, dispensando a descrença.

— Óbvio. Né? — Ela se vira para a garota, cheia de expectativa.

— Claro. Não tem nada que fortaleça mais uma amizade do que lutar contra o apocalipse.

Dominique abre um sorriso grande e se vira para Angélica com aquele ar de quem diz "Viu só? Eu estava certa". Então Angélica revira os olhos e se aproxima de Dominique, roubando um beijinho dos lábios dela antes que alguém ao redor consiga notar. Um rubor sobe às bochechas da garota.

Mabê sente as próprias bochechas corando e desvia o olhar para Jonathan, envergonhada por assistir a um momento íntimo e descontraído como aquele. Mas, ao encontrar os olhos do garoto, percebe que eles estão dizendo para fazerem o mesmo.

É neste momento que a vergonha se desfaz e Mabê sorri. Ela aproveita a proximidade para segurar a manga da camiseta dele e, ali, no meio do estacionamento, a princesa de Enseada dos Anjos dá um beijo no garoto rebelde.

— A gente pensou em ir ao cinema. Tem uma sessão de *O sexto sentido* em umas duas horas, lá no Cine Arco-Íris — sussurra Jonathan quando ela afasta os lábios dos dele.

Mabê sorri enquanto os olhos do garoto passeiam por seu rosto e ele coloca uma mecha de cabelo atrás de sua orelha, o toque delicado ao extremo.

— Dá pra gente passar em um lugar antes?

Ela não se afasta muito para perguntar. Está na ponta do pé saudável, com a mão sobre o braço dele, os dedos passeando por outra tatuagem que ela descobriu: uma estrela.

— Eu não consegui me despedir dele — completa Mabê.

Jonathan assente, segura o rosto dela com delicadeza, o olhar cuidadoso, e dá um beijo em sua bochecha antes de se afastar e ajudá-la a seguir caminho até a porta da Kombi.

O cemitério é um labirinto tortuoso de túmulos, o que torna quase impossível para Mabê andar. Jonathan a segura pela cintura para ajudar, então ela só usa uma muleta e atravessa o caminho com mais facilidade.

O mausoléu da família de Fábio fica em uma pequena inclinação, e, quando Mabê chega a ele, está suando. A construção é revestida de mármore e parece com aquelas que se veria em um filme norte-americano, com um banquinho dentro e tudo o mais.

Tem flores frescas no túmulo de Fábio, e o espaço para velas está coberto de cera nova e branca. Angélica se ajoelha para acender mais algumas enquanto Jonathan ajuda Mabê a se sentar no banco.

— Como foi? — pergunta ela, se referindo ao funeral.

— Triste? — Jonathan não parece saber que outro adjetivo usar para um evento tão perturbador.

— A mãe dele teve que ser internada na capital. — Angélica se levanta.

— E o pai parecia bem mal — completa Dominique, mas não tem resquício algum de emoção ao dizer isso.

Mabê imagina que todos se sintam da mesma forma.

— Que bom. Ele não merece se sentir bem nunca mais. Nenhum deles.

Ela estende a mão e passa os dedos por cima das letras douradas formando "Fábio" no mármore branco.

— Do jeito que os jornais estão em cima deles... O Governo Federal tá tendo que emitir notas sobre como vão lidar com tudo o que aconteceu aqui. — Jonathan segura a mão livre de Mabê, acariciando seus dedos.

— Sem contar que a Receita Federal começou a investigar o dr. Tadeu. A *Gazeta de Enseada* tá falando que logo vão demitir ele — continua a dizer Angélica.

— Acho que a boa fortuna acabou de vez — diz Mabê, balançando a cabeça.

— Tudo indica que sim. Na MTV tá dando que a Estrela da Morte vai se separar. Parece que foram vítimas de um golpe do agente delas. — Jonathan baixa os olhos para a mão enquanto acaricia os dedos de Mabê.

— Sério? Porque ontem, no *Jornal nacional*, teve uma matéria sobre fraude no mundo das artes, e a minha mãe estava metida no meio. Parece que a fama de todos eles virou uma poça de gosma asquerosa no tapete da diretoria, pra ser mais precisa. — Dominique ganha um riso leve de Mabê por isso.

Começa como uma risada baixinha, até que se transforma em uma gargalhada; contagia todos eles. Faz nascer lágrimas nos cantos dos olhos dela, com uma leveza que a garota não esperava sentir naquele lugar.

— Ela pareceu... tão desesperada... quando entendeu — conta Mabê, bem-humorada. E não está dividindo isso só com eles; está falando com Fábio também, onde quer que ele esteja. Com sorte, em um lugar melhor. — Ela implorou, prometeu me dar tudo o que eu quisesse. E aí... *puff*.

— Ela teria conseguido se não fossem esses adolescentes enxeridos — recita Angélica.

O riso morre aos poucos, conforme a informação é absorvida. A destruição da entidade, a morte de Fábio, que só agora parece real e definitiva para ela.

— Você conseguiu. — A amiga inclina a cabeça para encontrar o olhar dela.

Mabê fecha a mão sobre o mármore e dá uma batidinha na pedra.

— *Nós* conseguimos — responde.

O silêncio que se segue é reconfortante, porque nasce da compreensão de todos eles; do trauma compartilhado, da aventura que viveram. Ela não tem certeza de como vai ser a virada do milênio, se vai ter que repetir o ano letivo, se conseguiu passar em algum dos poucos vestibulares que teve cabeça para prestar, se ainda vai morar com os pais. Se algum dia vai ser capaz de perdoá-los.

Não sabe o que vem por aí, mas sabe que, faça chuva ou faça sol, tem um grupo de amigos que não vai soltar sua mão.

— Então. — Ela se vira para encará-los. — E agora?

— Cinema. E aí sua casa? — pergunta Jonathan.

— Não.

— Sabe, a gente podia ir pra praia. — Dominique recebe olhares confusos. — As aulas já estão acabando, e nós estamos fodidos mesmo. Acho que a gente merece um descanso depois de ter salvado a cidade toda.

— Eu não odeio a ideia. — Angélica segura a mão da garota e entrelaça seus dedos, fazendo um pequeno sorriso bobo surgir no rosto de Dominique. — Vamos fugir.

— *Deste lugar, baby...* — cantarola a garota, recebendo um olhar curioso de Angélica. — Que foi, algo contra Djavan? Porque, se tiver, fale agora antes que eu me apaixone mais por você.

A garota abre um sorriso largo, e as bochechas de Dominique ficam vermelhas quando percebe o que disse.

— Mais? — provoca Angélica, puxando-a para fora do mausoléu.

Mabê assiste às garotas saírem e então gira o quadril no banco de pedra, ficando de frente para Jonathan.

— Você acha que a Kombi aguenta levar a gente até... sei lá, a Praia do Rosa?

Ele espia o relógio digital no pulso e dá de ombros.

— Acho que sim. Mas a pergunta real deveria ser: nós aguentamos a cantoria da Dominique até lá?

— Ei, eu ouvi isso aí! Fique sabendo que eu tenho um repertório esplêndido! — retruca Dominique lá de fora.

Os dois caem na risada.

— Seu pais não vão ficar preocupados?

— Que se foda. É por culpa deles que estamos aqui, né? — Mabê encara a mão do garoto sobre seu colo, os dedos entrelaçados aos seus. — Eu ligo de um orelhão ou algo do tipo.

Jonathan leva um momento, pensativo, mas por fim concorda, mostrando aquele sorriso delinquente de antes. Ele fica de pé e ajuda Mabê a se levantar também. Mas, antes que saiam do mausoléu, ela pede um minuto.

— Você tem uma canetinha aí?

— Por que eu teria? — Jonathan parece confuso.

Dominique enfia a cabeça pela porta, o rosto todo vermelho e os lábios um pouco inchados enquanto estende uma canetinha preta para Mabê.

— Porque tem um gesso que precisa ser assinado, dã. — Dominique revira os olhos com bom humor.

Mabê deixa os dois discutindo na porta do mausoléu e pula em um pé só até ficar de frente para o túmulo de Fábio. Com um sorriso, imita da melhor maneira possível aquela letra horrorosa que ele tinha, toda torta e mal diagramada: *Amigo leal e corajoso. Clube do Pesadelo, 1999.*

— Pronto, agora podemos ir.

AGRADECIMENTOS

A gente resolveu dividir esses agradecimentos em duas partes: uma para os agradecimentos gerais, outra para falarmos de maneira mais particular.

Então, vamos começar agradecendo à nossa agente, Karol, que tornou tudo isso possível. Por acreditar nas nossas histórias, por segurar nossas mãos e dizer que a gente "vai escrever, sim" toda vez que surgimos com uma história doida, por nos ajudar a realizar sonhos. Obrigada por ser a melhor agente do mundo!

Agradecemos também à Beatriz. Um tuíte seu procurando uma história de terror com adolescentes mudou nossa vida! Obrigada por ter sido tão compreensiva durante todo o processo, por ter feito uma edição tão primorosa (e gostado tanto das cenas que a gente mais penou para escrever, o que significa que fizemos um bom trabalho!) e por ter acreditado neste livro. Obrigada também à equipe da Rocco, por todo o apoio e por fazer este livro acontecer.

Eduarda, esperamos ter conseguido gravar sua reação à dedicatória. Não conseguimos a reação à notícia de que publicaríamos um livro com a Rocco, mas a dedicatória foi uma surpresa bem-guardada! Amamos você. Obrigada por ser o nosso Doctore.

Adrielli, Luisa, Clara, Rafa e turminha da agência Moneta, obrigada por todo o apoio e por estarem com a gente nessa jornada pelo mundo dos livros.

Aos betas, Willian e Carolina Beatriz, obrigada por terem topado conhecer a história antes de todo mundo! E por terem notado que o Clube do Pesadelo forma a turma do Scooby-Doo!

Ao Clube de Leitura do Queria Estar Lendo!, obrigada por todos os surtos com livros, com personagens e com a experiência que é ser leitor. Esperamos que gostem de quebrar maldições!

Achamos válido também agradecer aos criadores de *Stranger Things*, que resolveram matar nosso personagem favorito na quarta temporada da série, o que possibilitou que essa história aqui acontecesse.

Bianca

Agradeço à minha família, que sempre esteve aqui. São vocês que me fazem sentir segura o suficiente para sonhar e voar. Agradeço principalmente aos meu pais, Alda e Tiago, por acreditarem mais em mim do que eu mesma e me incentivarem a fazer o que me faz feliz. E aos meus irmãos: Sabini, que me deu a ideia de escrever uma história pela primeira vez, antes mesmo de eu saber o que isso significava; e Diogo, a primeira pessoa a viver aventuras mágicas e criar histórias comigo. Aos meus sobrinhos, meus minileitores, que todo dia me relembram do poder de mundos inventados e de magia. Amo muito vocês.

Obrigada Natália, Marcela, Lylah e todas as meninas que criaram e leram *fanfics* comigo. Vocês seguraram minha mão em alguns dos momentos mais decisivos da minha vida criativa, e se cheguei aqui hoje é por causa disso também.

À Raquel, por ser uma bruxinha honorária e por agora poder fazer parte do Clube do Pesadelo. Obrigada pelo apoio, pelo carinho e por sempre estar presente.

E ao Jorge, para sempre. Não foi assim que a gente pensou que este momento seria, mas nós conseguimos. Este também é para você. Amo você.

Denise

Agradeço aos meus pais, Ana e Nino, e à minha irmã, Milena, que, desde o momento em que eu resolvi escrever livros, me apoiaram de maneira incondicional. Ao restante de minha família também, em especial ao meu avô, Armando, que bota a maior fé nos meus livros (e um agradecimento, ainda, aos gatos da família, Loki e Bilbo, que animam os meus dias sempre que eu preciso).

Carol, Ana, Gi, Bruno, que acompanham de perto meus surtos e minha carreira. Obrigada por participarem de cada processo deste livro, de se entusiasmarem com a edição, de vibrarem pelas novidades, de acreditarem nesta história. Obrigada, principalmente, por serem os melhores amigos do mundo!

Ao meu grupinho de RPG, o Falha Crítica (Milena, de novo, Kaiky, Lu e André): a cena no hospital foi uma homenagem a um filme e também a uma mesa de terror que a gente jogou, cheia de perseguição e com um monstro sanguinário. Acho que vocês sabem de qual estou falando. Obrigada por todas as aventuras!

Raquel, por todo o surto com a notícia e por ser uma amiga tão querida e tão entusiasmada. Obrigada por ter se animado tanto com uma história de terror apesar de não gostar muito do gênero, e desculpa por qualquer cena assustadora! Muito obrigada por tudo, todos esses anos!

Jorge, vó Maria, vó Nina. Vocês não estão mais aqui, mas, sempre que me sento para escrever as histórias que vocês tanto apoiavam, sinto como se estivessem. Esta história é de vocês também, como todas as outras. Amo vocês, hoje e sempre.

De volta aos agradecimentos em conjunto, a gente agradece à galera nas redes sociais que se animou e ficou esperando pela publicação do "livro da Rocco". Esperamos que tenham gostado muito da história do clube!

Talvez tenhamos esquecido alguém, então nos perdoe pela falta de memória. Caso você não tenha encontrado o seu nome por aqui, este é o seu momento! Obrigada a você!

Por fim, agradecemos a todo mundo que deu uma chance a este livro. Foi um surto que nasceu como uma *fanfic* de *Stranger Things* e se desenvolveu em uma grande homenagem aos anos 1990 e aos nossos filmes de terror favoritos. Esperamos que vocês tenham se divertido e se emocionado com as aventuras do Clube do Pesadelo. Nos vemos no mundo dos sonhos!

Impressão e Acabamento:
GRÁFICA GRAFILAR